三弥井古典文庫

御伽百物語

藤川雅恵　編著

『御伽百物語』目次

元禄バブルの走馬灯――『御伽百物語《おとぎひゃくものがたり》』という作品の魅力

ちょっと昔に世間を騒がせた事件の真相が、テレビや小説で語られることに、胸騒ぎでドキドキした経験はないだろうか。これと同様に、江戸時代の人々にとって、見知った事件、出来事、流行した文化、有名な人物の動向などを、百物語怪談会の形式で伝えたのが、この作品である。

『御伽百物語』は、宝永三年（一七〇六）に出版され、浮世草子《うきよぞうし》というジャンルに属する。作者は京都の俳諧師、青木鷺水《あおきろすい》（万治元年〈一六五八〉～享保一八年〈一七三三〉）である。浮世草子作者になる以前は、俳諧初学者用のテキスト（作法書《さほうしょ》）や字書の編纂《へんさん》を行うこともあれば、当代きっての人気歌舞伎役者を賛美する小冊子を作ることもあり、まさに博覧強記《はくらんきょうき》、八面六臂《はちめんろっぴ》の活躍であったと言えよう。そこで培った豊かな知識を背景に、この作者が散文のフィクションとして、初めて上梓したのが、この怪談集である。近代の作家江戸川乱歩（一八九四～一九六五）の蔵書、小泉八雲（ラフカディオ・ハーン、一八五〇～一九〇四）の愛読書として知られ、八雲はここから二話（巻二の二、四の四）を英訳し、海外に紹介しているのだ。

作品の特徴は、大きく二つに分けられる。まず、その多くが、中国の奇談怪談を集めた随筆集、

『酉陽雑俎《ゆうようざっそ》』を典拠にして創作されたことである。これは唐代の文人、段成式によるもので、かつて儒学者の林羅山《はやしらざん》（天正一一年〈一五八三〉～明暦三年〈一六五七〉）が、所蔵して読んだことでも知られている。この漢籍は後に訓点を付して出版され、いわゆる和刻本《わこくぼん》『酉陽雑俎』（元禄一〇年〈一六九七〉刊）という和書となって流布した。この出版史上の画期的な事象に注目し、即座に作品に取り込んだのが、作者鷺水である。漢文を和文に変え、内容をさらにわかりやすく一般に伝えるのも、作品の執筆された目的の一つであろう。そのため、このテキストには、典拠と対応する部分を、書き下し文にして載せている。和漢二つの話を比較することによって、作者がどのように典拠を膨らませて創作したのかを、実際に体感していただきたい。

ただし、このような手法は、この作者独自のものではないことに留意しておきたい。その手本となったのは、近世怪異小説の礎《いしずえ》と言われる『伽婢子《おとぎぼうこ》』（浅井了意作、寛文六年〈一六六六〉刊）である。作品を読み解く限り、作者がこの手法を完璧に体得していると言っても過言ではないだろう。なぜなら、ここには『伽婢子』そのものを典拠とする話や、『酉陽雑俎』を典拠としながらも、少なからず着想を得たような部分もあるからだ。また、作品冒頭を竜宮の話で始め、最後を百物語怪談会終盤の不思議な現象で閉じるという全体の構成も、これに倣ったものであろう。さらに、話中の漢詩を既存の和歌に差し替えるのも、同様である。このように、中国小説の筋書きを使用して創作活動をする行為については、研究者間での賛否はあるが、むしろ、これが盛んに行われることによって、商業出版の急激な発達に対応し得るだけの膨大なストーリーが量産され、近世文学の世界がめざましい発展を遂げることができたものとの位置付けも可能である。

もう一つの特徴は、すでに触れたように、話中に元禄時代の文化や事件が、豊富に盛り込まれていることである。禁令の多い時代でもあるが、かたやバブルと評されたほどの華やかな時代でもある。もちろん、誰もが知る生類憐みの令も登場するが、大半が文化的な話題である。登場する寺社の多くは、幕府主導の寺社改修事業で復興したものである。加えて、応仁の乱以来中絶された葵祭など、主要な祭礼が再開されたことも記されている。また、日本画の大家狩野派《かのうは》の高慢、浮世絵師菱川師宣《ひしかわもろのぶ》の賛美、豪商淀屋《よどや》の豪奢ぶりや、饅頭屋の祖とされる塩瀬《しおせ》家の清廉な逸話などが盛り込まれている。一方、最新の出版事情も取り上げ、『十訓抄《じっきんしょう》』の版本化もうまく利用されている。この他、久しく禁止されていた京都の勧進相撲の再開、かぶき者の代表格難波五人男《なにわごにんおとこ》の弾圧などの少々荒っぽい事件もあり、人々の記憶に残る出来事が、ここに生き生きと描かれているのだ。そして、世間を震撼させた大事件、いわゆる「忠臣蔵《ちゅうしんぐら》」で知られる赤穂浪士討入事件も、ささやかながら登場する。このように、清濁併せ持った靡爛《びらん》たる元禄時代の様相を俯瞰《ふかん》できるのが、この怪談集である。

いうなれば、この作品の最大の魅力は、大昔の中国の怪談と少し昔の大事件という、相反する要素が心地よく絶妙に混ざり合っていることである。この作用によって、セピア色の遺物だった事柄が極彩色に変化し、一話一話が美しくも怪しげな花を咲かせたのである。現代の怪談と言えば、多くは体験談を主としたサブカルチャー的な存在であるが、ここに登場したような江戸時代の知識人たちにとっては、思想上の重要なテーマの一つであった。その是非を問う怪談集を創作することは、まさに彼らにとって高尚な営為であり、己の見識を語り伝えるための最高の舞台であったと思われる。

このテキストには、読みやすさを考慮した本文、難解な語や表現に付けた注、内容把握のためのあらすじ、さらに深い理解のための見どころ・読みどころ（解説）、そして典拠を訓読して載せた。また、一部ではあるが、口語訳されたものもある（高田衛編『大坂怪談集』和泉書院、一九九九年、須永朝彦編訳『日本古典文学幻想コレクションⅢ　怪談』国書刊行会、一九九六年）。

独り静かに、または複数で話し合いながらこの怪談集を楽しみ、作者の知識の深さを知り、作品の技法を追体験していただきたい。

さあ、百物語怪談会の始まりです…。

凡例

○　本書の内容は、本文、注、あらすじ、見どころ・読みどころ（解説）、文献ガイドで構成されているが、必要に応じて典拠を付した。また、挿絵は原則として一話の冒頭に置き、本編への導入として、簡潔な説明を付した。

○　本文作成にあたり、底本を編者架蔵本（後印）とし、今日の読者にとって読みやすいものとなるように心がけた。翻刻には、立教大学図書館蔵本（初印、江戸川乱歩旧蔵）、小川武彦編『青木鷺水集』第四巻（ゆまに書房、一九八五年）、太刀川清校訂『百物語怪談集成』（叢書江戸文庫二、国書刊行会、一九八七年）も参照した。

○　本文は適宜改行し、段落を設けた。また、会話や心内語に相当する部分には、鍵括弧（「　」）を付け、句読点を適宜付加した。

○　漢字・仮名の表記および、振仮名の有無については、適宜改めた。

○　仮名遣いは歴史的仮名遣いに統一したが、濁点・半濁点は適宜補正し、送り仮名は今日の用法に統一した。

○　反復記号や重ね字は用いず、書き改めた。

○　注での説明は、平易で簡潔なものになるよう努めた。多くの先学の学恩にあずかったが、とくに『御伽百物語』を読む』第一、二号（信州日本近世文学研究会編、一九九四年、一九九五年）を参考にさせていただいた。その他、特筆すべきものは、各章末の文献ガイドに記した。

○　典拠の漢文は、訓読文に改め、句読点・「　」・振り仮名などを適宜補った。訓読にあたっては、以下のテキストを使用し、口語訳を参考にした。長澤規矩也解題『和刻本漢籍随筆集』第二、六集（汲古書院、一九七二年、一九七三年）、今村与志雄訳注『酉陽雑俎』1～5巻（東洋文庫、平凡社、一九八〇年～一九八一年）。なお、『酉陽雑俎』には、私に各話の番号を付し、対応する東洋文庫版の番号を記した。また、以下の論考の指摘を使用した。『輟畊録』は、長谷川強『浮世草子の研究』（桜楓社、一九六九年）、『酉陽雑俎』は、近藤瑞木「『御伽百物語』試論」（『都大論究』二九号、一九九二年六月）、神谷勝広「鷺水の浮世草子と中国説話」（『国語国文』六二巻一号、一九九三年一月）を参照した。

御伽百物語　序

[1]春くらし。[2]九　重《ここのかさね》の内も外《と》も、分きて嵐の今日《けふ》は長閑《のどけ》きと、[3]打ちずんして外面《そとも》の方《かた》を詠《なが》めやれば、来《こ》ぬ人も誘ふばかり、漸綻《ややほころ》びそむる梅が香、いとなつかしう、夕日の影ながら、袖に移り、心にしむる夕風はとぞ、まづ思ひ出《い》づるころ、我が梅園《むめぞの》の[4]戸ぼそに、例の二人三人《ふたりみたり》ぞ見え来つる。それが中に珍しかりしは、この四　五年《よとせいつとせ》が程、あづまの方に浮岩《うかれ》ありきて、名ある山、勝《すぐ》れたる地《ところ》、[5]跡《あと》たれます神の社《やしろ》、[6]行ひ澄ませしといふ仏の寺《みてら》、尊き隈々《くまぐま》残りなく修行《すぎやう》し、行ひ歩行《ありき》たりとかいふなる聖《ひじり》の、いと老ぼれて頭《かしら》白く、眉髭《まゆひげ》なども黒き筋なしと見ゆるをぞ、友なひ出で来たる。

「こはいかなる人にか。思ひの外《ほか》にとや。もてなさまし。そも何人《なにひと》ぞ」と問はせたるに、この[7]将来《いてこし》人の言ふやう、「これは[8]六十六部《ぶ》の御経《おきやう》を治めて諸国を廻り、あるとある憂き目、恐ろしき事、見もし、聞き尽くして、この春はここに[9]物し給ふ世捨人《よすてびと》にあんなり。[10]夜部《よんべ》より

1　春暗し（早春の意）か。
2　宮中。ここでは都。
3　物影などからひょいと出る。
4　戸、扉。戸口。
5　本体である仏が、神となって日本に仮の姿を現す。
6　仏道の戒めを守り、心を清くして修行に励んだ。
7　率来人。連れてきた人。
8　全国六六か所の霊場に、一部ずつ納めて回るために書写した、六六部の法華経。
9　いらっしゃる。
10　ゆうべ。昨夜。

我が方に宿を借《か》し参らせ、夜一夜《よひとよ》語り明かし、法文《ほうもん》[11]なんど承りつるに、また二[12]なき希有《けう》の物語も侍《さぶら》ふに付きて、『よし、我一人聞かんも無下《むげ》[13]なり』と思へば、今宵はここに伴ひ侍りつる」と言ふに、我もやや心動きて、「さらばよ[14]、かはるがはるあど[15]打ち給へ。まろは物忘れの為《せん》方《かた》なければ、書き留めても由《よし》あるは残すべかりけり」とて、硯《すずり》引き寄せつつ、一つ一つ書きて見るに、いざや浮きたる事とも知らねど、咄《はな》しも咄しけり。聞きも聞きたる哉《かな》。すずろに言《こと》の葉《は》の茂りゆく数の、やがて十《とを》[16]づつ十《とを》にもやと、思ふばかり息も継《つ》ぎあへず、何くれと[17]積もりて、果《は》て果ては手《て》[18]もたゆく、眠《ねぶ》たき迄なりにたるに、猶《なを》やまずぞ言ふ。聞き紛《まが》ひたるもあらん。書き漏《も》らしたるもあるべし。やがて明《あけ》の日は、かの友の方《かた》へ遣はすべかりける程に、また改《あらた》むるにも及ばず、これが名を『御伽《おとぎ》百物語』と書きて投げやりぬ。

白梅園主[19]　鷺水　印（白梅園）

11　仏法を説き記した文章。経・論・釈など。
12　類いがない。並ぶものがない。
13　無意味であること。むなしいこと。
14　それなら。それでは。
15　あいづち。
16　一〇の一〇倍。百。
17　あれこれと。いろいろと。
18　手も疲れて力がない。
19　作者青木鷺水の号。

御伽百物語巻之一目録

百物語《ものがたり》の咄人《はなして》　六十六部《ぶ》の僧如宝《そうにょほう》　同《おなじく》　発起人《ほっきにん》　花垣舌耕子《はながきぜっかうし》[20]

同　応対《あど》　四五人　亭《てい》の主人《しゅじん》　白梅園《はくばいゑん》

20　説教や講談などを生業とする人。

あらすじ　まだ春浅く、梅花がほころび始める頃、嵐が起こった。翌朝、我が梅園に珍しい客人が現れた。見かけはひどく老ぼれているが、その人は各地を隈なく行脚した僧で、不思議な物事を見聞きしたという。せっかくなので、話を皆で聞いた。それを書き留めたものを『御伽百物語』と名付けておこう。

見どころ・読みどころ　――百物語怪談会の季節――

真夏の夜、百本の蝋燭《ろうそく》を灯して怪談を語り、一話終るごとに消す…。百物語といえば、誰もがこのような光景を想像するだろう。だが、ここでの季節は、まだ寒い早春の嵐の翌日であり、作者の号白梅園の存在を匂わせる心憎い演出である。『伽婢子《おとぎぼうこ》』（浅井了意作、寛文六〈一六六六〉年刊）巻一三の最終話には、その詳しい方法が記されているが、それも暑い夏ではなく、師走の雪降る寒い夜であるとする。これは特例ではなく、『百物語』（万治二年〈一六五九〉刊）や『古今百物語評判』（山岡元隣作、元恕補、貞享三年〈一六八六〉刊）でも冬の寒い時期、しかも雨夜の設定である。このような共通性は、江戸時代の怪談集では、薄暗い雨天に、火の玉や幽霊が出ることが多いとされ、そのことが関係するためであろう。

この序文は表現の共通性から、『御伽比丘尼《おとぎびくに》』（西村市郎右衛門版、貞享四〈一六八七〉年刊）という怪談集の改題本『諸国新百物語』（俳林子序、元禄五〈一六九二〉年刊）に、新たに付加された序文に強く影響を受けたものと推察される。そうありながらも、ここでは季節や天候を少し変え、さらに、既存の〈百物語系怪談集〉にはなかった、諸国を行脚した僧侶を登場させたところに、作者の工夫が見られる。なぜなら、僧侶という語り手は、作品名に「諸国物語」を付けた〈諸国物語系怪談集〉特有の存在であるとされているからだ。百物語と諸国物語、それぞれの特徴的な要素を融合させ、フィクションとしての怪談集の場を創作したことこそが、この作品の新機軸であろう。

最終話では他の怪談集同様、すべての話を語り終える時、なんとも不思議なことが降りかかる…。さて、どんな驚くべきことが起こるのか。期待に胸を躍らせながら、読み進めていただきたい。

【文献ガイド】

太刀川清『近世怪異小説研究』（笠間書院、一九七九年）＊松田修・渡辺守邦・花田富二夫校注『伽婢子』（新日本古典文学大系七五、岩波書店、二〇〇一年）＊国書刊行会編『徳川文藝類聚』四（国書刊行会、一九一五年）＊小川武彦『百物語全注釈』全二巻（勉誠出版、二〇一一三年）

巻一の一　剪刀師《はさみし》竜宮に入る

付けたり　※北野八百五十年忌

今上《きんじやう》の御代《みよ》の春、堯舜《げうしゆん》[1]の昔にも超えて四つの海[2]静かに、楽しみの声《こゑ》巷《ちまた》に満ち、所々の神社仏閣《じんじやぶつかく》の甍《いらか》まで絶《た》えたるをおこし、廃《すた》れたるを継がせ給ひしかば、賀茂《かも》[3]の葵《あふひ》の御祭《まつり》より、多田《ただ》[4]六の宮《みや》、紫野《むらさきの》[5]の御霊《れう》、残る隈《くま》なく玉[6]を磨き、金《こがね》を鏤《ちりば》め造り出だされける中にも、過ぎし元禄《げんろく》の春は、北野[7]の御修理《みしゆり》事ゆへなく功おはり、今日《けふ》は遷宮《せんぐう》[8]の神輿《みこし》[9]ふりとて、法花堂《ほつけどう》[10]より縁道《ゑんだう》を敷きわたし、別当社僧《べつたうしやそう》[11]の面々《めんめん》種々《さまざま》の行ひあり。これを拝み奉らんと洛中《らくちう》の貴賤《きせん》[12]袖を連ね踵《くびす》を継ぎて、我も我もと参詣《さんけい》しけるに、一条堀河《ほりかは》[13]なる所に国重《くにしげ》[14]といひしは、隠れもなき糸剪刀《いとはさみ》の鍛冶《かぢ》なりしが、これもこの御遷宮を心がけ、昼より宿を出でて真盛《しんせい》[15]の筋《すぢ》を東[16]の鳥居《とりゐ》前《まへ》に至りて見渡せば、はや惣門《そうもん》[17]のあたりより柵《ししがき》[18]結ひわたし、神宝《しんぽう》の長櫃《ながびつ》[19]やり続《つづ》け[20]、御木丁《みきてう》[21]、幔幕《まんまく》ここかしこに、白張《しらはり》[22]の神人《じんにん》[23]居《い》並びたり。

※北野天満宮は、元禄一四年（一七〇一）に八百年忌となり、事実とは異なる。

1　古代中国で徳を以て治めた聖天子。堯と舜。

2　国の内外が平和に治まって。

3　京都上賀茂・下賀茂神社の葵祭。応仁の乱により長く中絶されたが、元禄七年（一六九四）に再興。

4　京都市南区八条町、六孫王神社。同一五年四月に再建。

5　北区紫野の今宮神社で行われる御霊会。同七年に社殿の造営とともに再興。

6　玉を磨くように立派にして。

7　上京区馬喰町、北野天満宮。祭神は菅原道真。同一四年五月に修復が成る。

8　神殿改修の前後に、神座を移すこと。

9　祭礼などで神輿を担いで振

り動かすこと。
10 法花三昧を修める堂。天満宮境内東側にあった。
11 上席の僧で寺務を総裁する者。
12 大勢の人が連れ立ち。
13 上京区一条戻橋付近。鍛冶職人が多く住んだ。
14 刀工国広が住んでいた。
15 北野天満宮の東隣りの真盛町北側の道。
16 天満宮の東門前の鳥居。
17 外構えの第一の門。
18 木であらく編んだ垣。
19 形の長い櫃。
20 続けて運び。
21 布を張った目隠し用の障屏具。
22 白い麻布製の衣服。
23 神事や日常の雑役に奉仕する者。
24 大勢の人々。

いまだ時の鐘もつかぬ程、あまりの群集《くんじゅ》[24]に心尽きて[25]、かなたこなたと拝み巡りける所に、年長《た》けたる祝部《はふり》[26]一人国重が袖を控へ[27]、「そなたは常々《つねづね》に当社信仰《たうしゃしんかう》の人と見えて、いつも会日《ゑにち》[28]に外《はづ》るる事なく歩《あゆ》みを運《はこ》ばるるにより、我も見知りたるぞ。御遷宮の次第拝ませ申さん。さりながら、猶いまだ待《ま》ち遠《どを》なるべければ、その間少時《しばらく》休み給へ」と南の鳥居より中門《ちうもん》[29]の前に至りけるに、むかふより社僧《しゃさう》一人あはただしく走り来たり。この祝部にむかひて言ひけるは、「上よりの御使《つか》ひありて、ただ今人を召《め》さるれども、折ふし誰も参り逢《あ》はずとて御気色《みけしき》あしきなり。いかがすべき」と言ふを、この祝部、国重を見やりて「この人を召されよかし」と言ふ程に、やがて社僧国重を引き連れて社《やしろ》の方《かた》へ行くに、国重も何事と弁《わきま》へたる方《かた》はなけれど、そぞろに歩み連れて廻廊《くわいらう》の西の御階《みはし》のもとに跪《ひざまづ》けば、外陣《げぢん》[30]の御簾《みす》やをら押し上げ、束帯《そくたい》[31]の上《じゃう》臈《らう》静かに歩み出で給ひ、「やや」と召されて自ら立文《たてぶみ》[32]を国重に給はり、「これを持ちて広沢《ひろさは》[33]の池に行《ゆ》き、竜王《りうわう》[34]に渡して参れ」となり。

国重謹《つつし》みて承り、「おそれがましき申し事ながら、某《それがし》はもと赤丁《せきてい》[35]の

25 気力がなくなり。
26 神社に仕える者。
27 袖をとって引きとめて。
28 縁日。菅原道真の生誕命日にちなんだ毎月二五日。
29 正面の三つの鳥居、楼門に続く三光門。
30 本殿で一般の人々が礼拝する所。
31 朝服を着た高貴な人。
32 包紙で縦に包み、余った上下を捻った手紙。
33 右京区嵯峨広沢町の溜池。
34 竜宮の王。
35 白丁（平民）以下の男の意か。
36 水底の都。
37 竜王。雨や水を司る。
38 神事に用いる常緑樹。
39 とんとんと。
40 御出ましを告げる声。

賤しき凡夫《ぼんぶ》の身、いかでか水府《すいふ》[36]の竜神《りうじん》[37]に逢《あ》ひ奉るべき。娑婆《しやば》と水底《すいてい》と道はるかにて、たやすく至るべき道なし。この御使《つか》ひは御許しを蒙《かうむ》らばや」と申せば、かの上臈また仰せけるは、「汝愁《うれ》ふる事なかれ。かの池の辺《ほとり》に至りなば、大きに茂《しげ》りたる榊《さかき》[38]あるべし。まづこの木のもとへ寄りて、石を以てこの木を敲《たた》くべし。急《いそ》ぎて参れ」と仰せ事あれば、心もとなきながら、広沢の方《かた》へ歩みけるに、聞きしに違《たが》はず榊の茂《しげ》りたる大木《たいぼく》、池の表に枝さし覆《おほ》ひたるあり。

心みに石を拾《ひろ》ひて、この木《き》を[39]ほとほと敲きしかば、池の内より白《しら》張《はり》を着《ちやく》したる男《おのこ》一人現れ出で、「天満宮《てんまんぐう》よりの御使《つか》ひ、こなたへ」と言はれて、国重は水を恐《おそ》るるの色あり。かの男教へて言ふやう、「ただ目をふさぎ給へ。水を恐れ給ふな」と言ふに、国重やがて目をふさげば、木《こ》の葉《は》の風に翻《ひるがへ》る心して、ふはふはと上ると覚へしが、ただ雨風の音のみ騒《さは》がしく聞こえて、しばし虚空《こくう》を行くと思ふに、警蹕《けいひつ》[40]の声するに驚きて目を開けば、この世にては終《つい》に見たる事もなき宮殿楼《くうでんらう》閣《かく》あり。玉の階《きざはし》、瑠璃《るり》の軒《のき》ありて見るに、目をくらめかす程なり。

漸《やや》ありて、奥より御返事とて持ち出《い》で国重に渡《わた》し、さて懐《ふところ》より白銀《しろがね》の[41]笄《かうがい》を一本、金《こがね》の匙子《さじ》一本とを出して、国重に給はりて仰せけるは、「汝は心ざし素直《すなほ》にして、能《よ》く[42]神明《しんめい》の内証《ないせう》にかなひける故《ゆへ》、この御使ひをも承りしなり。今この二色を汝に与ふる事は、汝が家に水難《すいなん》あるべし。その時この笄を水に投げ、匙子は身を離さず首にかけよ。命を全《まつた》くし、家も恙《つつが》なかるべし」とこまごまと教へ給ひて、また目をふさがせ、このたびは黒糸《くろいと》の鎧《よろひ》着《き》たる武者《むしや》に仰せありて送らるるとぞ見えしが、程なくありし榊《さかき》の陰《かげ》に帰りぬ。振り返りて池を見るに、送り来りし武者と見へしは、甲《かう》の面《おもて》[43]一丈《でう》ばかりの亀となりて失せぬ。国重あまりの不思議さ、感涙《かんるい》を流し、水《すい》の面を拝し、急ぎ北野に帰りければ、はや先立ちて白張《はくてう》の人出むかひ、御返事を請け取りけるが、「御遷宮《ごせんぐう》も今ぞ」と人々も立ち騒げば、国重も出でんとするに、道なくて外陣《げぢん》の縁《えん》に這《は》い隠れ、義式《ぎしき》つぶさに拝み終りて吾家《わがや》に帰りぬ。

さるにても、かの竜宮《りうぐう》にて給はりし二色の宝《たから》と、仰せられし詞のすゑ心がかりにて、いよいよ信心怠《おこた》りなく過ごしけるが、[44]同じ年六月に

41 銀製の棒状で、髪を整える道具。

42 神仏の意向にかなった。

43 一丈は約三m。

44 元禄一四年（一七〇一）六月二〇日、京都で大雷大雨による洪水が発生し、死者が出た。

至りて、洛中《らくちう》おびただしき雷《かみなり》の災《わざはひ》あり。九十八ヶ所に落ちけるころ、賀茂川[45]かつら河[46]は言ふに及ばず、一条堀河の水は小川の流れ、東より衝《つ》きかけ、白波《しらなみ》岸を穿《うが》ち、洪水民家《こうずいみんか》を漂《ただよ》はすに至りて、国重が家も押し流されんとする時、かの白銀の笄《かうがい》を逆巻く波に投げ入れしかば、たちまち笄は大綱《おほづな》と変じ、水に浮き沈みて引きはゆるとぞ見えしが、その辺《あた》り四五町が程は、終《つい》に水難の愁《うれ》へなかりけるとぞ。

45　鴨川。京都市街地の東部を南北に流れる川。
46　桂川。京都市街西部を流れる川。嵐山より上流は保津川という。

あらすじ　天下泰平の元禄の御代となり、長い戦乱によって絶え廃れてしまった、多くの神社仏閣や祭が、再興されるようになった。北野天満宮では、改修完成後の遷宮が行われるとあって、大勢の見物人が詰めかけた。日頃天満宮を熱心に信仰する国重は、この様子に圧倒されて躊躇していると、その関係者たちに呼ばれて社殿の奥に招かれた。不思議にも祭神の菅原道真とおぼしき者から、広沢の池の竜王に手紙を届けるよう頼まれる。すぐに池に行って教えどおりに榊の木を叩くと、使者が現れて竜宮へ誘《いざな》われる。国重は水を怖がってためらったが、まるで空中を浮かぶようだった。手紙を渡し終えると、竜王から近々洪水があることを知らされ、土産に水難除けの銀の笄と金の匙をもらい、武者に送られて戻って来た。それを受けて、滞っていた北野の遷宮は無事行われた。その翌月、京都は激しい雷雨に見舞われて堀川も氾濫したが、国重は川に投げた銀の笄が大綱に変じて、水を堰き止めたことによって難を逃れたという。

見どころ・読みどころ　――竜宮と道真の縁――

竜宮と聞いて、どのような空間を思い浮かべるだろうか。それは意外にも海中ではなく、京都郊外の広沢の池にあり、北野天満宮の祭神菅原道真が、神殿改修の完了を届け出る場所として登場する。人口に膾炙《かいしや》した浦島太郎のおとぎ話とは、まったくの別世界である。

この竜宮は、中国の伝奇小説『剪燈新話《せんとうしんわ》』（明、瞿佑《くゆう》作）「水宮慶会録」（巻一）、「竜堂霊会録」（巻四）や、これらを翻案《ほんあん》した『伽婢子《おとぎぼうこ》』「竜宮の上棟《むねあげ》」（一の一）の世界を継承していると想定される。ただし、使者の呼び出しに榊の木を叩くのは、『柳毅伝《りゅうきでん》』（唐、李朝威作）によるとされる。とりわけ、水底と人間界との隔たりを主張することと、入水の様子がまるで虚空を舞うような場面は、『伽婢子』のそれと共通し、強い影響関係があると言えよう。加えて、怪談集の第一話として、竜宮訪問譚を配置するという編集形態の一致も同様である。では、道真と竜宮には、いかなる関係があるのだろうか。

現代では道真は、学問の神として知られるが、それのみならず、死後雷神となって天変地異を起こし、猛威を振るった伝説でも有名である。一方、竜宮に天候を支配する役割があることは、前掲の先行作品に詳しく記されている。これらにより、道真と竜宮は「雷」の縁で、結び付けられたと解釈することが可能となる。さらにそこから、天満宮の改修と洪水が導き出されたのだろう。奇しくも改修後の翌月、実際に京都で落雷と洪水があった。当時の記録には、元禄一四年六月二〇日朝六時より、八時過ぎまでの大雷大雨により、死者一四五〇人を数えたとある（『慶弘紀聞』、『月堂見聞集』）。これは、まさに水のイメージで繋がれた、既知の伝説と異事奇聞の融合であり、虚構と現実が交錯する一話である。ちなみに、数々の寺社の改修工事や祭礼の再興は、五代将軍徳川綱吉の威光を示す政策として施行されたものである。冒頭を読み味わい、〈バブル〉と評された、元禄時代の豪奢な一面を楽しんでいただきたい。

【文献ガイド】

＊麻生磯次『江戸文学と中国文学』（三省堂、一九四六年）＊松田修・渡辺守邦・花田富二夫校注『伽婢子』（新日本古典文学大系七五、岩波書店、二〇〇一年）＊飯塚朗訳『剪燈新話』（東洋文庫四八、平凡社、一九六五年）＊前野直彬編訳『唐代伝奇集1』（東洋文庫二、平凡社、一九六四年）＊京都市編『京都の歴史一〇　年表・事典』（学藝書林、一九七六年）＊近藤端木・佐伯孝弘編「怪異物挿絵大全（染谷智幸解説『御伽百物語』）」（『西鶴と浮世草子研究』二号、笠間書院、二〇〇七年、六月）＊瀬田勝哉編『変貌する北野天満宮―中世後期の神仏の世界』（平凡社、二〇一五年）

挿絵　北野天満宮改修後の遷宮行事が停滞していた。見物に来た男が、竜王に手紙を届けるように頼まれる。広沢の池の岸辺の榊を叩くと、竜宮への道が開かれると教わる。その通りにすると、池の水面に老人が出現した。水に潜ることを怖がる男は、はたして竜宮へ行けるのだろうか…。

※穴熊の異称。イタチ科の哺乳類で、狸と混同されることもある。

（『和漢三才図会』図版は以下同じ。）

挿絵

体は人間だが、顔は貉の妖怪たちが暴れ回り、呪術に長けた僧の剣によって、まさに成敗されようとしている。しかし、横にいた小僧が誤って刺されてしまう。

僧に嫌疑が掛かり、窮地に陥る。だが、本当に悪いのは、誰なのか。

巻一の二　※貉《むじな》の祟り

付けたり　豊後国《ぶんごのくに》日田《ひた》の智円が事

1 大分県日田市。
2 まじないで病気を治療することや災害を防ぐ術。
3 名声を慕い、集まって来て。
4 ささやかな。
5 僧の食費。
6 新たに出家した者。
7 日常的な雑務を行う僧。

豊後国《ぶんごのくに》日田《ひた》[1]といふ所に智円《ちゑん》といひける僧は、はなはだ禁咒《きんじゆ》[2]の術《じゆつ》にたけたる人にて、およそ病人を加持《かぢ》し妖魅《つきもの》を攘《はら》ふに、時を移さず目の前に皆その験《しるし》を見せしかば、近郷《きんがう》の者ども我一と足を運び、金銀をなげうち、昼夜《ちうや》[3]門前に市をなして和尚《おしやう》の慈悲《じひ》を乞《こ》ふ事、片時《へんじ》も絶《た》ゆる事なかりければ、或《ある》ひは衣服米穀《いふくべいこく》の類《たぐひ》、または持経《ぢきやう》本尊の修理《しゆり》など、思ひ思ひの寄進《きしん》をなしける中に、その辺り近く住みける春田伴介《はるたはんすけ》とかやいひし者は、家も富貴《ふうき》しけるあまり、この僧の恩《おん》を請けし報謝《ほうしや》とて、い[4]ささかなる庵《あん》を造立《ざうりう》し、打飯料《たはんりやう》[5]とて少しばかりの田地《でんち》などをも寄《よ》せければ、智円もいよいよ徳あらはれ、弟子の新発意《しんぼち》[6]と承仕《せうじ》[7]の法師と三人豊かに暮らし、十年《とせ》あまりも過ごしたりけるに、ある日行《おこな》ひの暇《いとま》に、智円は門《もん》に出でて、嘯《うそぶ》き居たりけるに、年の程二十あまりと見えて容顔美麗《ようがんびれい》にして、いかさま故《ゆへ》ありげなる女の、供人少々召し連れ、この庵《いほり》に尋ね来たり。

　和尚《おしやう》に対面して言ふやう、「自《みづか》らは、これより七八里を隔《へだ》てて住み侍る稲野《いなの》の何がしと申す者の妻にて候ふ。夫《おつと》の稲野は過ぎし年、病《やまひ》に

8　歩くこと。
9　思いもよらない。
10　そなた。
11　このように。

よりて失《う》せ侍りき。忘れ形見の子は、いまだ十にだに足らず、女の身ながらも父が名跡《めうせき》を絶《た》やさじと家内《やない》を治《おさ》め、田畠《でんばく》の事を苦労《くらう》し侍ふ。外《ほか》に猶妻の母ひとり、今年七十にあまりていませり。[8]行歩《ぎやうぶ》かなひ難く、歯さへ悉《ことごと》く抜けて、朝夕《あさゆふ》の食事も心に任せねば、自らこの幼き者を育《そだ》つる暇《ひま》に、傍《かたがた》の乳《ち》をさへ分けて参らせ、二とせあまりも介抱《かいほう》し、別れつる夫の心ざしをも助けばやと思ふに、この程はけしからぬ病に犯《おか》され給ひて、医療《いれう》も種々《さまざま》と手を尽くし候へども、かつて[9]露ばかりも験《しるし》なく打《う》ち臥《ふ》し給ふに、あやしき妖怪《つきもの》とかいふ物さへ引きそひて、恐ろしき事どもを言ひ罵《ののし》り、苦しく悩み給へば、このごろは乳味《にうみ》をだに含み給はず。自らが身に代へてもこの病を救《すく》ひたく、[10]足下《そこ》の御加持《かぢ》をも頼み参らせたくて、遥々《はるばる》尋ね参りしなり。[11]角《かく》申すも憚《はばか》りながら、何とぞ明日《あす》未明《みめい》より、わらはが許《もと》へ御越しありて、暫《しばら》く加持《かぢ》をもなし給はば、いかばかりの御慈悲ともなり侍らめ」とて、さめざめと泣きけるに、和尚《おしやう》の曰く、「もっとも聞く所、哀《あは》れにいとおしき身にあまりて覚ゆるぞや。さりながら、我《われ》もとより齢《よはひ》傾《かたぶ》き質《かたち》頽堕《くづおれ》て、行歩《ぎやうふ》も心に任せ難ければ、行きて加持せん事叶ふべからず。ただその病人《びやうにん》を扶《たす》けて、ここに来られよ」とありければ、女また申すやう、「姑《しうとめ》の病《やまひ》世の常ならず悩ましうし給ひて、しかも日を経《へ》たれば、人に任《まか》せたる起き臥しさへ危《あや》うく、今日か明日かと心を惑《まど》はす程なり。哀れ、御慈悲に御出でありて、ひとたびは見させ給へかし」と言ひもあへず、さめざめと泣《な》きふせば、智円も哀れに覚えていとやすく請け合ひ、所のさまをも聞きおきて、女は帰しやりぬ。

その明けの日は、朝とくより庵《いほり》を出でて、彦[12]の山のふもと里と聞きしを便りに、遥々《はるばる》の道を尋ね行き給ふに、その所はありてその人なし。稲野氏《うぢ》の名さへ知りたる者なければ、智円も力なく日[13]のたくるままに帰り給ひぬ。引き続きてまたその明けの日、かの女庵《いほり》に来りて言ふやう、「昨日《きのふ》は一日《ひとひ》待ち暮《く》らし侍りしに、御尋ねなかりしは、和尚《おしやう》の大《だい》悲《ひ》にも外れ侍ふにや」と嘆けども、智円は散々《さんざん》に腹《はら》を立て、昨日細《こま》やかに尋ねつれども、かつて知れざりし分野《ありさま》を語《かた》り、「老《お》ひたる者を欺《あざむ》くか」となかなかまた立ち出づべき気色《けしき》なし。女はうち嘆《なげ》きて、「昨

12　英彦山（ひこさん）。福岡県田川郡添田町と大分県中津市山国町とにまたがる標高一二〇〇ｍの山。

13　一日中歩き回るままで。

日足下《そこ》に尋ねさせ給ひしは、吾《わ》が住む所より纔《わづ》か六七町[14]の程ぞかし。もっとも御憤《いきどほ》りはさもあるべけれど、[15]人を助くるは菩薩《ぼさつ》の行《ぎやう》とかや。御心をなだめられ、今一度《ひとたび》御尋ねあれかし」といへども、智円大いに声をあららげ、「我年老いて心短《みじか》し。二度誓《ちか》ひてこの庵《いほ》を出でじ」とあららかに言はれて、かの女顔《をんなかほ》の色替り[16]居丈高《いたけだか》になりて、[17]「何条和僧《なんでうわそう》は、慈悲を知り給はずや。今その方の誉《ほま》れ劣《おと》りなば、[18]よも人にむかひて悪口《あつかう》し給い、強《し》いて和尚の徳を貶《おと》し参らせん」と立ちかかり、智円が[19]肱《かいな》を捕へて引き立て行かんとす。そのさまけしからねば、智円も只者ならぬと知りて、傍《そば》なる小刀を以て、女の乳《ち》の下を二刀《かたな》刺《さ》しけるに、女は「あつ」と言ひて仆《たふ》れぬ。この折しも、智円が弟子の小僧、今年十四才になりけるが、周章《あはて》て飛びかかり、引きのけんとせしが、いかがしたりけん、これも二刀疵《かたなきづ》を蒙《かうぶ》りて死したり。智円はこれに気を取られ、急ぎ承仕《せうじ》の坊主と二人心を合はせ、居間の下を掘りて、かの死骸《しがい》どもを埋《うづ》み隠しぬ。

この新発意が親は近辺《きんぺん》の百姓《しやう》にて、庵《あん》を去る事纔《わづ》かに[20]一里ばかりな

14 一町は約一〇〇m。
15 諺。人を助けることは、菩薩の行為に等しい尊い行い。
16 身を反らせて威圧するような態度。
17 どうして。
18 まさか。
19 二の腕。
20 一里は約四㎞。

りけるが、そのころしも、その家みな野に出でて田を刈《か》り居たる所へ、旅人《たびびと》と見えて男《おのこ》二人うち連れて通る噂《うはさ》に、「智円の庵《あん》の新発意は不便《びん》の事かな。魔《ま》の所為《しよい》と思ひながら、殺されて非業《ひがう》の死《し》をしたり」と言ひ捨てて行くを、かの母《はは》聞きとがめて、急ぎ人を走らせて聞くに、疑《うたが》ひもなき我が身の上と聞きなすより、かの父《ちち》驚《おどろ》き、取る物も取りあへず智円が庵《あん》に駆け来たり。まづ新発意を尋ねしかば、智円も承仕《しやうじ》の僧も仰天《ぎやうてん》の気色《けしき》なりしが、今は[21]争《あらそ》ふに術《てだて》尽きて、ありのままを白状《はくでう》しけれども、一度この事を隠さんとせしも悪《にく》しみの種《たね》なるに、まして法《ほふ》師《し》の身にて人を殺《あや》めしは、重罪遁《ぢうざいのが》れ難《がた》しと既《すで》に国司《こくし》の沙汰《さた》を請けんとしけるに、智円もあまり切《せつ》なさに、「今は我がために、三日の命を宥《なだ》めて待ち給へ。我身命《しんめい》を捨ててこの妖怪《ようくわい》を祈り出し、せめて悪名《あくめう》を雪《すす》ぎて死なば死せん」と丹精《たんせい》をこらし祈りける程に、[22]最前《さいぜん》の女現れて言ふやう、「吾誠《われまこと》は[23]姥嶽《うばがたけ》に住みて、千歳《さい》を経《へ》たる[24]貉《むじな》なり。吾《わ》が子孫広がりて数《す》百に及べり。これら皆神通《じんつう》を得て人を惑《まど》し、家を怪《あや》しめて子孫のために食を求《もと》むる所に、この坊主に加持せられ、世を狭めらるる

21　正当性を主張する手だてがなくなり。

22　さきほどの。

23　祖母山（そぼさん）。大分・宮崎・熊本の三県境に位置する標高一七五六mの山。

24　「むじな」に同じ。貉には人に化ける能力があるとされた。

25　大分県東国東郡姫島村。瀬戸内海西端の離島。

が故に、吾ここに来てこの災《わざは》ひをなせり。新発意も誠は死せず、我《われ》隠して25姫嶋《ひめしま》に放ち置《を》きたり。この後堅《かた》く誓《ちか》ひて禁咒事《まじなふ》を止《や》めば、新発意をも帰し、汝をも助くべし」と言ふにより、まづ人を走《は》せて尋ねしに、新発意果たして姫嶋にあり。智円もさまざまと誓ひ、重ねて咒《まじなひ》の道を止めしかば、二たびこの妖《よう》絶へたりしとぞ。

あらすじ　祈祷の効き目で評判の僧智円の許に、美女が現れる。姑に物の怪がついて病が治らないため、祈祷を依頼する。自分の名と住所を告げたのだが、家はその場所にはなかった。翌日、女が再度の訪問を望むが、高齢を理由に断る。不服に思った女が威嚇するような態度を取ったため、小刀で切りつけるが、誤って弟子を殺めてしまう。これが発覚するが、罪を償う前にと、祈祷すると、女は姥が嶽に住む千歳の貉で、智円の祈祷に苦しんでいるため、今後二度としないと誓えば、弟子を返すと言われ、従う。貉の言う通り弟子は無事で、二度と現れることはなかった。

見どころ・読みどころ　――人を化かすのはだれ？――

貉を実際に見たことのある人は稀だと思うが、「同じ穴の貉」という諺を聞くと、あまりいい気持ちがしないのはなぜだろうか。貉とは穴熊の異名で、狸に似た小動物である。『和漢三才図会《わかんさんさいずえ》』（寺島良安、正徳二年〈一七一二〉刊）によれば、貉は夜行性であるために昼は眠り続け、大きい音を出しても覚醒しないという。よく眠る人の喩《たと》えとして、「貉睡《かくすい》」という言葉があるそうだ。『日本書紀』には、「(推古天皇)三十五年の春二月に、陸奥国に貉有りて、人に化《な》りて歌うたふ」とあり、人間に変身し得ることがわかる。人に化ける動物といえば狐狸が定番だが、貉にも同様の能力があるというのだ。また、『画図百鬼夜行』(鳥山石燕作、安永四年〈一七七五〉刊)では、人に化ける妖怪に挙げられ、近代では芥川龍之介に『貉』という作品もあり、この動物は人間に変身し、怪異を為す動物として広く認知され、人目に触れていたようだ。

この話は中国唐代の随筆集『酉陽雑俎《ゆうようざっそ》』(段成式撰)の左記の一話を典拠とするが、女の正体は、魑魅魍《ちみもう》魎《りょう》の「魅」、すなわち物《もの》の怪《け》とする。この曖昧な怪異の正体を、作者は日本では人に化かすものとされた「貉」に変え、読者の理解可能な領域に具体化したものと考えられる。また、僧の設定も変え、特定の仏教の宗派には属さない、依頼に応じてのみ祈祷を専門に行っていた人物となっている。これは、医療に代わって病気を治すと謳う呪術業の胡散臭さを、作者は批判的な眼差しで見ていたためであろうか。

典拠　『酉陽雑俎《ゆうようざっそ》』巻一四「諾皐記上《だくかうき》」―三五
（東洋文庫『酉陽雑俎』三巻五五八）

鄭相梁州に在るとき、龍興寺の僧智円といふ有り。善く勅勒《ちよくろく》の術を総持す。邪を制し、痛を理して、多く効を著はす。日に数十人有りて門に候《ま》つ。智円臘高《た》け稍《やや》倦む。鄭公頗る之を敬す。因《よつ》て求めて城東の隟地に住まふ。鄭公為に草屋を起て、種植す。沙弥・行者各一人有り。之に居ること数年、暇日智円陽に向ひて脚甲を科す。婦人有り。布衣甚だ端麗なり。階に至りて礼を作す。智円遽《には》かに衣を整へ、怪しみて問ふ。「弟子何に由て此《ここ》に至る。」婦人因て泣きて曰く、「妾不幸にして夫亡じて、子幼小なり。老母危病す。和尚の神咒の助力を知りて、救護を加へんことを乞ふ。」智円が曰く、「貧道の本《も》と城隍の喧啾を厭ふ、兼て招謝を煩す。弟子、母病ならば此に就きて加持を為すべし。」婦人復た再三泣きて請ふ。且つ母の病劇にして挙扶すべからざることを言ふ。智円も亦《ま》た哀みてこれを許す。乃ち言く、「此れより北に向ふこと二十余里にして一村に至る。村の側に近く魯家の庄有り。但だ韋十娘が居る所を訪《と》へ。」

智円詰朝言の如く行くこと二十余里にして歴《あまね》く訪ふ。悉く無くして返る。来日婦人復た至る。僧責めて曰く、「貧道昨日遠く約に赴く。何ぞ差謬すること此の如くなる。」婦人言く、「只和尚止まる所の処二三里を去るのみ。和尚の慈悲、必ず再往を為さん。」僧怒りて曰く、「老僧衰暮す。今誓ふらくは出でじ。」婦人乃ち声高くして曰く、「慈悲何《いづ》くんか在るや。今事須く去るべし。」因て階に上りて僧の臂を牽きて驚迫す。亦た其れ人に非ざるを疑ひて恍惚の間に刀子を以て之を刺す。婦人遂に倒る。乃ち沙弥惧《あやま》りて刀に中《あた》りて血を流して死す。僧忙然として遽《あは》てて行者とともに之を飯瓮の下に瘞《うづ》む。沙弥は本《も》と村人なり。家蘭若を去ること十七八里。其の日、其の家悉く田に在り。人有り、皁衣の襆を掲げて槃を田中に乞ふ。村人其の由る所を訪ふ。乃ち言く、「居、智円和尚の蘭若に近し」と。沙弥の父欣然として其の子を訪ひ、其の人を耗《たづ》ねて請ひ問ふ。具さに其の事を言ふ。「蓋し魅の為す所なり」と。沙弥の父母尽く皆号哭して僧に詣る。僧猶ほ給《あざ》むく。其の父乃ち鍬索して獲《え》たり。

即ち官に訴ふ。鄭公大に駭《おどろ》きて盗吏に求めて細かに按ぜしむ。意ふに其れ必ず寃ならん。僧具さに状を陳ず。「貧道宿債、死有らんのみ。」按者も亦た死を以て論ず。僧七日を仮りて持念して将来の資粮と為さしめんことを求む。鄭公哀みてこれを許す。僧沐浴して壇を設け、急に印契縛爆して其の魅を考ふるに、凡《すべ》て三夕、婦人壇上に見《あら》はれて言ふ。「我其の類少なからず。食を求むる所の処、輒《すなは》ち和尚の為に破除せらる。沙弥且つ在り。能く誓を為して持念せずんば、必ず相《たす》け還さん。」智円懇《ねんご》ろに為に誓を設く。婦人喜びて曰く、「沙弥は城南の某の村幾ばく里、古丘の中に在り。」僧官吏に言ふ。其の言を用《もつ》て之を尋ぬ。沙弥果して在り。神已に痴なり。沙弥が棺中を発すれば、乃ち苕蒂《てうさう》なり。僧始めて雪《すす》ぐことを得たり。是より珠貫を絶ちて、復た一梵字を道《い》はず。

【文献ガイド】

＊坂本太郎、家永三郎、井上光貞、大野晋校注『日本書紀』下（日本古典文学大系六八、岩波書店、一九六五年）＊寺島良安著、島田勇雄ほか訳『和漢三才図会』全一八冊（東洋文庫、平凡社、一九八五〜九一年）＊鳥山石燕『画図百鬼夜行全画集』（角川ソフィア文庫、二〇〇五年）

挿絵　古墳盗掘に挑む盗賊たちに、仕掛けられた罠が次々と襲い掛かる。
無数の矢、古墳の番人の攻撃をかいくぐり、副葬品の御宝を獲得する。しかしまささに逃げようとする時、小さな白銀の鼠が死の砂を散布する。

（下図より拡大）

巻一の三　石塚《いしづか》の盗人《ぬすびと》

付けたり　鉄鼠《てっそ》砂を降らせし事

往昔《いにしへ》、[1]神功皇后《じんぐうくわうごう》を葬《はうぶ》り奉りし、[2]狭城《さき》の盾列《たてなみ》の陵《みささぎ》は、今の[3]和州歌姫《わしううたひめ》の地にして、上古《そのかみ》、[4]成務《せいむ》天王を治《おさ》め奉りし[5]池後《いけのうしろ》の陵と相並《あいなら》べり。俗《ぞく》呼んで皇后の陵を大宮と名付け、成務の陵を石塚《いしづか》とす。猶そのころの[6]凶《けう》官大連《くわんだいれん》の住みける跡も、[7]土師村《はじむら》、[8]陵 村《みささぎむら》と名に残りて千歳《ざい》の今に及べども失《う》せず。[9]百王《わう》の世々を動きなく、遠く見そなはし給ふとの神慮《しんりよ》もいちじるく、成務、神功《じんこう》、[10]孝謙《かうけん》、三代の陵墓《れうぼ》[11]巍々《ぎぎ》として連なり、[12]雨土塊《つちくれ》を動かさず、風枝《かぜえだ》を鳴らさずして、松は年毎《としごと》の緑《みどり》深く、雲は石塚より出でて、慶《よろこ》びの色をたなびけりとぞ。

ここに[13]火串《ほぐし》の猪《い》七といひしは、[14]吉備中山《きびのなかやま》に隠《かく》れ住みて、年久しき盗賊の[15]張本《てうほん》なり。彼《かれ》が住む山は備前《びぜん》備中に胯《またが》りければ、両国の支配たる故《ゆへ》、制禁《せいきん》も疎《おろそ》かなるを頼みて、ある時は[16]武蔵野の草に臥《ふ》して、江戸の繁栄《はんゑい》に欲を起こし、または北国船《ほつこくぶね》に身を潜《ひそ》めては、津々浦々の旅客《たびびと》をなやめ、命を幾《いく》度か[17]虎《とら》の口に遁《のが》れて立ち帰る。

春は都の町《まち》々に窺《うかが》ひ歩《あり》き、花の名残を大和路《ぢ》にかかり、故郷《ふるさと》の空懐しく急ぎけるに、この歌姫の宿 泊《しゆくどまり》まで[18]組下《くみした》の与力《よりき》ども、二十人ばか

1 仲哀天皇の皇后。『古事記』や『日本書紀』では天皇と同等な存在とされている。
2 「佐紀」とも。奈良市北西部の丘陵にある古墳群。
3 同市歌姫町。
4 記紀に第一三代と伝えられる天皇。
5 成務天皇陵。同市山陵町。
6 悪者の大連（おおむらじ）。物部守屋をさすか。
7 京都府木津川市相楽台。山城と大和の国境の地域。
8 奈良市山稜町。神功皇后陵の西南の村。
9 代々の王。
10 養老二年（七一八）～宝亀元年（七七〇）。奈良時代最後の女帝。
11 雄大でおごそかに。
12 以下、太平な世であることをさす表現が続く。

りを引き具し、ここかしこと脅《おびや》かし、[19]伐《き》り取《ど》り、強盗《がうとう》に心を砕くといへども、上方《かみ》の辺《へん》は人賢《さか》しく、安《やす》きに居れども危《あや》うきを忘れず、常《つね》に楽しめども万《よろづ》に心を配りて、用心厳しき所なれば、この程さまざまと手を尽くしつるも徒《いたづら》になり、うち続きたる不仕合《ふしあわせ》に、「いでや、[20]祝《いは》ひなをして道すがら、帰りがけの設《まふ》けせん」と猪《い》七が一党《とう》うちこぞりて、一夜酒飲み明かしける序《ついで》に、猪《い》七言ひけるは、「いざや者ども。この村にありといふ陵《みささぎ》を掘《ほ》り返し、様子《やうす》よくば今よりして、東国北国《とうごくほつこく》に指《さ》し遣はす眷属《けんぞく》どもの宿《やど》りにもすべし。且《か》つは予《よ》が出張《でばり》の地《ち》にも可然《しかるべき》所ぞかし。幸ひこの陵《みささぎ》山は、三代帝王《ていわう》の墳墓《ふんぼ》なり。中にも大宮は神功皇后《じんぐうくわうがう》の陵《みささぎ》にて、四方に[21]空《から》堀を構《かま》へたるも、[22]要害《ようがい》のたより少なからず。与力の者ども、面々《めんめん》に力を励まし掘り返せ」と言へば、我も我もと鋤鍬《すきくわ》を携へ、まづ石塚に取りかかりぬ。

　ころは卯月《うづき》初めの七日、宵月《よひつき》入りてより胴《どう》の火さし上げ、手毎《てごと》に挑みて掘りけるに、始めの程は四方ともに、石を以て築《つ》きこめたるを、漸《やうやう》としてこの石を掘り捨てしかば、何所《いづく》ともなく鉄《かね》の汁《しる》湧《わ》き出《い》でし

13　燈火を固定させるための串。「火串」と「猪」は縁語。
14　岡山市北区吉備津にある山。
15　首謀者。
16　「武蔵野」と「草」は縁語。
17　危険な事柄。
18　手下の者。
19　人を斬り殺し、金品を奪うこと。
20　縁起直しをして。
21　水のない堀。神功皇后の墳墓の周囲には、幅五間の空堀があった。
22　防御の手段。

を、猪七[23]下知《げち》して土砂《つちすな》を持ちかけさせ、泥となして[24]かへほしたれば、その奥は大《おほ》きなる石の門ありて、鉄《くろがね》の鎖《でう》を下ろしたるを、[25]胴突《どうづき》をもつて打ち外し、門を開いて込み入らんとする所に、何者の射《い》るとは知らず、門の内より矢を射出す事、雨の如くに乱れかかれば、勇み進みし盗賊《たうぞく》ども七八人、[26]やにはに倒《たふ》れ死する物もありければ、この不思議に気を取られ、しばししらけて控へたるを、猪七はもとより[27]不敵者《ふてき》にて、ケ様《かやう》の怪異《けい》にあへども事とせず、[28]余党《よたう》どもを叱りて言ふやう、「死して久しき人を治め、年《とし》またいくばくの月日《つきひ》を積みたる古塚《ふるづか》なり。狐《きつね》狸《たぬき》の臥処《ふしど》にもあらねば、これしばらく上古《じやうこ》の人の塚を守らんために、仕掛け置きし操《からくり》ぞや。皆立ち退きて石を投げよ」と声をかくれば、手毎《ごと》に礫《つぶて》を以て投げ入るるに、石に随《したが》ひて矢を射出す事[29]数刻《すこく》にして、やがて矢種《やだね》も尽きぬと見えし時、「入《い》れや、者ども」と一同にこみ重なり、胴の火吹き立てて第二の門にとりかかり、石の扉《とびら》をはね上ぐれば、また甲冑《かつちう》を対せし武者、門の左右《さう》に立ちふさがり、[30]打物《うちもの》の鞘《さや》を外し、眼《まなこ》を[31]いららげ[32]面《おもて》をふらず、[33]無二無三に切り回るを、猪七これ

23 命令して。
24 汲みつくすと。
25 突くための丸太。
26 たちどころに。
27 大胆で恐れを知らない者。
28 残りの徒党。
29 数時間。
30 刀剣などの武具。
31 いからせ。
32 わきめもふらず。
33 一心不乱に。

にも猶恐れず、「鍬《くわ》の柄鋤《すき》の柄を取りのべ、敲《たた》き落とせ」と下知《げち》せられ、盗賊ども欠けふさがり、横ざまに薙《な》ぎたつれば、太刀《たち》長刀《なぎなた》ことごとく、持ちもこたへず落とされたり。よく寄りて見るに、悉《ことごと》く木にて割《きざ》みたる兵《つはもの》の人形なり。

「時こそ移《うつ》れ」と乱れ入り、殿上《てんじやう》[34]とおぼしき所に着き、大床《おほゆか》[35]に走り上がり、そのあたりを見回せば、中央《ちうわう》の床に臥《ふ》し給ふは、伝へ聞く成《せい》務帝《むてい》と見えて七宝《しつはう》[36]の襖《ふすま》に珠玉の褥《しとね》、衣冠《いくわん》正しくして東首《とうしゆ》[37]し給ふ。四面《しめん》におのおの卿相《けいしやう》[38]雲客《うんかく》次第に居並び、威儀《いぎ》おごそかなるありさま、生ける人に少しも違はず、身の毛よだちて覚へたるに、玉の床の後《うしろ》にあたりて、大きなる黒漆《こくしつ》の棺《くわん》あり。鉄《くろがね》の鎖《くさり》をもつて石の桁《けた》に穴をゑり、八方へ釣りかけたり。その下に金銀珠玉、衣服甲冑《いふくかつちう》さまざまの宝を連ねて、心も詞も及ばれず、見も馴《な》れざる古代《こだい》の道具什物《じうもつ》[39]、うづ高く積み上げたるに、盗《ぬす》人らこれを見て、思ひの外に徳つきたる心地して、我よ人よと争ひ取らんとする所に、かの釣りたる棺の内より白銀《しろがね》にて作りたる鼠《ねづみ》一疋《ひき》、猪七が懐《ふところ》に落ちかかりけるが、たちまち棺の両角《りやうかど》

34　宮殿。
35　広縁。
36　七宝焼の掛け布団、真珠と玉でできた敷物。
37　東に頭を向けて寝ていらっしゃる。天皇は、東枕で就寝したという（『徒然草』一三三段）ことによるか。
38　公卿などの貴人。
39　秘蔵の宝物。

より吹き出づる風の音《こゑ》、さながら秋の田面《たのも》に渡る野分《のわき》の風とも言ひつべく、[40]吹きしこるにつれて、細やかなる砂《いさご》を吹きおろす事、雲霧《きり》か時雨《しぐれ》の雨かと袖を払ひ、頭《かしら》をふるふ程に松明《たいまつ》を吹き消し、鋤鍬《すきくわ》をふりうづみ、見上ぐる眼をくらまかし、[41]矢を継ぐばかりに、風につれて[42]とやみなく降る砂《すな》に盗人らも途《と》を失《うしな》ひ、とやかくと[43]身もだへせし内、すでに降り積みて膝節《ひざふし》も隠るる程なりしかば、さしもの猪七もそら恐ろしく、後ろ髪に引かれて逃げ出でしかば、残る者ども我先と、命を惜しみ転び走り、門の外にかけ帰れば、石の扉おのれと打ち合ひ、もとの如くにさし堅まる。

　猪七は、かの鼠の落ちかかりける跡、その折節は何とも思はず、周《あ》章《は》てそこを遁《のが》れ出でしが、ほどなく[44]癰《よう》といふ物を煩ひ、故郷《こきやう》に帰りて死しけるとぞ。

40　風が盛んに吹く。

41　続けざまに。

42　絶え間なく。

43　苦しさに身をよじる。

44　悪性のできもの。

あらすじ　盗賊の長、火串の猪七は、手下を率いて成務天皇の墳墓を盗掘することを思い立つ。夜半に忍び込み、第一の門を突破すると、どこからともなく無数の矢が放たれ、何人かの手下が討たれた。第二の門へ進むと、甲冑姿の武士に斬りかかられるが、よく見ると木製の人形であった。さらに進んで行くと、成務帝や家臣たちの遺体が居並び、多くの財宝を発見する。これを盗んで帰ろうとするが、上に吊るされていた棺から、白銀製の鼠が落ちてきて、猪七の懐に入る。同時に激しい砂嵐となったため、命辛々逃げ帰ると、門がひとりでに閉じられた。後日、猪七が鼠に触れた体の部分が悪性の腫物となり、彼はそれが原因で死亡した。

見どころ・読みどころ　――古墳盗掘の呪い――

古代エジプトのピラミッドの発掘作業に携わった人々が、相次いで死亡していったという怪事件の噂を、耳にしたことがあるだろうか。かつて、これを「ツタンカーメンの呪い」などと呼び、世界的に有名なミステリーの一つとして、恐れられていたことがあった。あくまで学術的な営みであっても、古墳を掘り返すという行為には、やはり罪悪感がつきまとう。この話は、『酉陽雑俎』の左記の一話を典拠とする。むろん、こちらは中国の塚である。盗賊を退いて農夫となった男の回想として始まる話だが、この話では、天皇の墳墓から、辛くも生還した盗賊の長が病死する結末に変わり、恐々とした印象である。貝原益軒《かいばらえきけん》の紀行文『大和巡日記《やまとめぐりにっき》』（元禄九年〈一六九六〉刊）には、以下の記事がある。（成務天皇の）石塚で採石中の里人が、石棺を偶然に発見する。領主に報告し、すぐに埋め戻すようにとの指示に従ったが、里人は古墳の祟りによって、長く病を患ったというものだ。俗に「石塚」と呼ばれた成務天皇陵という一致、発見者が病を患うことの相似を見ると、このような巷説も、この話の創作に大きく関わるものと想定可能である。

古墳盗掘にまつわる怪異譚は魅力的だが、この題材が採択されたもう一つの背景として、幕府による歴代天皇陵の調査確認と修理が絡んでいるものと推察される。天皇陵は古代より盗掘や私有地化が進み、文献上の存在のみで、実体の不明なものが多かったという。よって、この状況を憂慮した、将軍の側用人柳《やなぎ》沢《さわ》吉保《よしやす》の家臣で、儒学者の細井《ほそい》広沢《こうたく》の進言により、この事業が進められた。これには約一〇年を要し、元禄一一年（一六九八）に、ひとまず終了とした。その結果、七六の陵墓を確認し、六六陵の修理を行った。ちなみに、広沢はこの成果を『諸陵《しょりょう》周《しゅう》垣《えん》成就記《じょうじゅき》』（元禄一二年〈一六九九〉序）として残している。修理といっても、簡単なものであったが、朝廷への敬意と幕府の威光を示す事業の一つとして、作者のみならず、多くの耳目を集めた出来事であっただろう。このような元禄時代の誇り高い文化的な一面と、中国の怪異譚の危機迫る場面とをうまく組み合わせたところが、この話のおもしろさである。

典拠　『酉陽雑俎』巻一三「尸穸《しせき》」―一五
（東洋文庫『酉陽雑俎』二巻五一五）

劉晏判官李邈《りばく》の庄高陵に在り。庄客租税を懸欠す。積《つ》むこと五六年。邈官より罷《まか》るに因《よっ》て庄に帰る。方《まさ》に責を勘《かぞ》へんと欲す。倉庫の盈美なるを見る。輸尚ほ未《いま》だ畢《おは》らず。邈怪《あや》しみて問ふ。悉《ことごと》く曰く、「某《それがし》端公の小客と作《な》ること二三年なり。久《ひさ》しく盗を為す。近ごろ一古冢《こちょう》を開く。冢は西のかた庄を去ること十里、極めて高大なり。松林に入ること二百歩、方に墓に至る。墓の側に碑有り。草中に断倒す。字磨滅して読むべからず。初め旁ら掘ること数十丈、一石門に遇《あ》ふ。固むるに鉄汁を以てす。日を累ねて糞を洋《と》かして之れに沃《そそ》ぐ。方に開く。開く時箭《や》出づること雨の如し。数人を射殺す。衆懼《おそ》れて出《い》でんと欲す。某他無きことを審《つまびら》かにす。必ず機関のみ。乃ち石を其の中に投ぜしむ、投ずる毎に箭輒《すなは》ち出づ。十余石を投じて箭復《ま》た発せず。因て炬を列ねて入る。第二重門を開くに至《いた》りて、木人数十有り。目を張り、剱《つるぎ》を運《めぐら》して又数人を傷《きず》つく。衆棒を以て之を撃つ。兵仗悉く落つ。四壁各《おのおの》兵を画きて之を衛る。像の南壁に大漆棺有り。懸くるに鉄索を以てす。其の下金玉珠璣堆集す。衆懼れて未だ即ち之を掠めず。棺の両角忽ち颯颯《さつさつ》として風起る。沙有りて迸《ほとばし》りて、人面を撲つ。須臾《しゅゆ》にして風甚しくして沙出づること注ぐが如し。遂に投じて膝に至る。衆皆恐れ走る。出づる比《ころ》に門已《すで》に塞《ふさが》る。一人復た（一に後と曰ふ）沙の為に埋して死す。乃ち同じく地に酬て之を謝す。誓て冢を発《あば》かず。」

【文献ガイド】
＊貝原益軒著・益軒会編『益軒全集』七（益軒全集刊行部、一九一一年）＊佐佐木杜太郎『細井広沢の生涯』（万願寺、一九八三年）＊高野和人編『天皇陵絵図史料集』（青潮社、一九九九年）

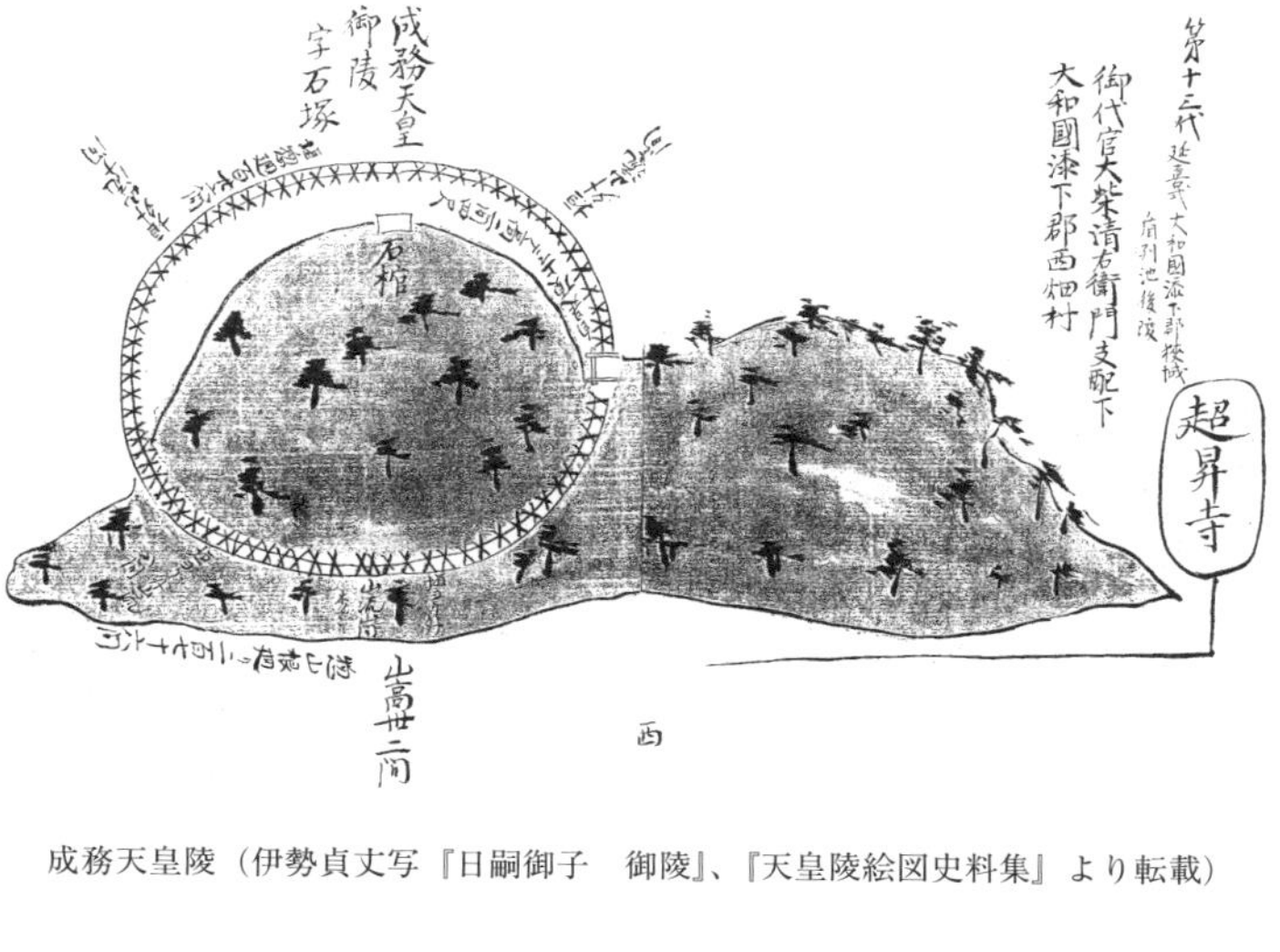

成務天皇陵（伊勢貞丈写『日嗣御子　御陵』、『天皇陵絵図史料集』より転載）

巻一の四　灯火《ともしび》の女

付けたり　小春友三郎妖化《ばけもの》に逢はるる事

挿絵

病床の妻の部屋、灯火の中に女の姿が忽然と浮かび上がる。以後、灯火の女は家の主に無理な要求を突き付け続ける。しかし、遂にそれを断った時、恐ろしいことが次々と起こる。

この女の正体と目的とは…。

甲州青柳《かうしうあをやぎ》[1]といふ所に、小春友三郎《こはるとも》[2]といふ者あり。彼が俗性《ぞくしやう》はもと太《おほ》[3]田道灌《ただうくはん》の家の子にて、小春兵助《へうすけ》といひし武士《もののふ》なり。主人道灌は文明《ぶんめい》のころ、上杉定正《うへすぎさだまさ》[4]のために戦死《せんし》あり。兵助その時分は病中《びやうちう》にて、殊《こと》に重かりければ暫《しばら》く引き籠《こも》り居たりけるを、この騒動《さうどう》に気を張り、物の具さし[5]堅《かた》め、手鑓《てやり》[6]おつとり、馬上《ばじやう》にて扇が谷《やつ》[7]の館《たち》へと駆け付けける所に、はや主人は討たれ給ひぬと聞きしより、俄《にはか》に病勢《びやうせい》盛んになり、身体《しんたい》もつての外《ほか》悩みける故、腰刀《こしがたな》を抜きて鎧《よろひ》[8]の上帯《うはおび》切りほどき、腹《はら》一文字にかき切り、自害して死したりける。その子兵吉《ひやうきち》といひしは、そのころいまだ三才になりけるを、乳母《めのと》が懐に掻《か》き負ひて、些《すこし》のしるべを頼みにこの所へ落ち下り、深く隠して育てしが、時移り世変はり、何《いつ》となく住みつきて地侍《じざぶらひ》[9]の数に立ち並び、今の友三郎に至りて百石《こく》[10]ばかりの田畠《でんばく》を支配し、万《よろづ》のどやかなる渡世《とせい》[11]なり。妻は同国[12]府中《ふちう》より呼び迎へ、二人が中に女子一人設《まふ》け、すでに十才にぞなりける。

ある日、この妻胸を痛み初《そ》めてうち臥《ふ》しけるが、医療灸治《いれうきうぢ》さまざまと手を尽くせども、更《さら》にその験《しるし》[13]なくて半月に及ばんとするころ、友三

1　山梨県南巨摩郡富士川町青柳町。
2　未詳。「青柳」と「春」は縁語。
3　永享四年（一四三二）～文明一八年（一四八六）。江戸城を築城したことで有名な室町時代の武将。
4　道灌は文明一八年に主君上杉定正の館に招かれて謀殺された。定正は嘉吉三年（一四四三）～明応三年（一四九四）。扇谷上杉氏の当主。
5　軍装して。6　急いで取り。
7　神奈川県鎌倉市。上杉定正の旧邸があった場所だが、道灌が殺害されたのは糟谷の館（伊勢原市）。
8　鎧の胴先につける帯。
9　幕府や大名に属さない在野の武士。
10　一石は約一八〇ℓ。ここで

郎はこれをいたはり、昼夜《ちうや》枕もとを立ち離れず、種々に看病をなしける故、[14]精気疲れてしばしが程、うちまどろみける所に、忽《たちま》ち灯《ともしび》の光あかくなりたるを覚ゆるままに、目を開きて見上げたれば、傍《かたは》らにともし置きたる[15]有明《ありあけ》の灯《ひ》の中より、その長《たけ》[16]三尺ばかりなる女《をんな》、影の如く湧き出でて、友三郎にむかひ言ふ様《やう》、「その方《はう》が妻の病は、纔《わづ》かに怠《おこた》りたる事の罪のために、魔《ま》の見入りたる物なり。吾《われ》よくこの病を攘《はら》ひて得させん。我を神として祭るべしや」と言へば、友三郎は元来《ぐはんらい》心太くしたたか物なりければ、この怪しき姿にも恐れず、手元にありける[17]九寸五分《くすんごぶ》を引き寄せ、鍔《つば》元くつろげ、はたと白眼《にらめ》ば、かの女からからと笑ひ、「我言ふ事を用ひず、却《かへ》つて吾を憎むと見えたり。よしよし、今はその方が妻の命を奪ふべし」と言ふよと見えしが、姿は消えて跡《あと》形《かた》なく、妻の病は頻《しき》り[18]にとりつめ、今は角《かう》よと覚ゆるに堪《た》えかね、友三郎俄《にはか》に心を改め、信をおこし一心に祈り侘《わ》びければ、病気《びやうき》も忽ちに平癒《へいゆ》し、夢の覚めたる如くになり、かの女もまた現れ出で、友三郎に向かひて言ふやう、「吾このたびの難を救ひし替りには、吾にひとり

は知行高の意。

11　暮らし。

12　山梨県甲府市府中町。鎌倉時代から室町時代に、守護所が置かれた中心地であった。

13　効き目がなくて。

14　心、気力。

15　明け方まで灯しておく燈火。有明行燈とも。

16　一尺は約三〇cm。

17　懐刀。合口とも。一寸は約三cm、一分は三mm。

18　激しく迫り。

の娘あり。これがためによき壻《むこ》を選《えら》みて給はるべし」と言ふに友三郎聞きて、「それ、鬼神《きじん》天地の道と人間の境《けう》と、雲泥《うんでい》の違《たが》ひあり。吾何を以て[19]鬼《き》のために、壻を選む事を知らんや」と言ふに、女また言ふやう、「壻《むこ》を選むは寔易《いとやす》き事なり。桐《きり》の木を以て男の形を刻み給へ。吾その中にて選みとるべし」と言ふ程に、友三郎やがてその教への如く仕立てさせて備へけるに、夜の間に失せて見えざりけり。

さて明けの夜、また来りて言ふやう、「吾《わ》がためによき壻を得たるも、ひとへに貴殿《きでん》の恩なり。近き内に貴殿夫婦を呼び迎へ、このよろこびを申すべし。必ず辞退し給ふな」と言ひしを、友三郎心にはこれを深く憎み思ひしかども、為方《せんかた》なくてうち過ぎけるに、ある夜俄《にはか》にかの女現れ出で、「いざや、兼《か》ねて言ひし如く、今宵《こよひ》は夜とともに我が方《かた》に迎へて遊ばん」と表のかたを招きけるに、結構に拵《こしら》へたる駕籠《かご》乗物二挺《てう》、御迎へにと舁《か》きすゆれば、[20]腰元《こしもと》、[21]介添《かいぞえ》、[22]端者《はしたもの》、供まはりおびただしく早々《はやばや》と勧められ、友三郎夫婦心ならず「怪しさよ」とは思ひながら、迎への駕籠に乗り移れば、供まはりの男女《なんにょ》前後を囲み、既に

19　死者の霊魂やもののけ。

20　貴人の側近く仕えて雑用をする女性。

21　付き添って世話をする者。

22　中程度の身分の使用人。

23 貴人の邸宅。
24 国司の長官。国の守。
25 公家の正装をして。
26 並み一通りではない。
27 午前三時から五時まで。
28 明け方に鳴く鳥。

大門を出でけるが、折しもその夜《よ》は空かき曇り、星の影さへ見えず、ただ行く先に墨《すみ》を摺《す》り流したるやうにて、恐ろしきばかりなりしが、行くともなく飛ぶともなく、少時《しばらく》の程に空もやうやう晴れたりと見るころ、大《おほ》きなる屋形《かた》[23]に着きぬ。そのさま国司《こくし》[24]などの館《たち》のごとし。

内よりあまたの男女《なんにょ》迎へ誘《いざな》ひて奥に入り、その奇麗《きれい》さ心詞《こころことば》に述べ難く、おのおの居並びたるあまたの召仕《めしつかひ》の中を見回すに、或ひは友三郎が親しく語り睦《むつ》びたるもあり。または一門の末《すゑ》なりしが、死して久しき人よと思ひ当たるもありて、見る度《たび》に驚かるるもあれど、この者どもは友三郎を見ても、見知らぬ顔にもてなして居れば、心にいよいよ不審はれ難くて、なを奥の座敷《ざしき》に行けば、かの桐の人形よと覚えし男《おのこ》、衣冠《いくわん》[25]正しく引き繕《つくろ》ひ、例の怪しき女と娘と友三郎夫婦を上座《じやうざ》に招き据《す》へて、さまざまのもてなしをなす事斜《なの》[26]めならず。やうやう酒長じ、時移りて、五更《よあけ》[27]の鐘の声かすかに聞こえ、八声《やこへ》[28]の鳥の歌ふよと覚えしが、忽ち友三郎夫婦の者は何《いつ》帰りたるともなく、吾《わ》が家《や》の内に帰りしこそ不思議なれ。

友三郎もこれに懲《こ》りて、いよいよこの怪しみをうるさく思ひ、「いかにもして、この妖怪をやめばや」と心を砕く折しも、またかの女現れ出で、友三郎が傍《そば》近く歩み寄る所を、友三郎狙ひ寄せて手元なる木《き》枕《まくら》を取り、かの女の真向《まつかう》[29]に手ごたへして抛《な》げつけしかば、女の形「わつ」と言ひしが枕に響きて消え失せしが、友三郎が妻俄《にはか》に心痛《しんつう》を病《や》みて一日一夜《や》が程に死しぬ。夫《おつと》またこれにうんじて[30]さまざまと祈り、いろいろに侘びしかども、二たびかの女出でず。「この上は」と恐ろしさに、家を外に移さんとする心出来《いでき》しかば、道具家財は言ふに足らず、鼻紙ひとつさへ畳に吸い付きて離れず。[31]あまつさへ友三郎が妹《いもと》また病みつきしが、程なくこれも死したりしとぞ。

29　額の真ん中。

30　がっかりして。

31　そのうえ。

あらすじ　太田道灌の家臣の末裔、小春友三郎の妻が病に倒れる。ある夜、部屋の灯火の中に女が現れ、自分を神として祀れば、妻の病気を治すことを告げる。妻の病状も悪く、不承不承にも女に祈りを捧げると回復する。しかし、女が再び姿を見せ、自分の娘婿として、桐の木で作った人形を供えるよう要求したために従う。ある夜、友三郎夫婦は結婚の宴に招待され、空中を行くかのような感覚の乗物で女の邸宅に行くが、そこの使用人たちは、すでに亡くなった知人や親戚であったため、怪しく思って成敗を企てる。後日、女が現れたのを狙って、木枕を投げ付けると姿は消えたが、妻が再び心痛を訴え、翌朝には亡くなった。これを恐ろしく思い、転居を試みるが、家財道具のみならず鼻紙程の軽いものまでも、畳に吸い付いて動かそうにも離れず、彼の妹も病死した。

見どころ・読みどころ　――離れない女の怨霊――

家中のあらゆる物が壁や床に吸い付き、誰が引っ張っても微動だにしない光景を思い浮かべると、少々滑稽に感じるかもしれない。しかし、それが女の怨霊による怪事とくれば、背筋が凍る思いとなるだろう。女は灯の中に下半身のない姿で浮上するのだが、それは元禄期に大ヒットした歌舞伎『傾城浅間嶽《けいせいあさまがたけ》』（元禄一一年〈一六九八〉京・早雲座初演）での、煙の中から遊女奥州の姿が浮かび上がる名場面さながらである。この話は、『酉陽雑俎』の左記の話を典拠とする。内容はほぼ同じだが、典拠では怪事件の原因を、登場人物の劉と同年に進士に及第した男の、霊魂によるものとしている。しかし、見知らぬ女性の亡霊に苦しめられた原因が、知人男性の怨霊によるものという構成は、あまりに唐突で腑に落ちない。そのためか、この話では省かれてしまう。では、灯の女は誰で、どのような経緯があるのだろうか。

話の冒頭は、高名な武将の家臣一族の過去から始まる。不運にも一家の長を失う悲劇に加えて、残された幼子を連れて逃げた乳母《めのと》の姿が記されている。その甲斐あってなのか、地侍であっても、一族は継続し、今日の富裕な生活は保たれた上での怪事である。それは乳母の機転を利かせた、この行動に端を発するのではないか。その点で、一見関係性の不透明な冒頭の存在意義が明確になる。話中には具体的に記されなかったが、おそらくは命の恩人、一族の恩人ともいうべき人物が乳母であり、その怨霊として現れたのが、灯の女であると解釈できよう。それがいつの間にか顧みられなくなったため、子孫の部屋の灯火の中に出現し、改めて自分を信仰するよう訴えたのだろう。些細なことだが、これにより、冒頭と本編の辻褄は合う。典拠での不可解な部分は退けられ、新たな先祖の物語の付加によって、話は再構築され、乳母の恩を忘れた一族が、その怨霊に苛まれる話へと、大きく変わったのである。

典拠　『酉陽雑俎』巻一五「諾皐《だくこう》記下」―七
（東洋文庫『酉陽雑俎』三巻五六九）

劉積中、常に京の近県において庄居す。妻病《やまひ》重し。一夕において劉未だ眠らず。忽ち婦人有り。白首にして長纔《わづ》かに三尺。燈影の中より出で、劉に謂て曰く、「夫人の病唯我のみ能く理《をさ》めん。何ぞ我を祈らざる。」劉素より剛なり。之を咄《とつ》す。姥徐《おもむ》ろに戟手《げきしゆ》して曰く、「侮ること勿れ。侮ること勿れ。遂に妻を滅ぼさん。」因て暴《には》かに心痛して殆んど将に卒せんとす。劉已《や》むことを得ず之を祝す。言已《おは》りて復た出づ。劉之を揖《いう》して坐せしむ。乃ち茶一甌を索む。口に向て呪する状の如し。顧み命じて夫人に灌ぐ。茶纔かに口に入れば痛愈ゆ。後《のち》時時輒《すなは》ち出づ。家人亦た之を懼れず。年を経て復た劉に謂て曰く、「我女子有り。笄するに及べり。主人を煩はして一佳壻を求めん。」劉笑ひて曰く、「人鬼路殊《みちこと》なり。固《まこと》に託する所を遂げ難からん。」姥の曰く、「人を求むるに非ず。但だ為に桐木を刻んで形を為し、稍《やや》上なる者は則ち佳と為さん。」劉許諾す。因て為に之を具ふ。宿を経て木人失す。又劉に謂て曰く、「兼ねて主人を煩はして、鋪公・鋪母と作さん。若し可とせば、某の夕我自ら車輪を具へて迎へ奉らん。」劉心計奈何《いかん》ともする無し。亦た許す。一日に至りて酉を過ぎて僕馬・車乗有りて門に至る。姥も亦た至りて曰く、「主人往くべし。」劉妻と各其の車馬に登る。天黒うして一処に至る。朱門崇墉、籠燭列《つらな》りて賓客を迎ふ。供帳の盛なる、王公の家の如し。劉を引きて一庁に至る。朱紫数十与《とも》に相ひ識る者有り。已に没する者有り。各相ひ視て言無し。妻一堂に至る。蝋炬臂の如し。錦翠煥を争ふ。亦た婦人数十有り。存没相識各半にして但だ相ひ視るのみ。五更に及びて、劉妻と恍惚の間、却つて還りて家に至る。酔の醒むるが如し。十に其の一二を記せず。

数月を経て、姥復た来たりて拝謝して曰く、「小女成長す。今復た主人に託せん。」劉耐へずして、枕を以て之を抵して曰く、「老魅敢へて此の如く人を擾《わずら》はすや。」姥枕に随ひて滅す。妻遂に疾発す。劉男女と地を辞して之を禱れども復た出でず。妻竟《つい》に心痛を以て卒す。劉が妹復た心痛を病む。劉居を徙《うつ》さんと欲するに一切の物其の処に膠着す。軽きこと履屣の若きも挙ぐべからず。道流を迎へて上章す。梵僧咒を持して悉く禁ぜず。

劉嘗て暇の日薬方す。其の婢小碧外より来たりて垂手緩歩して大言すらく、「劉四、頗る平昔を憶ふや無《いな》や。」既にして嘶咽して曰く、「省躬近ごろ泰山より回る。路にして飛天野叉に逢ふ。賢妹が心肝を携ふ。我亦た奪ひ得たり。」因て袖を挙ぐ。袖中蠕蠕として物有り。左に顧るに、命ずる所有るに似たり。曰く、「安置を為すべし。」又袖中風生ずることを覚ふ。簾幌を衝て堂中に入る。乃《の》ち堂に上りて劉に対し、坐して存没を問ひ、平生の事を叙ぶ。劉、杜省躬と同年及第、分有り。其の婢挙止笑語肖《に》ずといふこと無し。頃《しばらく》あつて曰く、「我事有り。久しく留まるべず。」劉が手を執りて嗚咽《おえつ》す。劉も亦た悲しんで自ら勝《た》へず。婢忽然として倒る。覚むるに及びて一も記する所無し。其の妹亦た此より恙無し。

【文献ガイド】

＊『けいせい浅間嶽』（高野辰之・黒木勘蔵校訂『元禄歌舞伎傑作集』下、早稲田大学出版部、一九二五年）

※　守り札。
※※　霊験。

挿絵

黒い雷雲に取り込まれ、断末魔の叫びを上げたのは、年老いた猿の妖怪たちである。これらは長年にわたり、丹後の片田舎で暮らすある親子を苦しめ続けた。

しかし、美しく成長した娘の身を守り、彼らを助けたのは、二〇年前のある出来事であった。

巻一の五　宮津の妖《ばけもの》

付けたり　御符《ごふう》※の奇特※※ある事

1 京都府宮津市。
2 精緻な絹織物を織る機械。

（糸繰）

3 肩で突き合うほど多くいて。
4 従者。
5 五〇歳ぐらいの年頃。
6 宮津市にある成相寺。
7 近接した郷村。
8 丹後国の歌枕。京都府与謝郡伊根町。浦島伝説の地として知られる。
9 世話によって。
10 生活の手段。
11 どこからともなく。
12 たいへんな朝寝坊。

丹後《たんご》[1]の国宮津といふ所に、須磨《すま》屋忠介《ちうすけ》といひけるは、常に絹を商ふの家にて精好《せいがう》[2]の機《はた》をたて並べ、糸繰《いとくり》の女肩[3]をつきしろひ、日夜《にちや》に家業《かげう》怠らず。富貴《ふうき》も年々にまさり、眷属《けんぞく》[4]あまた引きしたがへける中に、そのころ年久《としひさ》しく勤めて、中老《ちうらう》[5]の数に入りたりける源《げん》といひし糸繰は、成相《なりあひ》[6]の脇在所《わきざいしよ》[7]、伊祢《いね》[8]といふ村の者にてありしが、稚《おさな》き程に父に離れ、母ひとりの介抱《かいほう》[9]にて三つ四つまで育ちけるころ、この辺《へん》は皆網《あみ》を引き、魚《うを》をとりて身過ぎ[10]とする所なりければ、常にかの母この源を抱《いだ》き負ひて浜に出で、鰯《いはし》を干し、鯖《さば》を漬けなどして毎日を過ごしけるが、そのころしも、いづくともなく[11]順礼の僧と見えて、年《とし》五十四五ばかりなるが、この里に来りて家々に物を乞《こ》ひ、袖を広げて身命《しんめう》をつなぎ、夜はこの後家《ごけ》が方へ頼りて一夜を明かしけり。されども、内に入りて親しく寝る事はなく、ただ表の庭にむしろを敷き、門《かど》の敷居《しきゐ》を枕として寝たりければ、日暮れては、さらに内より出づる事もかなはず、まして外《そと》より来《きた》る人は、この寝たる僧にはばかりて得《え》入らず。その上この坊主、[12]ちかごろの朝寝仕《あさねし》なり。

しかれども、この[13]孀《やもめ》少しも厭《いと》ふ気色《けしき》なく、心よくもてなしけるに、ある時この僧語りて曰く、「誠《まこと》にこの[14]年ごろ、ここに起《お》き臥《ふ》しを許し、心よくもてなし給ふ[15]御芳志《ほうし》のほど忘れ難く、何をがなと思へど世を厭ひし身なれば、今さら報《ほう》ずべきこの世の覚えも知らず。さりながら、この家のやうを見るに、度々妖怪《ようくわい》の事ありと思ふなり」と言へば、主《あるじ》の女の言ふやう、「[16]されぱとよ、この家《いへ》のみにあらず。惣じてこの伊《い》祢《ね》の村は、海にさし出でたる嶋先なれば、むかふの沖に見えたる[17]中の嶋より、怪しき物折々渡り来て、里人をたぶらかし悩《なや》ますなり。されば、我が[18]妻の夭《わかじに》し給ひしも、この[19]物怪《もつけ》の故《ゆへ》なり」と語れば、僧の言ふやう、「さればこそ、その怪しみの兆《きざし》を見とめたるゆへぞかし。日ごろの御恩には、せめてその難を救ひて参らすべし。今は吾も故郷《こきやう》のなつかしうなりたれば、近き内に思ひ立ちて遥《はる》かなる旅に赴くなり。[20]いでや、まづ今宵の内に、この家の難を退けて参らせんずるぞ」と火をあらだち、水を浴びなどして、何やらん咒《まじなひ》の御札《おふだ》をしたため、囲《い》炉裏《ろり》にむかひてかの札どもを焼《や》き上げたれば、しばらくありて雨風《あめかぜ》の

13　未亡人。
14　数年間。
15　御親切な心遣い。
16　そうだね。
17　伊根湾内の青島をさすか。
18　配偶者。ここでは夫。
19　人にとり付く妖怪。
20　さてまあ。

音激しく、[21]濃松《あつまつ》の方《かた》より降り来《きた》るよと見えしが、伊祢の山も崩るるばかり、大きなる神鳴《かみなり》稲妻の光隙《ひま》なく、時ならぬ大夕立《ゆだち》して中の嶋に渡ると見えしが、主の女は気も[22]魂《たましゐ》も身にそはで縮《ちぢ》まり居たる内、やうやう雲晴れ、星の光さはやかになりけるころ、かの僧の言ひけるは、
「今は心やすかれ、長くこの家に怪しき物来るまじ。さりながら口惜しき事は、今ひとつの[23]悪鬼《あつき》を取り残したり。今より二十年を経て、この家に難あるべし。その折節、我がせしやうに、これを火にくべ給へ。これをさへ焼《た》き給はば、永く妖怪《ようくわい》の根《ね》を断ちて子孫も繁昌《はんじやう》すべきぞ」と鉄《くろがね》の板に朱《しゆ》にて書きたる札を、取り出《いだ》して主にとらせ、僧は泣く泣くその家を立ち出でしが、終にいづくにか去《い》にけん、二たび帰らずなりぬ。

　これより久しうして、かの女の育てつる娘がやうやう人[24]となり、はや二十三四になりけるが、田舎《いなか》には惜しきまで心ばへやさしく、[25]容顔《ようがん》美《いつく》しく、他に勝《すぐ》れたる育ちゆへ、そのころの人のもてはやしにて、高き賤《いや》しきとなく誰も心をかけ、恋《こ》ひわたりけれども、この母の親、心

21　天の橋立の中で最も幅の広い所。橋立明神がある。
22　気が動転して。
23　祟りをなす妖怪。
24　一人前に成長し。
25　顔立ちが美しく。

おごりして、尋常《よのつね》の人にあはせんとも思はず、かしづきわたりけるに、このころ都より、大内方《おほうち》[26]の何がしとかやいふなま上達部《かんだちめ》[27]の雑掌《ざつしやう》なりける男《おのこ》、年五十《いそじ》ばかりなるが、城崎《きのさき》[28]の湯に入りける帰り、「この丹後《たんご》に聞こえたる切戸《きれど》[29]、成相《なりあひ》[30]の寺々をも拝まばや」とてうち越え、かなたこなたと珍しき所々見めぐり、江尻《えじり》[31]より船に乗りて枯木《からき》[32]、根蓴《ねぬなわ》[33]の浦、水江《みずのえ》[34]の里などを心がけて漕ぎ出でけるが、この伊祢の磯《いそ》を通るとて、かの娘のありけるを垣間見《かいまみ》しより、しづ心なく思ひ乱れし体《てい》にて、暮れかかるよりこの磯に船をかけさせ、船人《ふなびと》に問ひ聞き、浦の海士《あま》に尋ねて、この孀《やもめ》の家に幕《まく》うたせ、物の具取り払はせなどして宿を借りつつ、夜一夜《ひとよ》歌《うた》を歌ひ舞をかなでて酒を飲み、宿の主といふ女をもひたすらに呼び出し、見にくき姿をも厭《いと》はず、そぞろに酒を強《し》ゐ飲ませ、さて、かの見初めつる娘の事を尋ねしに、この母なを心を高く持ちて思ひけるは、「都の人とこそいへ、大やけ[35]のまた者なんどに我が娘をあはせては、かねがね恋ひわたりつる、この辺りの人の心ばへも恥づかし。とても[36]都へとならば、いかなる卿相《けいしやう》[37]の妾《めかけ》ともとこそ祈りつれ」と思へ

26 宮中の方面。
27 年若い公卿の雑務を行う者。
28 兵庫県豊岡市の城崎温泉。
29 切戸の文殊。宮津市の智恩寺。文殊菩薩を本尊とする。
30 宮津市の寺院。天の橋立を見下ろす位置にある。
31 宮津市。天橋立北部の付け根の町。
32 から木の浦とも。同市須津付近の海岸。
33 伊根町日出にあると言われた丹後の国の名所。
34 伊根町。丹後半島の先端付近。浦島太郎が居住した場所として知られる。
35 宮廷方面の臣下の臣。
36 いっそ。
37 公卿や大臣の側室。

ば、なかなかよそ事に聞きて返事もせず。かの都人いよいよ乞ひ侘びて、ひたすらに母が機嫌《きげん》をとりつつ、今日聞きおきし何かの事を、ひとつ我知り顔《がほ》に言ふ内、「いつぞや旅の僧のくれたりと聞く守り札は今にありや。何やうのものぞ。見せよ」と望めば、かの母常にこの守りを大事と思ふ心より、似《に》せ札《ふだ》を拵《こしら》へて持ちたりけるを差し出す。

都人それを取りけるより、いよいよ手強《てづよ》く「かの娘を我にくれよ」と乞ふ事しきりなりしかども、母またなをなを[38]口ごはく言ひて、請け合はざりしかば、今は都人も大きに怒り腹立ち、「所詮《しよせん》今宵の内に、下部《しもべ》ばら、残る隈《くま》なく家《や》探しして、理不尽《りふじん》に娘を奪ひとれ。都へとく具して行くべし」と罵《ののし》るほどに、母の親今はせんかたなく、非道《ひだう》の難《なん》にあふ事を嘆《なげ》きしが、与風《ふと》思ひ合はせけるままに、肌の守りより例の札を取り出し、茶釜《ちやがま》の下の火にさしつけて焼《た》きけるが、不思議や、俄《にはか》に大神鳴《おほかみなり》大雨しきりにして、稲妻《いなづま》のかげよりはたと落ちかかる神鳴あやまたず、この家のむかひなる磯《いそ》に落ちしよと見えしが、雨晴れ夜明けて見れば、かの都人と見えしは、いづれも年経《としへ》たる古き猿どもの

38　口達者に言いまくって。

衣服《いふく》したるにてぞありける。
さて、かの家にてとりちらしたる道具ども、大方この世の物にあらず。みな金銀の類《たぐひ》なりしかば、悉《ことごと》く官家《くわんか》[39]に申して、これを成相《なりあひ》の宝蔵《ほうざう》に納めけるとぞ。

御伽百物語巻一終

39　官位の高い家。

あらすじ　丹後の宮津に絹を商う家があり、そこに年配で糸を繰る奉公人の女性がいた。彼女は近くの伊祢という田舎出身で、早くに父を亡くし、母子家庭で育った。かつて、この家に諸国順礼の僧が訪れ、数年間軒先に宿を借りたことがあった。僧は帰郷にあたり、御礼に妖怪を退治するが、取り逃がした物もあった。二〇年後の復讐に備え、僧は一枚の札を残して去った。後に娘は美しく成長し、それを垣間見た旅行中の都人に見初められる。都人は娘を嫁に貰いたいと申し出たが、高慢な母親は男の身分が低いために拒否する。その上、例の札を強く求めたため、母は用心深くも偽の札を渡す。そうとは知らない都人は、今とばかりに娘を奪おうとするが、母はあの時の僧の言葉と今がその二〇年後にあたることを思い出し、本物の札を火にくべると、急に雷が鳴り響いて大雨が降った。その後、都人たちは皆、年老いた猿の妖怪になっていた。妖怪の残した金銀の道具は、成相寺の宝蔵に納めたとか。

見どころ・読みどころ　――人間の欲が呼び寄せる妖怪――

民話「三枚のお札《ふだ》」ではないが、授けられたお札の力によって、化け物を退治する場面が、この話のクライマックスである。しかし、これは中国の随筆集『輟畊録《てっこうろく》』（元、陶宗儀作）の左記の一話を典拠とし、そこに糸繰りをする孤独な老女の過去と、日本三景の一つとして名高い、天橋立《あまのはしだて》近郊の美しい風景とを重ね合わせたのが特徴である。では、それらはどのように作用しているのだろうか。

この話と典拠との内容の共通性は高いが、詳しく見ていくと、母親の描かれ方に微妙な相違があることに気付く。本文に「この母の親心おごりして、尋常の人にあはせんとも思はず」とあるように、母の姿を、娘の美貌を誇り、貴人との縁を望む驕慢《きょうまん》な人物と表現し、狡猾《こうかつ》な印象に変えている。そのためか、妖怪来訪時の娘の年齢は二三、四歳であり、江戸時代の女性の妥当な結婚年齢に比して一〇歳増しは、年増《としま》と認識されただろう。この娘は母親の驕慢さと狡猾さによって、いたずらに婚期を延ばされた幸薄い存在と解釈されよう。それが、冒頭に置かれた娘の現在の姿、糸繰りの老女「源」によって、照射される構造となっているのだ。未来の彼女は、過去の華やかさとは対照的な貧乏で孤独な老女である。これにより、中国の素朴な怪異譚は「美人薄命」の物語へと変化し、独自のものになり得たと言えよう。

一方、俳諧の付合語《つけあいご》を集成した『俳諧類船集《はいかいるいせんしゅう》』（高瀬梅盛編、延宝四年〈一六七六〉刊）には、この話の舞台「丹後」に対して、「紬」、「精好」、「選糸《せんじ》」、「鰯」、「伊祢の浦」などが並び、冒頭が俳諧の付合語《つけあいご》によって構成された形跡が看取される。もちろん、有名な伝承「浦島」もそうであり、それを指すものであろう。

古来より景勝地として名高く、浦島太郎が暮らし、彼が行ったとされる龍宮の近くにある不思議な国が丹後であり、作者はこのような土地柄に心惹かれ、ファンタジーを感じ、この舞台に設定したのだろう。

典拠　『輟畊録』第六巻「鬼贓《きざう》」

陝西某《なにが》し県の一の老嫗なる者村荘の間に住するの日、道流《だうる》の乞食有り。之と与《とも》にして吝《やぶさか》れる色無し。忽《たちま》ち問ひて曰く、「汝が家妖異の為に苦しめらるる所無きことを得んや。」嫗が曰く、「然り。」曰く「我汝が為に之を除かん。」即ち命じて火を取らしめて嚢中の符篆《ふてん》を焚く。頃《しばらくあつて》之他所に震霆《しんてい》の声有るを聞く。曰く「妖已に誅殛《ちゆうきよく》す。纔《わづ》かにその一を遁し、廿年の後、汝が家当《まさ》に難有るべし。今鉄簡を以て汝に授く。時に至らば、亟《すみ》やかに諸《これ》を火に投ぜよ」と。言訖《お》はりて去る。

是より久しくして嫗が女《むすめ》、長じて且つ美なり。一日大王と曰ふ者有り。騎従甚だ都《みやびや》かなり。宿を嫗が家に借る。左右を遣して謂ひて曰く、「嘗て異人の鉄簡を得ることを聞く。出だし示すべしや否や。」蓋し嫗平日数《しばしば》他人の為に借り観《み》す。因りて、一の偽物を造りて、真なる者を以て腰間に懸けて置かず。遂に偽を用《もつ》て献ず。留《とど》めて還さず。謂ひて曰く「汝が女を呼んで酒を行《やら》しむべし。」疾を以て辞す。大王怒りて、便ち姦を為さんと欲するの意あり。嫗窃《ひそ》かに道流の説を思ひて計算すれば、歳数《さいすう》又た合ふ。乃ち佩《はい》する所の鉄簡を解きて酒竈《しゆさう》の火内に投ず。既にして電掣し雷轟き、烟火室に満てり。須臾《しゆゆ》にして平息しぬ。獼猴《びこう》数十を撃ち死《まか》す。其の一最鉅《おお》きなるは、疑ふらくは即ち向《さき》の逃者ならん。齎《もたら》して行に随ふ所の器用、悉く金銀宝玉を係《か》く。赴きて有司に告げて藉《しや》して官庫に入る。

泰不華元帥西台の御史たりし日、其の案を閲す。朱語に鬼贓《きざう》と曰ふと云ふ。余親しく泰公の説を聞くこと甚だ詳らかなり。且つ鈔具案文有《いう》り。惜しむらくは随ひて即ち記録せざることを。今則ち邑里姓名歳月を忘る。

【文献ガイド】

＊野間光辰監修『俳諧類船集索引　付合語篇』（近世文芸叢刊別巻一、一九七三年）

巻二の一　岡崎村の相撲

付けたり　捻鉄《ねじがね》九《く》太夫《だゆふ》冥使にあふ事

挿絵

鷹を連れ、食用の鳥を狩りに行った力自慢の力士が、宗像の山中で二人の武士風の男に遭遇する。

実は、彼らは宗像神社の神使であり、力士に衝撃の事実を突き付けにやって来たという。なぜなら、力士はある重罪を犯していたからだった。

[1]筑前《ちくぜん》の博多《はかた》[2]黒崎《くろさき》などと聞こへたるあたりは、よき相撲《すまひ》のあまたある所なり。過ぎし[3]元禄十二の年《とし》、[4]京都岡崎《きやうとおかざき》の村にて[5]勧進《くはんじん》相撲を取り結び、諸国に人を遣はし、[6]ぬき手の者どもを選《ゑら》み、抱《かか》ゆるの沙汰《さた》ありしかば、当国《とうごく》の男《おのこ》どもには[7]両国梶《りやうごくかぢ》の介《すけ》、[8]金碇仁太夫《かないかりにだゆふ》などいふ者どもをはじめ、さまざまの相撲どもここぞと力を挑《いど》み、誉《ほま》れを誇りて、我先とのぼらん支度《したく》をなしけるより、ここかしこの取手ども、あまた聞き伝へに寄り集まりける中に、[9]捻鉄《ねぢがね》九太夫といひしは、年いまだ三十に足らずして、力[10]中国《ちうごく》に類《たぐひ》なく、そのころの妙手《めうしゅ》にて、およそ[11]四十八の習《なら》ひは言ふに足らず、さまざまの手取りなりしかば、人みな師とし兄ともてなし、あへてこれが上に立たんとする物なければ、「このたび上方《かみがた》の相撲は、中絶《ちうぜつ》して久しく沙汰なかりしを、珍《めづら》しう取り立つるは、我々が日ごろの大望《たいもう》。都は殊《こと》に諸国の重んずる所といひ、または芸に長じて恥づかしき所と聞き、いざ我も打ちまじりて万《まん》人の目を驚かさばや」と心おごりして、これも[12]関《せき》の数《かず》に極《きは》まりける。

生得《しやうとく》この捻鉄は肉食《にくじき》人にこゐて、幼少《ようせう》より猟《れう》を好み山野《さんや》にかけり、

1　福岡市博多区。
2　北九州市八幡西区。
3　西暦一六九九年。慶安元年（一六四八）以来禁じられていた勧進相撲興行が、京都岡崎村天王社で行われた。
4　京都市左京区岡崎東天王町、現在の岡崎神社。岡崎村の産土神を祭った岡崎天王社があり、東天王社とも言った。
5　観客から見物料を徴収して興行する相撲。
6　抜出。成績の良い力士。
7　寛文四年（一六六四）～宝永五年（一七〇八）。因州（鳥取県）出身、池田藩（後紀州藩）抱えの大関。
8　筑前出身の大関。
9　未詳。「捻鉄」は捻じ曲がった鉄の意。寛永期に、捻鐡藤四郎という力士が実在し、豪家の一人息子と知られていた。

海河《うみかは》に渡りて、終日終夜《しうじつしうや》魚鳥《うをとり》を駈《か》りとり、中にも狗《いぬ》を食らひ猫《ねこ》を好きて、猥《みだり》に人の秘蔵《ひざう》し愛するをも構《かま》はず押し取り、奪《うば》ひ殺して喰らひける程に、その辺《へん》かつて犬猫を飼はず。たまさかも飼ふ事あるものは、深く繋《つな》ぎ遠く隠して、声をだに聞かせじと侘《わ》びあへりける故、九太夫が第一の好物《かうぶつ》を断《た》たれ、あるひは東国北国《とうごくほつこく》の商人《あきびと》にあつらへ、または相撲の弟子に乞ひて食らふ事あまたなりしが、はや四五日が程には都へ上《のぼ》るべければ、「嬉《うれ》しや。上方《かみがた》に上らば思ふさま、まづこの好物に飽《あ》[13]くべし。今日は宗像《むなかた》[14]の山に入りて、鳥を落とさせて慰めん」と思ひ、鷂《はいたか》[15]ひともと手にすゑ、宗像へと急ぎける所に、惣髪《さうかう》[16]の侍《さぶらひ》二人、そのさま気高く引きつくろひ[17]、裃《かみしも》[18]折り目高に着なし、大小[19]さはやかに指《さ》しこなしてむかふより来《きた》るは、いかさま[20]隣国《りんごく》の太守《たいしゆ》[21]に近習《きんじう》[22]の人か。さては聞きふる[23]巡見《じゆんけん》[24]の上使《じやうし》かとも言ふべき骨骸《こつがら》[25]なるが、供人《とも》の纔《わづ》か一両人なるもいぶかしと思ひつつ行《ゆ》くに、程《ほど》なく九太夫がそばに立ち寄り、「汝《なんぢ》は聞こふる当国の相撲取り、捻鉄といふ者なりや」とあれば、九太夫思はず地《ち》に跪《ひざまづ》きて、「なるほど、それがしが事に候」

10 ここでは、国内。
11 四十八手。相撲の技の総称。
12 関取の物の数に入った。
13 満足するだろう。
14 福岡県宗像山地。宗像大社がある。
15 狩りに用いる小型の鷹。
16 月代を剃らない髪型。
17 意義を正して。
18 きちんと。
19 刀と脇差。
20 いかにも。
21 領主。
22 主君の側近。
23 常に聞く。
24 幕府派遣の特使。施政や民情の査察をする。

と言ふ。時にかの武士《ぶし》、「しからば、これより二三町[26]あなたへ参るべし。密々《みつみつ》に申すべき旨あり」と宣《のたま》ふに任せ、心ならずそぞろに御供《とも》し、いづくともなく行く程に、晴れ晴れしく見なれざる野に出でたり。

ここにおゐて、両人の侍九太夫に言ふやう、「我々は人間にあらず。誠は当国宗像の神使《しんし》なり。汝あまたの生類《しやうるい》を殺す。その罪もつとも軽《かろ》からず。冥官《めうくはん》[27]今この罪のかはりに、汝が百年の命数《めいすう》[28]を縮《ちぢ》め、早く黄泉《くわうせん》[29]の底《そこ》に控へて、かの殺されし生類の怨《うら》みを報《むく》はしめよとの鉄札《てつさつ》[30]すでに極まり、我々は汝を迎《むか》ひに来りたるなり」と言ふを、九太夫かつて[31]承《せう》引《いん》せず、「何ぞや、その幽冥《ゆうめい》の事、人と鬼《き》と道殊《こと》なり、汝らは正《まさ》しく人なり。偽《いつは》るとも相手によるべし」と言ひて中《なか》々に請け合はざれば、両使《りやうし》懐より立文《たてぶみ》[32]のやうなる物を出《いだ》し、九太夫に渡せば、不思議ながら開き見るに、

天《あめ》なり地《つち》あらはれ、神その中《なか》にあれましてよりこの方、山を生み川を生み、木草《きくさ》もろもろの翅《つばさ》、毛生《けお》ひ角《つの》をいただくの類《たぐひ》、種々《くさぐさ》のものを生みまして、広く遠く大日本《おほやまと》の国の御宝《みたから》と見そなはし、恵《めぐ》

25 風采。
26 一町は約一〇〇m。
27 地獄の閻魔王庁所属の役人。
28 寿命。
29 あの世。
30 悪人と判断された死者の名を記して地獄へ送るための札。
31 まったく。
32 包紙で縦に包み、余った上下を捻った手紙。

（『男重宝記』）

みます吾国《わがくに》の荒ぶる物は、みなこれ[33]天《あま》つ神《かみ》の[34]手支《たなすへ》の物なり。[35]地《くに》つ祇《かみ》のいとおしみ給ふ御子なり。されば天地も同じき根ざし、万物一体《ひとつかたち》の語《ご》あり。[36]宗源《そうげん》の名の起こる所、唯一《ゆいいち》の立つる所以《ゆゑん》、神道みだりに行はんや。

しかるにこの博多《はかた》の津の民九太夫、よこしまの心をもて、所為《しわざ》[37]あぢきなく、纔《わづ》かの食に口を甘くせんとむさぼり、余多《あまた》の物の命を傷《そこな》ふ。それが中にも、犬猫の肉を食らはんがために殺す事四百六十頭《かしら》、魚鳥数《うをとりかず》を知らず、悉《ことごと》く載せて鉄札《てつさつ》にあり。しかのみならず、己が身の力を頼み弱きを侮《あなど》り、国中《くになか》の[38]百 姓《おほんたから》、[39]神《かみ》の御奴《みやつこ》を痛め損なふ事不可勝斗《あげてかぞふべからず》。[40]幽冥《ゆうめい》の簿《ぼ》すでに極まり、命算《めいざん》を奪ひ縮められ、世に交《まじ》はるの限り今日にあり。急ぎ冥使《めいし》に仰《おほ》せて、速《すみ》やかに九太夫を召し取り、[41]殺生《せつしやう》の罪を[42]畜生《ちくさん》の恨みに報はしむべし。[43]仍《よつ》

　而《て》命簿《めいぼ》件《くだん》の如し。

と書きたる墨色《すみいろ》、朱印《しゆいん》などもぬれぬれとして、ただ今したためたりと見ゆるに、九太夫は身の毛よだちて恐しく悔《くや》しくなりしかば、鷹《たか》をも

33　高天原の神。
34　手の先。
35　土地を守護する神。
36　本源。卜部神道の用語。
37　人の道に外れていて、どうにもならなく。
38　大御宝。農民。
39　神社に属して、雑役（ぞうえき）を行った者。
40　死者の世界へ行く者の文書に名前が載り、寿命を奪われる意か。
41　生き物を殺した罪。
42　家畜。
43　そこで命簿の記載どおりである。書状などの終わりに記載する。

44 超人的な能力を持つもの。
45 愚かで無知なさま。
46 諺。人を助けることは菩薩の行為に等しい尊い行い。
47 念仏。
48 天目茶碗。
49 親切な心遣い。
50 一貫文は一文銭千枚分。
51 用意して。
52 並み一通りでなく。

捨てて地《ち》にひれ伏し、泣く泣く両人にむかひて言ふやう、「誠に角《かう》まで悪業《あくがう》を積みける事、今さら悔やみても甲斐《かひ》なきながら、報《むく》ひある事を知らず。地獄《ぢごく》はなき物ぞ、[44]鬼神《きじん》は心を戒むる仮《かり》の的《めあて》ぞ、と思ひこなせし[45]愚癡《ぐち》よりなせし事なれば、是非《ぜひ》もなき事ながら、暫時《しばし》の命を延《の》べて給はるまじや。[46]人を助くるは菩薩《ぼさつ》の行《ぎやう》とかや。せめて一篇《へん》の[47]称名《せうめう》をも唱へばやと存ずるなり。まづこなたへ」と両人を強《し》いて町に連れ行き、とある酒屋に請《しやう》じ入れ、さまざまと訴《そ》招《せう》し、さて酒を買いとのへ、[48]天目《てんもく》九つに注《つ》ぎ分け、我も三盃《ばい》引きうけて呑《の》み、両使《りやうし》にもおのおの三盃づつ呑ませけるに、両使の内一人が言ふやう、「何さま九太夫が心ざしの程も不便《ふびん》なり。殊にはかかる饗応《もてなし》にあひたる[49]芳志《はうし》もあり。我今汝がために、命を乞ひて得さすべし。しばらくここに待つべし」と言ひて立つと見えしが、瞬《また》きの間《ま》に帰りて言ふやう、「汝命惜しくば、銭四百[50]貫文《くわんもん》を[51]認《したた》めて出すべし。三年の命を仮《か》して延ぶべし」と言ひけるに、九太夫[52]なのめならず喜び、明日の昼までと約束して、両使は帰しぬ。酒屋にはかつてこの両使を見る事なし。ただ九太夫一人狂気《きやうき》したりとぞ思ひけるに、かの供へたる六盃の酒は、そのままにてありながら、悉く水とぞ成りたりけるとかや。

さて、かの約束の如く銭を才覚[53]するに足らず、家財《かざい》を枯却《こきやく》[54]し、身を都の岡崎に請け合ひて、先銀《さきがね》を取るなどし、漸《やうやう》四百貫文の都合《つがう》を調《ととの》へ、午《うま》[55]の時に至りて仏前《ぶつぜん》に備《そな》へけるを、昨日の両使また来たり。この銭を取りて帰るとぞ見えし。九太夫これに少し心慰みけるに、程なく三日過ぎて、例の侍この家に来たり。「汝忘れたりや。今日は冥途《めいど》へ来る約束ぞ。三年と言ひしは、娑婆《しやば》[56]の三日なりけるぞ」と言ひて引き立つると見えしが、終《つひ》に九太夫も死しけるとかや。

53 工面するが。
54 売却し。
55 午後一二時ごろ。
56 現世。

あらすじ　しばらく禁止されていた勧進相撲だったが、約半世紀ぶりに京都岡崎村で興行されることとなり、筑前の力士捻鉄九太夫は、これに挑むことにした。ただし、九太夫は無類の肉好きで、鳥魚では飽き足らず、近隣の飼い犬や猫をも盗んで食べていたほどであった。いつものように、狩のために宗像山に行くと、二人の侍に出会う。彼らは宗像社の神の使者で、九太夫が多くの動物の命を奪った罪を犯したため、まさにこの日限りの命となったと言い、証拠に命令の下された手紙を見せた。九太夫ははじめ納得しなかったが、命乞いをすると、銭四〇〇貫文と引き換えに、三年の命を延ばすことを約束してもらう。自らの物一切合財を処分して金を工面し、三年間命を延ばしてもらったはずだったが、三日後に迎えの使者が来た。なぜなら死後の世界でいう三年は、現世の三日に相当するためであった。

見どころ・読みどころ　――相撲禁令と生類憐みの令――

将軍綱吉が出した法令で有名なものに、「生類憐みの令」がある。人間以外の動物、とりわけ犬を大切にすることで知られるが、これには意外な背景が潜んでいることを御存知だろうか。絶対的な仏教思想のもと、肉食が禁じられた江戸時代にあって、いわゆるかぶき者という無頼の徒たちが、犬猫を捕えては食用にしていた事例があり、その悪しき習慣を封じるための法令であったとも言われている。なぜなら、そんな彼らは暴徒化し、諸人の迷惑となっていたからだ。同様に、力士は諸藩に召し抱えられた者もあったが、そうならなかった者は、彼らの仲間入りをしたようだ。だからといって、食生活を変えることは不可能であろう。『本朝二十不孝《ほんちょうにじゅうふこう》』（井原西鶴作、貞享三年〈一六八六〉刊）巻五の三「無用の力自慢」にも、強い力士を目指す青年が、肉を好んで食べる場面がある。このように、力士の肉食は珍しくはなく、はからずも相撲再開により、法令の裏の機能が、浮き彫りにされたようにも見える。よって、ごく自然に『酉陽雑俎』の左記の一話と、華やかな力士たちに見え隠れする、闇の部分が結びつけられたものと想定される。

勧進相撲とは、寺社の修復費用を調達する名目で開催される興行である。むろん、幕府の許可が必要で、慶安元年（一六四八）二月の禁令以降許可が降りず、中絶の状況下にあり、辻相撲でさえも禁じられていた。

これも無頼の徒を一掃するためであったと考えられている。岡崎村の勧進相撲は、実に半世紀ぶりに行われたもので、その活況ぶりは並一通りではなかったという。本文の記述同様、元禄一二年五月二八日から、七日間の興行が行われ、千秋楽では宮本《みやもと》大関両国梶之介と、寄方《よせがた》大関大灘浪右衛門の大関同士の取り組みがあり、両国が勝利した。その様子を記録した『大江俊光記』は、土俵の形状や露店などの周囲の賑わいも伝えており、筆者の興奮ぶりが手に取るようである。これはまさに、元禄時代を代表する大イベントの一つとして、作者の心に深く刻まれた行事であり、典拠との呼応が作品化につながったに違いない。

典拠　『酉陽雑俎』続集巻一「支諾皐上」七
（東洋文庫『酉陽雑俎』四巻八八〇）

元和の初め上都東市の悪少李和子、父努眼といへり。和子性忍にして常に狗《いぬ》及び猫を攘《ぬす》んで之を食《く》らひ、坊市の患を為す。常に鷂《たか》を臂《ひ》し衢《ちまた》に立つ。二人の紫衣を見る。呼んで曰く、「公は李努眼の子、名は和子に非ずや。」和子即ち遽《には》かに祗《つつし》んで揖す。又た曰く、「故有り。隙処《げきしよ》に言ふべし。」因て行くこと数歩、人外に止まる。言く、「冥司公を追ふ。即ち去るべし。」和子初め受けずして曰く、「人なり。何ぞ紿《あざむ》き言ふ。」又曰く、「我は即ち鬼」と。因つて懐中を探り、一牒を出だす。印窠猶湿《うるほ》ふ。其の姓名を見るに、分明に猫犬四百六十頭論訴の事を為せり。和子驚懼し、乃ち鷂子を棄て拝して之を祈り、且つ曰く、「我が分、死せん。爾《なんじ》必ず我が為に暫らく留まれ。少酒を具へん。」鬼固辞するも已《や》むことを獲ず。初め将に畢羅肆《ひつらし》に入らんとするとき、鬼鼻を掩《おお》ひて前《すす》み肯《がへ》んぜず。乃ち旗亭杜家《きていとか》に延《ひ》きて揖譲独言す。人以て狂と為す。遂に酒九盌《わん》を索して自ら三盌を飲み、六盌は虚しく西座に設け、且つ其の方便を為して以て免れんことを求む。二鬼相ひ顧すらく、「我等既に一酔の恩を受く。須く為に計を作すべし。」因て起ちて曰く、「姑《しばら》く我を遲《ま》て。」数刻にして当に返るべし」と。未だ時を移さずして至りて曰く、「君銭四十万を弁ぜよ。君が為に三年の命を仮らん。」和子諾許し、翌日午に及ぶを以て期と為す。因て酒直を酬《む》ひて、且つ其の酒を返す。之を嘗るに味水の如し。冷復た歯に氷す。和子遽かに帰り、衣具鬻楮を貨《う》り、期の如く備へ酬して之を焚く。自ら二鬼其の銭を挈《かか》げて去るを見る。三日に及びて和子卒す。鬼の三年と言ふは蓋し人間の三日なり。

【文献ガイド】

＊朝倉治彦校注『人倫訓蒙図彙』（東洋文庫五一九、平凡社、一九九〇年）＊冨士昭雄、井上敏幸、佐竹昭広校注『好色二代男　西鶴諸国ばなし　本朝二十不孝』（新日本古典文学大系七六、岩波書店、一九九一年）＊三田村鳶魚著、朝倉治彦編『相撲の話』（魚江戸文庫四、中央公論社、一九九六年）＊桜井進『江戸のノイズ―監獄都市の光と闇』（NHKブックス八七九、日本放送出版協会、二〇〇〇年）＊竹内誠『元禄人間模様―変動の時代を生きる』（角川選書三一三、角川書店、二〇〇〇年）
＊飯田昭一編『史料集成　江戸時代相撲名鑑』上下（日外アソシエーツ、二〇〇一年）

相撲（『人倫訓蒙図彙』）

巻二の二　宿世《すくせ》の縁《えん》

付けたり　誕生水の弁天奇瑞《きずい》ありて短冊の主と契りをこめし事

西[1]八条遍照心院大通寺《へんぜうしんゐんだいつうじ》[2]は世に尼寺《あまでら》と号して、そのかみ清和天皇《せいわてんわう》[3]第五の王子貞純親王《さだすみしんわう》[4]の宅地にて、六孫王経基《ろくそんわうつねもと》[5]も相続いて住み給ひたりけるが、終にここに葬《はうぶ》りけるよしにて、その墳墓《ふんぼ》うづ高く残り、古き名埋《うづ》もれずして星霜《せいさう》[6]を経《へ》し所に、去《さん》ぬる元禄[7]十四の冬、新たに宮社造営《きうしやざうゑい》の事あり。神宝社務《しんぽうしやむ》[8]めづらかに改まり、甍《いらか》花[9]を飾り、軒は玉を磨きて、二度《ふたたび》栄ふるの光、世に隈《くま》なかりければ、洛中《らくちう》の貴賤《きせん》[10]袖を連ね跟《くびす》を継ぎ、我も我もと歩みを運びたりし中に、京極《きやうごく》[11]の西、冷泉《れんぜい》[12]の北、何某《なにがし》の坊《ぼう》[13]とかや言ひけるが許《もと》に、宿りをしめつる花垣梅秀《はながきばいしう》といへる書生《しよせい》[14]、仮初《かりそめ》にこの地に来たり。

かなたこなたと見廻《めぐ》りける序《ついで》、「かの寺の前にありける湧泉《ゆせん》は、いかがなりけん」と尋ねしに、これも今は門内に引き入れて、廻りを四角に掘りわたし、池の心に造りかまへて、正《まさ》しく井の上と思ふ所に

1　京都市南区八条町。
2　真言宗東寺派の寺院。西九条比永城町に移転。六孫王神社のみ残る。
3　平安前期の天皇。嘉祥三年（八五〇）～元慶四年（八八一）。
4　清和天皇の皇子。?～延喜一六年（九一六）。
5　源経基の別称。清和源氏の祖。?～応和元年（九六一）。
6　長い年月が経った。
7　西暦一七〇一年。
8　すばらしく。
9　瓦や軒を美しく装い。
10　大勢の人が連れ立って。
11　京都市にある寺町通。北は鞍馬口通から南は五条通まで。
12　中京区室町通夷川下ル冷泉町（れいせんちょう）。冷泉院が住んだと言われる（『京雀』）。

禿倉《ほこら》をたて、[15]誕生水《たんじやうすい》といふ札《ふだ》を立てたり。社《やしろ》の内をさしのぞけば、[16]弁天《べんてん》の像を納めたり。梅秀もとより天女《てんによ》に[17]帰依《きゑ》し、常に[18]渇仰《かつごう》の頭《かうべ》を傾《かたぶ》けしかば、しばらく拝前《はいぜん》に頭を傾け、[19]法施《ほつせ》を参らせける所に、いづくより吹き落ちたりとも知らず、小さき短冊の風にひるがへりて、梅秀が前に落ちたるを、何となく取り上げて見れば、歌あり。

[20]験《しるし》あれと祝《いは》ひぞ初《そ》むる[21]玉箒《たまははき》
取る手ばかりの契りなりとも

と[22]俊成《しゆんぜい》卿《きやう》の詠《よ》み給ひし初恋の歌を、女の手して美しく書きたり。「さても、世にはかかる[23]能書《のうしよ》もありけるや。そのさま幼げなる筆ながら、文字うつり墨色《すみいろ》、心ありける書きやうかな」と見しより、[24]静心《しづごころ》なく身にしみて、「[25]哀れ、この主《ぬし》のあり家《か》はいづくにか」と知らまほしく思ひ初めしより、明暮《あけくれ》の物思ひとなりて、学問の道にも疎《うと》く、読書の隙《ひま》も露《つゆ》忘られねば、「かかる時にや」と[26]うち嘯《うそぶ》きがちにて日を送りける。

中にも、常々信じなれたる業《わざ》とて、誕生水の弁天に歩みを運び、

13　ここでは邸宅の意。
14　学問を志す青年。
15　源満仲の産湯に使用されたという泉。
16　七福神の一つ。言語・音楽・学芸の神として信仰された。
17　深く信仰し。18　深く信じ仰ぎ。19　法文を唱える。
20　『長秋詠藻』四八六「初恋」、『題林愚抄』恋部一・六二一五、『類題和歌集』恋之一・一八三二二。
21　上古、正月初子の日に宮中で后妃が用いた宝玉で飾られた手箒。「手」「とる」などに掛かる枕詞として機能する。
22　藤原俊成。永久二年（一一一四）～元久元年（一二〇四）。平安期の歌人、歌学者。
23　美しい文字を書く人。
24　落ち着かない気持ちで。
25　ぜひとも。

26　溜息をつきがちで。
27　七日間毎日のお参りを七回繰り返すこと。
28　徹夜で祈願すること。
29　おやおや。
30　上品で美しい。
31　貴族の狩衣の一種。
32　白髪頭。
33　狩衣に合わせる帽子。

34　殿上人。
35　おさげ髪の先を輪にした髪型。
36　不相応な。
37　前世からの因縁。

「哀れ、この筆の主に一度《ひとたび》引き合はせ給へ」とねんごろに祈りつつ、[27]七日参りを始め、満《まん》ずる夜毎《よごと》に必ず籠《こも》りて終夜《よもすがら》念じけるに、ある夜この尼寺に[28]通夜《つや》したりけるが、夜更《ふ》け人静まりて後、惣門《そうもん》の外に人音《ひとをと》して、案内をこふ者あり。内より[29]「やや」と答へて、門を開く音す。怪しと思ひて見やりしれば、そのさま気高く[30]あてやかなる翁《おきな》の、年は七十ばかりにやと見ゆるが、[31]水干《すいかん》に指貫《さしぬき》、[32]頭《かしら》の雪に[33]烏帽子《えぼし》引きこみ、沓《くつ》音《おと》ゆるく歩み入り給へば、梅秀も宮の前を立ち退《しりぞ》き、傍《かたはら》に忍び、事のやうを窺《うかが》ひけるに、この[34]雲客《うんかく》誕生水の前にひざまづき、敬《うやま》ひて事を待つ体《てい》なりと見る時、社《やしろ》の扉押し開きて、[35]びんづら結《ゆ》ひたる児《ちご》一人、玉の翠簾《みす》なかば捲《ま》きて立ち出で、この雲客に宣《のたま》ひけるは、「ここに[36]似《に》気《げ》なき恋を祈る者の候ふが、不便《ふびん》に候ふ程に、あまり思《おぼ》し召《め》し嘆《なげ》きて召されつるなり。[37]宿世《すくせ》の縁《えにし》もあらば、よろしく引き合はせ給《た》び候へとの仰せ事あり」と高らかに宣《のたま》ひければ、かのうへ人かしこまりたる体にて、左の袂《たもと》より赤き縄《なわ》を一筋出《すじいだ》し、梅秀が居たる方《かた》に向かひて、しばらく引き結ぶやうにし給ひて後、その縄をささげて御灯《ごとう》の火に焼き上げ、三度《みたび》手を上げて招き給へば、本堂《ほんだう》の方《かた》より物音して、静かに歩み来《きた》る者あり。近付くままによく見れば、年の程十四五と見えつる女の容顔《ようがん》[38]いつくしく、髪のかかり額《ひたい》つき類《たぐひ》なき美人なるが、いと恥づかしげに扇《あふぎ》さし隠して、梅秀が左に少しそばみて居寄りたり。

その時、最前[39]の児《ちご》梅秀に宣《のたま》ふやう、「誠に汝この間心を尽くし、及ばぬ恋に身を苦しめ、一筋に嘆きぬる心ざしの程も捨て難くて、月下《げつか》[40]の老《らう》を召し寄せ、かくまで短冊の主に引き合はするぞ」と宣ひ捨てていらせ給へば、客人《まろうど》も御暇《いとま》給はり、門外《もんぐわい》に出づると見えて夢の覚めたる心地せしが、はや寺々の鐘の音《ね》響きわたり、夜《よ》はほのぼのとあかね[41]さす、東《ひがし》[42]じらみも過ぎゆけば、神前《しんぜん》に帰り申して立ち帰る心も勇ましう、我が宿へと急ぎける道にて、かの現《うつつ》に見えつる女、まだ朝あけのほの暗きに、むかふより出でむかひ、むつまじげに梅秀を見て会釈《ゑしやく》しけるを、「こはいまだ夢か」と怪しく思ひながらも、あひ見る事の嬉しく、とかく語らひ寄りて誘《いざな》ひ帰るに、露ばかりも厭《いと》ふ気色《けしき》なく、打ち解けつつ随《したが》ひ行きぬ。梅秀も始めの程は、「もし、人や見咎《とが》むる。

38　顔立ちが美しく。

39　先ほどの。

40　婚姻を司る神。「定婚店」（『太平広記』他）で知られる。

41　「日」、「朝日」などにかかる枕詞。ここでは、空に茜色がさして。

42　東の空が白々と明るむこと。夜明け。

尋《たづ》ね求むる人やある」と深く慎みて忍び逢ひけれども、また異人《ことひと》[43]の「いかに」と言ふもなく、外《ほか》に尋ぬるの噂もなければ、今は心やすくもてなし、馴《な》れるにつけて心ばへやさしく、絵描き花結び、織り縫ふわざ迄も人にすぐれ、万《よろづ》心のままなりければ、いと嬉しく語らひわたりぬ。

ある冬、梅秀は用の事ありて仮初《かりそめ》に出でける序《ついで》、冷泉を西へ洞院[44]を南へ、六角[45]の方《かた》へと歩みけるに、とある家より人を走らせ、梅秀を呼ぶ者あり。「いかにぞや。このあたりに我を知れる人はなきを」と思ひつつさし入りて見るに、主《あるじ》と思しき人表に出で、梅秀にむかひ、「[46]近頃卒爾《そつじ》なる申し事に候へども、これ偏《ひとへ》に弁天の御告げによりて、たしかに見咎め呼び入るるなれば、術《すべ》なき事に候はず。我に一人の娘あり。今年十五才になり候ふが、かたのごとく手をも書き、縫針《ぬいばり》のわざも恥づかしからず。生れつきとても人並なりける故、哀れ、いかなる方へもしかるべくは幸いあれかしと、明暮《あけくれ》祈り、殊に弁天を信じ候ふ故、洛中《らくちう》にあるとある弁天の社《やしろ》に、この娘が書きたる詩歌の短冊を、

43 無関係な他人が。

44 東洞院通をさすか。

45 中京区堂之前町、頂法寺。通称六角堂。門前に六角通がある。

46 まことに突然な。

祈願のために納めさせ候ふ所に、ある夜の夢に弁天の御告げを蒙《かうぶ》り候ふやう、『汝が娘には宿縁《しゆくゑん》[47]の事ありて、はや引き合はせ置きしぞ。この冬必ずここに来《きた》るべし』と宣ひたりしを、心もとなくて明かし暮らし候ふ所に、今宵またありありと御示現《ごじげん》[48]ありしは、『明日の暮《くれ》この姿して、ここを通る人あるべし。それを呼びて婿《むこ》にせよ。末《すへ》は必ず立身《りつしん》の人なり』と、すなはち人相《にんさう》年の程まで細《こま》やかに教へさせ給ひしなり」と語るに、梅秀も怪しさを忘れ、「この上は」と心は落ち着きながら、「今まで我が方にありし人は、いかがせむ」と思ひつつ、まづこの人の言ふに随ひて、この家の娘に会はんと奥に行けば、昨日今日まで、かの[49]東寺《とうじ》より連れ帰りて添ひし人なり。梅秀も二度《たび》[50]肝をつぶしけるが、後によく聞けば、天女の方便《はうべん》にて、この女の魂《たましゐ》を通はせ、夜毎《ごと》に逢はせ給ひけりとぞ。

47　前生からの因縁。

48　神仏の霊験。

49　あの東寺のあたりより。南区九条町にある教王護国寺の通称。大通寺（尼寺）の近くに位置する。

50　非常に驚いた。

あらすじ　花垣梅秀は、西八条の大通寺を参詣する。境内の誕生水の祠の前で、俊成の恋歌を記した短冊を拾う。その文字の美しさに心惹かれ、女性と思しき書き手との対面を願うため、寺で七日参りを行う。それが満ずる夜、祠の稚児によって導かれた月下の老が、赤い縄を一筋結んで焼き上げて手招きをすると、妙齢の女性が現れたところで夢から覚める。早朝、家路を急ぐ中、その女性が後を追うので渋々伴って帰り、隠し妻とするが、不思議なことに誰にも気付かれなかった。その年の冬、梅秀は外出中、ある屋敷の者に呼び止められ、招かれるまま奥へ行くと、まさしくこれまでともにいたその女性がいた。その主人が娘の縁結びを弁天に願って、京都中の弁天を祀る寺社に短冊を奉納し、昨夜のお告げにより、梅秀を呼び止めた経緯を説明する。夜ごとに通っていたのは、娘の魂であった。

見どころ・読みどころ ――小泉八雲が好んだ恋物語――

かつて遍昭心院大通寺は、広大な敷地を有していた。応仁の乱以降の長い戦乱によって、ひどく荒廃したが、元禄一五年四月に幕府の改修工事がすべて終わり、通称「尼寺」という新名所が誕生した。しかし、後に寺は移転し、現在は新幹線の往来する鉄道の大動脈となった。その中にあって、境内の六孫王神社は今も同所に残り、誕生水の祠《ほこら》も健在である。ちなみに、この神社は縁結びの神でもある。

この話には、複数の典拠が混在するため、複雑な構造を持ち合わせていると言えよう。その展開は、『剪燈新話』の以下二話によるものと考えられる。女性の魂を自宅に連れ帰る部分は、「滕穆酔遊聚景園記」（巻二の八）に類似し、晴れて妻にする結末は、「聯芳楼情話」（巻一の八）に類似する。続いて、内容を忠実に踏襲するものではないが、藤原俊成の歌と短冊のやり取りを、恋の契機とする趣向や、登場人物の恋に悩む様子は、『伽婢子』「歌を媒として契る」（巻八の三）によるもので、強い影響を受けたものと言えよう。

ちなみに、これは、朝鮮の漢文体小説『金鰲新話《きんごうしんわ》』（金時習作、一五世紀成立）「李生窺墻伝」（第二）が典拠とされる。話中の漢詩の「従今月老纏縄去」は、月下の老による縁結びの場面に影響を与え、俊成の中でも「玉箒」の歌が引用されたのは、妻となることの謙称として用いられた「箕箒」によるものではないかと考えられる。『金鰲新話』も、『剪燈新話』の前掲二話を典拠としており、作者はこのような複雑な作品同士の相関関係を理解し、細部を拾い上げて巧みに創作に利用したようだ。

また、小泉八雲ことラフカディオ・ハーンが、『影（Shadowings）』（一九〇〇年刊）という作品集の中で、この話を「弁天の同情（"The Sympathy of Benten"）」と題して英語で紹介している。西洋人にも理解可能な設定になっており、なおかつ、心理描写の筆致はこれよりもはるかに豊かである。これは、作者鷺水の得意とする恋愛奇談の一つの形であると位置付けられよう。ここでは恋愛生活よりも、出会いの過程に主眼が置かれている。その奇跡こそが驚異であり、ミステリーなのだろう。

【文献ガイド】

＊小泉八雲全集刊行会『小泉八雲全集』第六巻（第一書房、一九二六年）＊飯塚朗訳『剪燈新話』（東洋文庫四八、平凡社、一九六五年）＊松田修・渡辺守邦・花田富二夫校注『伽婢子』（新日本古典文学大系七五、岩波書店、二〇〇一年）＊早川智美『金鰲新話―訳注と研究』（和泉書院、二〇〇九年）＊日下幸男編『類題和歌集』（和泉書院、二〇一〇年）

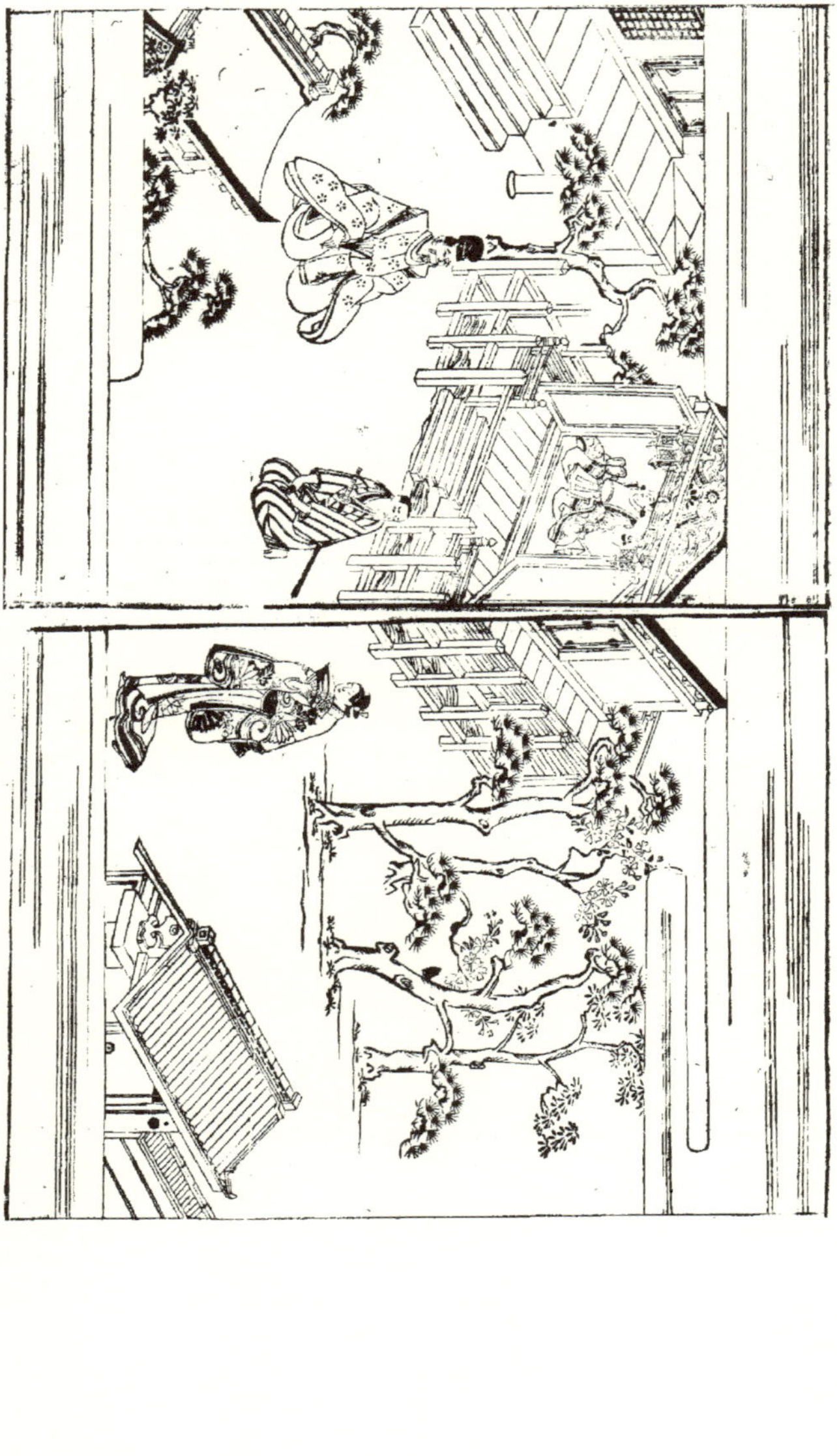

挿絵 美しい文字で和歌の書かれた短冊が、ひらひらと舞い落ちる…。その書き手に心惹かれた男が、対面を願って弁天に祈りを捧げる。ある夜、願いが叶って月下老の仲立ちで対面し、女性を連れ帰るが、それはなんと生霊だった。不思議な恋の顛末はいかに。

※非常に巧みな。
※※編笠を被り、尺八を吹いて托鉢する僧。

（『人倫訓蒙図彙』）

挿絵　豪商で名高い淀屋邸での出来事である。
　突如、無名の虚無僧が宙を舞い、絵師が描き終えたばかりの竹林七賢図屏風の中に消えた。それを見た人々はひどく驚嘆するが、彼は何のために、屏風絵の世界に飛び込んだのだろうか。

巻二の三　淀屋《よどや》の屏風

付けたり　絵に妙※を得たる虚無僧《こもそう》※※

[1]淀《よど》屋の何某《なにがし》と聞こえしは、難波津《なにはづ》にて第一と言はるる富貴《ふうき》を極《きは》め、[2]万事《よろづ》かけざるの余《あま》りに財宝《ざいほう》を軽《かろ》んじ、[3]事を好み、何によらず一芸ある人は、必ず招き尋《たづ》ね行くなどして、[4]ちなみをなしける程に、あるとある名人、[5]堪能《かんのふ》の輩《ともがら》、我さきと媚《こび》をなし諂《へつら》ひよりて身を寄せ、徳を争ふ事にぞありける。

ここに[6]元禄二年二月より[7]天王寺開帳《てんわうじかいちやう》ありて、[8]都鄙《とひ》の貴賤《きせん》[9]足を空にし、心をここに運び、日夜《にちや》に幾万《いくまん》の人を群集《くんじゆ》せしに、[10]何《なん》の等叔《とうしゆく》とかや聞こえしは、[11]狩野永納《かのゑいのふ》の筆妙《ひつめう》を得たるよし、都におゐて名を高うせしよし、自ら難波津に[12]ののしり、このたび天王寺開帳をつゐでに、かの名人どもを集めて芸くらべさすといふ淀屋にも、尋ねばやの心ざし深く、思ひ立ちてこの地に下り、かなたこなたとしるべを求め、かの家に取り入りけるに、ある日この等叔が[13]墨跡《ぼくせき》を望まれ、[14]竹林《ちくりん》の七賢《しつけん》を[15]六枚屏風に書きけるそのさまといひ、その風景、まことに常々《つねづね》[16]荒言《くはうげん》せしにも劣らず。さながら阮籍向秀《げんかんかうしう》も生けるが如く、語るが如しと誰々も肝《きも》をつぶし[17]感にたへけるに、その座にあり合ひける客の中に、山本《やまもと》

1 大坂の豪商。元禄期の当主は淀屋个庵（重当）。最後の当主辰五郎（?～享保二年〈一七一七〉）の宝永二年（一七〇五）に、驕奢のために闕所となる。
2 全てに不足がない。
3 物好きで。
4 親しい交わりをする。
5 深くその道に通じた者。
6 西暦一六八九年。
7 大阪市天王寺区にある和宗総本山四天王寺でおこなわれた開帳。元禄二年二月一日より二一日まで、聖徳太子一〇七〇年忌の法事が営まれ、同日より聖徳太子像の開帳が行われた。
8 さまざまな多くの人々が。
9 落ち着かずに浮かれ歩き。
10 雲谷派の絵師に長谷川等叔（生没年未詳）の名があるが、

随桂《ずいけい》といひけるは、これも近きころより、洞簫《しやくはち》に妙を得たるよしにて、この家に来たり。

一管《くわん》[18]の筒音《つつね》に駿馬《しゆんめ》の魂《たましゐ》を奪ひ、獅子踊《ししおどり》[19]の秘曲《ひきよく》に[20]飛ぶ鳥を落としけるより、[21]無《む》二の出頭《しゆつとう》となりて、今日も[22]一列の人数《にんじゆ》なりしが、この等叔が墨絵《すみゑ》をつらつらと見て言ふやう、「誠にこの画《ゑ》は、よく形勢《すがた》を書き得たる所あり。しかしながら今少し不足なる事は、その意《こころ》ばへを書き覚へぬ所ありて、その所とその所作《しよさ》とは叶ひたれども、その時の人のおもしろしと思ひこみたる体《てい》を書き給はず、[23]あたら絵の疵《きず》かな。我旦《だん》那《な》のために、この絵をなをして参らすべし。なをせばとて、この屏風を書き汚《けが》すにてもなし。ただこのままにて各別《かくべつ》になをし申さん」と言へば、亭主をはじめ一座の衆《しゆ》中、「これは[24]希有《けう》がる言ひ分。仮令《たとひ》まことにもせよ、あまりなる事なり。その方《はう》や我々が間《あいだ》は、何を言ひたりとても苦しからず。始めての客といひ、等叔の手前気の毒なり」と言はるれども、猶聞きも入れず。

随桂は、いよいよこの事を言ひつのりける程に、等叔も今はこらへ

元禄期に活動していたか不明。

11　絵師、狩野山雪の長男。寛永八年（一六三一）～元禄一〇年（一六九七）。父の画人伝の遺稿を受け継ぎ、日本画史をまとめた『本朝画史』（元禄六年〈一六九三〉刊）を上梓した。

12　大げさに偉そうに言い。

13　墨で描いた物。

14　中国三国時代、俗世を避けて竹林に集い、清談をした七人の隠者。阮籍、嵆康、山濤、向秀、劉伶、王戎、阮咸。

15　六枚折の屏風。

16　偉そうなことを言っていた。

17　深く感動したが。

18　笛のみの音色で。

19　尺八の曲名。流派によって異なるが、一節切（ひとよぎり）の同名曲が原曲とされる。

20　権勢が盛んになったため。

かね、「しからば、貴殿《きでん》の御手際《てぎわ》を見申したき由《よし》」、頻《しき》りに望みかけられ、既《すで》に事やすらかならねば、亭主も何とぞして留《と》めたく、「しからばまづ我々は、この事請け合はれざる衆の内なりといへども、その方にはよくよく覚えあればこそ、かく言ひつのり給ふなれば、定めて人知れぬ術《じゆつ》もこそおはすらめ。さりながらこれ程の事、そのままにせんもいかがなり。もしのたまふ所実《まこと》に妙あらば、吾《われ》[25]金百枚を出してその方に参らせん。また、もしのたまふ事偽《いつわ》りとならば、金十両を以て我々に礼物《れいもつ》とし給へ」と言ひかけしかば、等叔も勝《かつ》に乗りて、「なるほど御亭主の了簡《れうけん》の通《とを》り、この事誠にのたまふやうに御なをしあらば、吾も金子百両は参らすべし。はやはや」と望まれ、随桂は徳つきたる顔やうして、やがて屏風にむかひ、飛び上がると見えしが、そのまま形消へて見えず。人々「これは」と立ち騒ぎ、そのあたり残る隈なく尋ね求めけれども、随桂が行衛《ゆくゑ》なくなりぬ。

いづれも奇異《きい》の思ひをなしける時、屏風の絵の中に随桂が声ありて言ふやう、「何とおのおの、偽りならぬ事と知り給へりや。ただ今、

21　またとないお気に入り。
22　同じ仲間の一員。
23　もったいなくも。
24　興がる。とんでもない。
25　一分金。一両の四分の一に相当する。一両は約六万円〜一〇万円に相当。

絵の模様をなをし侍るぞ」と言ひしが、しばらくありて屏風の絵の中より随桂が姿あらはれ出で、もとの座に帰り、一座の人に教へて言ふやう、「今こそ、この絵の魂は備はり侍れ。これほど良き景にむかひ、かくまで楽しび遊ぶ体《てい》なるに、人形《ぎやう》[26]どもの魂を見るに、さらにこの景を楽しぶさまならず。さるによりてこの七人の内、阮籍《げんせき》[27]が顔《かほ》をなをして、につこと笑ふさまに、書きなをしたり。よく寄りて見給へ」と言ふほどに、人々うち寄りてよく見るに、いかさま[28]等叔が筆の及ぶ所にあらず。阮籍が像《ざう》ひとりは口もと余《よ》の人に似ず、真実《しんじつ》よりこの景に楽しみ、実《まこと》に咲《ゑ》みを含みたる体、言語《ごんご》の及ぶ所にあらず。

　等叔も今はあきれて詞《ことば》なく、賭《かけもの》をつぐのひ、猶その上にかの随桂が妙を伝へん事を望みけるに、何《いつ》の程にか逐電《ちくでん》[29]して、その行衛《ゆくゑ》を失ひけるとぞ。

26　絵に描いた人々の姿。
27　竹林の七賢の一人で、白眼視の故事で知られるため、表情が険しいとされる。
28　どう見ても。
29　失踪して。

あらすじ　難波の豪商淀屋は、芸術に秀でた者たちを自邸に集めては宴をしていた。元禄二年の天王寺開帳の頃、狩野永納に師事した等叔とかいう絵師が現れ、「竹林の七賢図」の屏風絵を所望されて描き上げた。自画自賛するように、出来栄えは見事だが、その場にいた虚無僧の山本随桂が難癖をつけ、欠点を即座に直して見せると言う。二人はこれをめぐって互いに譲らず、一触即発の状況となったため、淀屋が勝者には賞金を出し、敗者には罰金を科すことを提案する。すると、随桂は飛び上がって姿を消すが、絵の中から声が聞こえ、しばらくしてから戻ってきた。再び絵を見ると、竹林の七賢の阮籍の白眼視のこわばった表情が笑顔に変わっていて、いっそう素晴らしくなった。敗者の等叔は罰金を支払い、随桂に弟子入りしたいと頼むが、彼はいつの間にか姿を消した。

見どころ・読みどころ　——元禄の豪商と日本画壇——

屏風の中に飛び込んで絵を描き変え、忽然と姿を消した虚無僧は、実にミステリアスな存在である。これは『酉陽雑俎』の左記の一話を典拠とし、その趣向によるものである。また、『伽婢子』には武道を疎かにして、自邸に芸術家を集わせた武将が、絵の妙手に描かせた梅の屏風の話（巻三の四「梅花屏風」）、夜な夜な屏風絵の人物が出てきて歌舞する話（「屏風の絵の人形躍歌」巻八の五）があり、これらが発想の源として介在していた可能性も考えられる。このような人々の姿に、茶事、連歌、絵画を好んだ豪商、淀屋个庵《よどやこあん》が重なるのだろうか。

江戸時代の都市が急激な発展をとげた背後には、豪商たちの存在が不可欠であった。もちろん、今も名を残す家もあるが、絶えてしまった家もある。この「淀屋の何某」は、後者として有名である。材木商として、伏見城等の建設事業を請け負い、富を得たのが始まりと言われている。彼らの所有する土地家屋は豪華広大で、当時は邸宅の夏の間のガラス張り天井に、金魚を泳がせていたなどの豪奢ぶりが噂となった。大阪市中心部には「淀屋橋」、「常安町」など、今日もそれに因んだ地名が残るほどである。元禄二年（一六八九）当時の当主は、四代重当《しげまさ》（元禄一〇年〈一六九七〉四月没）である。この人物の遊里通いが没落の契機となり、後継の辰五郎の宝永二年に闕所《けっしょ》の処分を受け、財産没収の上、所払いとなった。理由は分を弁えない驕《おご》りだが、背後では大名への多額の金貸しを行っており、手詰まりとなった借り手側が、負債を帳消しにするためであったとも囁《ささや》かれている。ちなみに、これを伝える主な記録に『元正間記《げんしょうかんき》』、『摂陽奇観《せつようきかん》』などがある。また、作品化も早くから行われ、主要なものは浮世草子に『栄《からなし》大門屋敷《だいもんやしき》』（錦文流《にしきぶんりゅう》作、宝永二年刊）、『風流《ふうりゅう》曲《きょく》三味線《じゃみせん》』（江島其磧《えじまきせき》作、宝永三年刊）、浄瑠璃に『淀鯉《よどごい》出世《しゅっせ》滝徳《のたきのぼり》』（近松門左衛門作、宝永五年初演）など多数ある。

一方、狩野永納も同時期に名を馳せた絵師であり、その作品は、現在国内外の名だたる美術館に所蔵されるほどである。また、永納は幕府御用絵師京狩野家の血筋を引き、画業のみならず、『本朝画史《ほんちょうがし》』（元禄六年〈一六九三〉刊）という画人伝を編んだことでも有名であり、まさにこの人物が元禄期日本画壇の最高位権威であったことは明白である。このように、名門を背負う絵師に対しても、作者は淀屋と同様に驕りを看取し、かつて全盛を極めた人物たち同士を、巧みに結びつけたものと推察される。話中で絵の論争をするのは、その弟子と称する者だが、無名の虚無僧相手に敗北を喫するさまに、権威への間接的で暗示的な批判を感じずにはいられない一話である。

典拠『酉陽雑俎』続集巻一「支諾皐上」—八
（東洋文庫『酉陽雑俎』四巻八八一）

　貞元の末に開州の軍将冉《ぜん》従長、財を軽んじ事を好みて、竹林州の儒生・道者多く之に依る。画人甯采《ねいさい》といふ有り。竹林の会を図し為す。甚だ工なり。坐客郭萱・柳成の二秀才、毎に気を以て相ひ軋す。柳忽ち図を睥《かへり》み主人に謂ひて曰く、「此画体勢に巧にして、意趣に失す。今公の為に薄技を設けんと欲す。五色を施さず其の精彩殊勝ならしめば如何《いかん》。」冉驚きて曰く、「素より秀才の芸此の如きを知らず。然るに五色を仮らず、其の理安《いづ》くんか在る。」柳笑ひて曰く、「我当に彼の画中に入て之を治すべし。」郭掌を撫して曰く、「君三尺の童子を紿《あざむ》かんと欲するか。」柳因て其の賭《かけもの》を邀《むか》ふ。郭五千を以て負けに抵《あ》てんと請ふ。冉も亦た保を為す。柳乃ち身を騰し、図に赴きて滅す。坐客大いに駭《おどろ》く。図壁に表す。衆模索して獲ず。久しくして柳忽ち語りて曰く、「郭子信じ来たるや」と。声画中に出づるが若し。食頃にして瞥《ただ》ちに図上より墜り下りて、阮籍が像に指さして曰く、「工夫秖《まさ》に此れに及ぶ」と。衆之を視るに、阮籍が図像独り異に、吻《くちわき》方《まさ》に笑ふが如きを覚ふ。甯采之を観《み》るに、復た認めず。冉其の道を得る者かと意ふ。郭倶《とも》に之を謝す。数日あつて竟に他に去る。

　宋存寿処士釈に在る時、其の事を目撃す。

【文献ガイド】

＊棚橋利光編『四天王寺年表』（清文堂、一九八九年）＊宮本又次『豪商列伝』（講談社学術文庫、講談社、二〇〇三年）＊五十嵐公一『京狩野三代　生き残りの物語—山楽・山雪・永納と九条幸家』（吉川弘文館、二〇一二年）

※　狂言「釣狐」に登場する老狐。猟師の伯父の僧に化ける。

挿絵

突然大きな狸の化け物が、病床で伏せる男を襲う。僧侶による加持祈祷の最中、たくさんの奇怪な現象が次々と家族を襲い、女たちが逃げ惑う。

はたしてその正体は、目的は…。

巻二の四　亀嶋《かめしま》七郎が奇病

付けたり　堺に隠れもなき*白蔵主《はくざうす》といふ狐ある事

泉州境《せんしうさかい》[1]の津に名高き大寺《おほてら》は、往昔《そのかみ》聖武帝《せうむてい》[2]の勅《ちよく》によりて仏寺《ぶつじ》となり、大念仏寺《ねんぶつじ》[3]と号《がう》す。もとは住吉《すみよし》[4]の別宮《べつぐう》にして、南《みなみ》の荘《しやう》[5]におゐては木戸村《どむら》[6]、原《はら》村、開口《あぐち》[7]村、この三ヶ村の氏神なるが故《ゆへ》、三村大明神《めうじん》[8]と号し、塩筒《しほづつ》[9]の翁《おぢ》を勧請《くはんじやう》の地なり。

この寺の住僧《ぢうさう》たりし人を契宗《けいしう》とぞ言ひける。この法師《はふし》はもと亀嶋[10]の住《じう》人にて、親族《しんぞく》なをこの所にありしが、ある時この僧の兄七郎といひし人、仮初に風の心地とて打ち臥しけるが、傷寒鬼祟《しやうかんきさう》[11]の類《たぐひ》とも知れず、ただ発熱煩燥《ほつねつはんさう》して譫言《たはごと》つき、ひとへに狂気の性《しやう》となりける故、かの契宗《けいさう》を呼び迎へて持念護持《じねんごじ》[12]せしむ。契宗兄にむかつて香を焼《た》き、印《いん》を結びなどして真言陀羅尼《しんごんだらに》[13]を誦《じゆ》し、理趣分《しゆぶん》[14]を繰《く》りかけなどし、事々しく勤めけるに、かの兄からからと笑ひ、大の眼《まなこ》[15]に角《かど》を立て、「汝はこれ三村の堂僧《だうそう》の身として、いらざる己《おの》が加持《かぢ》だて、早《はや》々寺に帰り、勤むべき寺務《じむ》を勤めよ。何ぞや、猥《みだり》に神咒《しんじゆ》[16]だてを行《おこな》ひ、後《のち》に我をばし恨むるな。吾《わ》が常に住む所は少林寺辺《せうりんじへん》[17]にあり。一年《ひととせ》北の庄[18]祖父《おほぢ》が上に遊びて、地蔵の首を切らせたるも我なり。あるひは目口町《めぐちてう》[19]にありけるこ

1 大阪府堺市。
2 大宝元年（七〇一）～天平勝宝八年（七五六）。仏教政策を行った天皇。
3 同市堺区甲斐町開口神社の境内にあったが、明治維新の神仏分離で廃寺になった。
4 大阪市住吉区、住吉大社。
5 鎌倉期から戦国期に見える荘園名。和泉国堺荘とも境南荘ともいわれた。
6 ともに堺南荘内にあった。
7 堺区甲斐町。
8 現在の開口神社。堺区甲斐町。
9 神話に登場する神。塩土翁とも。 10 未詳。 11 熱病や祟り。
12 念仏を唱えて守護する。
13 仏前で唱える梵語の呪文。
14 真言宗の主要経典。
15 怒った目付きで鋭く見て。

ろは、鼠楼栗《そろり》[20]新左衛門に本走《ほんさう》せられ、その恩を見たる事、あげて数へ難し。この故に鼠楼栗を引き立てて、太閤秀吉《かうひでよし》の御前《まへ》に出《いだ》し、鞘《さや》細工の名誉と弁口《べんかう》の利《き》きたるを御意《ぎよい》に入れ、一生 活計《しやうくわつけい》に暮らさせしも我が力なり。それのみならず、狂言師《きやうげんし》にて名高かりける金春《こんぱる》座大蔵弥太《おほくらやた》[21]郎《らう》といひしは、伊賀[22]の国青野の城主嶋岡弾正《しまおかだんじやう》[23]が一子にて、北畠殿《きたばたけどの》の旗本《はたもと》なりけるが、この家没落已《い》後、大倉《おほくら》方へ養《やしな》ひとり、四郎次郎[24]が子とす。この弥太郎宇治に居住しけるころ、不図《ふと》我を見初《そ》め、信《しん》をおこしけるより、彼が家の秘事《ひじ》とする釣狐《つりぎつね》[25]、こんくわい[26]の狂言に妙を得させ、大倉流にて宇治の弥太郎と言はせしも我なるぞかし。今汝《なんぢ》が家宿善《しゆくぜん》[27]の催《もよほ》す所にして繁昌《はんじやう》にむかふが故にこの富貴《ふつき》を愛して、吾しばらく足を留《とど》むるぞ。よく勤めて吾を信ぜば、いよいよ大きなる富貴《ふうき》を得べし。あしくもてなさば、却《かへ》つて吾大きなる妨《さまた》げをなさんずるぞ」と罵《ののし》りけるにつきて、

契宗《けいさう》も「さては、年経《へ》たる狐か古狸《ふるだぬき》の所為《しよい》ぞ」と知り、桃符《たうふ》[28]を造り桃の枝を禁じて、口には神咒《しんじゆ》を唱《とな》へ、しきりに撃ちければ、病人はい

16　神変霊妙な呪文を唱えること。
17　堺区少林寺町東。
18　北荘皇子ヶ飢。同区北田出井町に王子ヶ飢公園がある。
19　堺区市之町付近。
20　曾呂利新左衛門。生没年未詳。豊臣秀吉の御伽衆。刀の鞘師だが、咄の巧者で狂歌の名手でもあった。
21　宇治弥太郎。生没年未詳。大蔵流の狂言師で金春四郎次郎の養子。宇治に二年住した後、金春座に帰参し、姓を大蔵に改めた。大永四年（一五二四）、狂言太夫に補任された。
22　三重県伊賀市青山町阿保（あお）。
23　伊賀国名張郡阿保城主。宇治弥太郎の実父とされる。
24　金春四郎次郎。生没年未詳。

大蔵流狂言方の祖。
25 狂言の曲名。大蔵流の極重習物。堺の少林寺で起こった狂言とされる。
26 「吼噦」、「恨悔」（こんかい）とも。狂言「釣狐」の別名。
27 前世で行った善事。
28 魔除けの一種。桃の木の板二枚に神荼（しんと）・鬱塁（うつるい）の二神を描く。
29 調子に乗って。
30 急病で死にそうな様子。
31 神の不思議な力。

よいよ嘲笑《あざわら》ひて言ふやう、「汝兄を打つ事、道に違《たが》へり。神明《しんめい》まさに汝を罪におとさんとし給ふ。たとひ力を加《くは》ふとも、止《とど》まる事あるべからず。見よ見よ」と言はれ、空恐ろしくなりて、そろそろと尻《しり》込みの体《てい》に見えける時、病者は勝《かつ》[29]に乗じ、俄《にはか》に立ち上がり、その母の手を取りて引き立つると見えしが、忽《たちま》ち中悪《ちうあく》[30]の性《しやう》を病《や》み出《いだ》し、卒《にはか》に倒《たふ》れ気をとり失ひ、散々に煩《わづら》ひける中に、また妻の手を取りて援《ひ》くとぞ見えし。また走りかかりて、猶その弟をひかんとす。弟媛《よめ》あはてて取りさゆるとて目を見合はせしが、眼《まなこ》つぶれて物を見る事あたはず。日を経《へ》て何《いづ》れも元の如くに平癒《ゆ》して、常に変はる所なし。

また契宗《けいさう》にむかひて言ふやう、「吾《わ》がこの神変《しんぺん》[31]あるを見ながら、汝なを寺に帰らず。よしよし、今は我が眷属《けんぞく》どもを呼び寄せて、汝が加持の妨げをさせんずるぞ」とて、ひたと招くやうにしければ、常の鼠より大きなる鼠ども、幾等《いくら》ともなく駆《か》け出でて、馳《は》せめぐる音おびただしく、杖《つゑ》を以て追へども恐れず、夜一夜《よひとよ》騒がしく駆けありき、夜明けて見るに、さらに一疋《ひき》も見えず。契宗も随分《ずいぶん》と加持しけれども、大方このころは心疲れ、気力倦《う》みて恐しさもいや増さり、「吾も終にはこのものに取られつべう覚へけるままに、よしや、兄を殺す罪はさ[32]もあらばあれ。今は我が命さへ危うきなれば、[33]鬼魅《きみ》や退く、吾やとらるる」と胸を定めて身命《しんめう》をおしまずし、[34]不動《ふどう》の慈救咒《じくじゆ》大悲咒《だいひじゆ》繰りかけ繰りかけ、[35]九字を切るなどして、油断もなく祈りければ、病者また言ふやう、「いらぬ精気《せいき》を尽くし、手足をもがき、事々しく祈りまはれども、吾はかつて恐るる気なし。我その証拠《しやうこ》に大兄《おほあに》を呼び寄せ、二三日も遊ばしめんと思ふなり」と大きなる声を出し、「寒月《かんげつ》、寒月」と三《み》声《こへ》呼びければ、病人の裾《すそ》より狸の大きさなる獣《けだもの》の、毛色《けいろ》は火の如く赤きが、眼《まなこ》の光日月の如くにて、這《は》い出でたり。

　契宗やがて壇上に立てたりし[36]利剣《りけん》を以て飛びかかり、はたと切り、切られて終に駆け出し、表をさして逃げけるを、契宗続きて追つかけけるが、かの光り物はむかふへ逃げのびたれども、何やらん、黒きもの一つ、そばなる壺《つぼ》の中へ走り入りしを見咎め、契宗やがてこの壺の

32　どうともなるがよい。
33　化け物や妖怪。
34　不動明王の救いを願う呪文。
35　九文字の呪文を唱えながら、指で空中に形を描き。
36　鋭くよく切れる刀。

口を堅く封じ、三日三夜行《や》ひすまして後《のち》、開き見るに、その形は変はらず、そのままの獣《けもの》にて、鉄《くろがね》のやうなるすさまじき毛ありて動かず。あまり恐しさに油を注《つ》ぎかけ、壺のふたを堅く封じて、火を以て煎《い》り殺しぬ。これより、かの病人ほどなく病《やまひ》愈《い》ゑて、また平生《へいぜい》に変はらずとかや。

あらすじ　大坂は堺の大念仏寺の僧、契宗の兄七郎が急病となる。呪《まじな》いを得意とする契宗は、兄の病を治療するために祈祷を始めた。すると、兄は何かにとりつかれたように、急に笑い出し、自分は少林寺の辺りに長く住む者であるとの名乗りを上げ、王子ヶ飢の地蔵の首を切り、鼠楼栗新左衛門を豊臣秀吉の御伽衆に出世させ、宇治の弥太郎に狂言「釣狐」を教えたことを誇示し、自分への信仰を強要する。契宗は負けずに祈祷を続けるが、さらに母、妻、弟、弟の嫁が目が見えなくなるなどの病に苦しみ、家内には無数の大鼠が一晩中走っていたが翌日には何もなかった。その後、祈祷を続けるが再び現れて、寒月という名の大きく赤い狸のような獣を呼び出し、契宗がこれを剣で斬ると、小さく黒い獣が壺の中へ逃げたので壺を封じた。数日後、壺の中に油を入れてこれを煎り殺すと、兄はもと通りに回復した。

見どころ・読みどころ　――堺のミステリー――

「堺商人」という呼称があるように、堺は日明貿易によって商業都市としての栄華を極めた。後にそれが大坂に移ったことにより、元禄時代には色褪せていた。この話は『西陽雑俎』の左記の一話を典拠とするが、憑依した物の怪が、人の口を借りて語る不思議な事柄は、この街でよく知られた伝承である。

まず、地蔵の首の事件である。西国順礼の通路にあたる王子ヶ飢《おうじがうえ》という所で、たびたび怪事件が起こるため、夜道を通る不審なものを斬った。だが、それは翌朝見ると地蔵で、首に斬られた跡があったというものである。続いて、鼠楼栗《そろり》（曾呂利）新左衛門は、一介の刀鞘師《さやし》から、弁舌の巧みさで豊臣秀吉に取り立てられ、成功した人物である。出世の様が実に驚異的なため、ミステリーとして、ここに登場したものと考えられる。このような点では大蔵弥太郎も同様だが、さらに狂言「釣狐《つりぎつね》」の発展に不思議な伝承が絡む。これは堺の少林寺より興り、寺に住む狐が老翁に化け、狂言師に狐の微細な動きを伝授して大成したものと言われており、この街で最も有名なミステリーであろう。歌舞伎でも「釣狐物」として上演され、広く親しまれた。元禄期の人気役者中村七三郎（初世）も、元禄一二年（一六九九）冬に白蔵主の役を演じて好評を博した。作者鷺水も、『十能都鳥狂詩《じゅうのうみやこどりきょうし》』（元禄一三年〈一七〇〇〉刊）という七三郎を讃えた小冊子で、彼のリアルな演技を「狐が七三となりて」、「三国無双」などと絶賛するほどであった。以上の伝承は、堺の地誌『堺鑑《さかいかがみ》』（衣笠一閑、貞享元年〈一六八四〉刊）にも記されている。かつての華やかかりし堺を象徴する者たちの伝承と、怪異の世界との融合を、ぜひとも楽しんでいただきたい一話である。

典拠『酉陽雑俎』続集巻二「支諾皐中」―三（東洋文庫『酉陽雑俎』四巻八九二）

太和七年に上都の青龍寺の僧契宗の俗家樊《はん》州（一に川《せん》に作る）に在り。其の兄樊竟《つひ》に熱を病むに因て、乃《すなは》ち狂言虚笑す。契宗精神総持し、遂に香を焚きて勅勒《ちよくろく》す。兄忽《たちま》ち詬《いか》り罵《ののし》りて曰く、「汝は是れ僧、第《た》だ寺に帰り住持せよ。何ぞ事に横《おう》なる。我が止居南柯《なんか》に在り。汝が苗碩《せき》にして多く穫るを愛す、故に暫《しばら》く来たるのみ。」契宗其《そ》の狐魅《こみ》なるを疑ひ、また桃枝を禁じて之を撃つ。其の兄但だ笑ひて曰く、「汝兄を打つ、順ならず。神当に汝を殛《ころ》すべし。力を加《くは》へ止《とど》むること勿《なか》るべし。」契宗其の奈何《いかん》すること無きを知り、乃ち已《や》む。病者欻《には》かに起き、其の母を牽《ひ》く。母遂に中悪す。其の妻を援《ひ》く。妻亦た卒す。廼《すなは》ちその弟を摸く。婦面を回して明を失し、日を経て悉く旧に復る。

乃ち契宗に語りて曰く、「爾《なんぢ》去らずんば、当に我が眷属《けんぞく》を喚《よ》び来たるべし。」言已《お》はりて鼠有り。数百穀穀ごとに声を作し、常鼠より大なり。人と相ひ触れ駆逐《くちく》して去らず。明くるに及び所在を失す。契宗恐怖し、切を其の兄に加《くは》ふ。又曰く、「爾《なんぢ》が声気を慎め。吾汝を懼《おそ》れず。今須らく我が大兄弟自ら来たるべし。」因て長呼して曰く、「寒月、寒月ここに来るべし」と。三呼に至りて物有り。大きさ狸のごとく、赤きこと火の如し。病者の脚より起《た》ち、衾《ふすま》に縁《より》て腹上に止まる。目光四《よ》もに射る。契宗刀を持し、就《つき》て之を撃つ。物に中《あ》つ。一足遂に跳《おど》つて戸《こ》を出づ。其の穴を燭《てら》して蹤《あと》一房に至る。其の物潜《ひそ》かに甕《をう》中に走るを見る。契宗巨盆を挙《あ》げて之を覆《おほ》ひ、其の隙《すき》を泥固《でいこ》す。三日を経て発《ひら》き視《み》るに、其の物鉄の如く動くことを得ず。因て油を以て之を煎殺《せんさつ》す。臭、数里に達す。其の兄遂に愈《い》ゆ。月余あつて村に一家の父子六七人暴卒《ぼうそつ》する有り。衆其の興蠱《こ》を意《おも》ふ。

【文献ガイド】

＊鳥越文蔵『元禄歌舞伎攷』（八木書店、一九九一年）＊藤川雅恵「『十能都鳥狂詩』をめぐる諸問題について」（『近世文藝』八二号、二〇〇五年七月）

挿絵　祝言の夜、新婚夫婦の寝室で、老夫婦が見たものは、なんとも恐ろしい形相の鬼女だった。残された布団の中には、無残にも息子の亡骸が散らばり、母が二度にわたって見たという、不吉な夢が当たったことを知る。

巻二の五　桶町《おけてう》の譲《ゆづり》の井

付けたり　鬼女《きぢよ》人を惑はす

江戸に名井《めいゐ》と名《な》の付きたる所々あまたあり。牛込《うしごみ》[1]の堀《ほり》かねの井、源《げん》[2]介橋《すけばし》の油《あぶら》の井、神田《かんだ》[3]の宮《みや》の小路町《こうじまち》の井、四谷《よつや》[4]の策の井、須田《すだ》[5]町の亀の井、権太原[6]の鰻《うなぎ》の井、湯嶋[7]に柳《やなぎ》の井、谷中《やなか》[8]に野中《のなか》の井、自性院《じしやうゐん》[9]の蜘蛛《くも》の井、小石河[10]に極楽井《ごくらくのい》、亀井戸《かめいど》[11]の藤《ふぢ》の井、玉水[12]の井、御福《ごふく》[13]の井、封《ふう》[14]の井、新《あら》[15]井など、すべて十八ヶ所[16]ありといへども、多くは国守《こくしゅ》、城主《じやうしゅ》、諸旗本《しょはたもと》、軒《のき》を並べ甍《いらか》を連ね、草《くさ》[17]より出でて草に入りしと聞く、名にしあふ武蔵野の月も破風《はふ》[18]より出でて破風に傾《かたぶ》き、出でさ入りさも立《たて》[19]子《ご》積みたる繁《はん》花のころは、築地《ついぢ》[20]の内に井の心を澄ましめ、広間《ひろま》の先に名を汲《く》むのみなるも多《おほ》かりける中に、桶町[21]の譲《ゆづり》の井と聞こえしは、そのかみこの町を開きて住み初《そ》めける者を、桶《おけ》屋太郎作《さく》と言ひしとかや。

この者生得《しやうとく》情け深く慈悲《じひ》にして、他《ひと》のため良き事といへば身を捨て、家職《かしよく》を留《とど》めても、これを取り持つ気ありて、常に人の事のみ世話を焼きけるが、惣じてこの地は水の不足《そく》したる所ゆへ、多波《たは》[22]河の流れに樋《ひ》を伏せて、町小路《こうじ》に支《えだ》を分かち、水道《だう》と号《なづ》けて朝夕《てうせき》の用水とす。しかるに、この太郎作が家の井、ひとり清潔《けつ》にして夏は冷ややかに、

1 牛込村（東京都新宿区市谷船河原町）にあった井戸。
2 源助橋とも。源助町（港区新橋三、四丁目）南部の川に掛かっていた橋。近くの築山十左衛門屋敷内にあった井戸。
3 千代田区神田明神境内にあり、底が深いことで知られた。
4 四谷伊賀町（新宿区三栄町）、松平摂津守下屋敷庭内にあった。
5 千代田区神田須田町。永井甲斐守屋敷内の井戸。時折大きな亀が出没し、すでに飲用不可能だった。
6 権田原とも。港区北青山、元赤坂の境界。松平安芸守屋敷内にあるとされ、長さ一丈ほどの鰻がいると言われた。
7 文京区湯島天神前の男坂下、心城院の境内にある井戸。
8 谷中三崎町（台東区谷中）

にあった井戸。遊女柏木が庵を結んだ地と言われる。
9　新宿区富久町自証院境内にあった井戸。
10　文京区小石川。伝通院の開基了誉上人が、草庵を結んだ地にあった井戸。現在は伝通院の末寺（宗慶寺）となる。
11　江東区亀戸天神近隣の農家裏にあったとされた。
12　江戸城三の丸にあった。
13　松平播磨守屋敷内（文京区小石川）にあった井戸。掘り出した時に大黒像が出土した。
14　桜田（千代田区霞が関）の青山大膳屋敷内にあった。
15　足立区、西新井大師境内にあった。
16　『江戸鹿子』などに「名井」として一八箇所紹介されたが、ここでは柳井（港区虎ノ門）と亀井が省かれている。

冬暖かにして鉄気《かな》なく、地脈《みやく》京都の水に変はらざるを愛し、近辺《きんぺん》[23]五町十町が程には家ごとに汲ませ、遠き所には自らも汲み運びて、人の役に立てるを悦びける程、桶町の冷《ひや》水とて誰《たれ》知らぬ者もなく、殊に夏の日の炎熱《えんねつ》に行き交ふ人の汗を冷《すず》しめ、咽《のど》を潤《うるほ》さしむるためとて、終日《ひねもす》見世に汲み出《いだ》して、摂待《せつたい》をなしなんと万心づきたる心底なり。

ある日、心ざす[24]孝養《けうよう》の事ありて、水と茶の摂待を勧め、追《つい》善の心持《もち》したりしが、猶心行《ゆ》かずや思ひけん、子二人ありけるを、兄は太郎市とて二十一、弟は太郎次郎とて十六になりしを、手分けして冷水《ひやみづ》を持たせ、辻摂待《つじせつたい》をさせける所に、太郎次郎昼過ぎて宿に帰り、父にむかひて言ふやう、「今日、[25]我数寄屋橋辺《すきやばしへん》を通りけるに、十六七の娘あり。腹《はら》を痛めてありかれぬ由《よし》にて、我に水を乞ひて薬を呑《の》まんと言ふ。水にて薬を呑まば、猶病《やまひ》の強《つよ》るべき事を恐れて、ここまで連れ帰りたり」と言ふに、太郎作もとより慈悲深き者なれば、「健気《けなげ》にも、仕《し》たるものかな」と悦び、かの娘を呼び入りけるに、取り上げ髪《がみ》にして、下に白無垢《むく》、上には無地《むぢ》の[26]花色《はないろ》なる小袖を着たり。

さて、さまざま介抱《かいほう》しつつ、「何処《いづく》より、何方《いづかた》へ行き給ふや」と問《と》ふに、かの娘の言ふやう、「自らは、元育ちし所は芝《しば》[27]の増上寺前《ぞうじやうじまへ》にて、菅野《すげの》何がしといひし者の娘なり。去年《こぞ》の冬、神田[28]の台所《だいどころ》町に縁《えん》を結び、我をかの所へ送りて後《のち》、父母相続いて死なせ給ひぬ。重服《ぢうふく》[29]いまだあき候《さぶら》はぬに、夫にさへ死して別れ、子《こ》ある身にあらねば、夫の家にもあられず。今は浮世《うきよ》に住み浮かれし身の果て。尼《あま》にもならばやと思ふにつけても、故郷《ふるさと》に行きて兄を頼み、とにもかくにも成し果てんの心ざしにて、今朝より宿を出で侍りしが、頻《しき》りに腹の痛く覚へしかば、仮《かり》初《そめ》に水を乞ひ侍りしも、不思議の縁となりて、かく迄いたはらせ給ふ御心ざし、露《つゆ》忘るべき事かは。報《ほう》ずべき道《みち》をだに知らず侍らふ」と言ひて、さめざめと泣きける物言ひよりはじめ爪《つま》はづれ、如何様《いかさま》世の常の人のやうにもあらず。

立ち振る舞ひも由ありげなる人柄の、哀れにいたはしく覚へければ、太郎作夫婦も念比《ねんごろ》にいたはり、「よしや。さもあらば急ぐべき道にもあらず。今日はここに住居《とどまり》て腹をも療治《りやうぢ》し、静かにおはせよ」と町家《まちや》

17 「武蔵野は月の入るべき山もなし草より出て草にこそ入れ」（『用捨箱』下）等がある。
18 屋根の切妻についている板。
19 竪子。格子や障子などの縦の組子。20 大邸宅の土塀。
21 桶町は中央区八重洲、京橋あたり。譲の井は冷水として知られ、夏に飲料水として売られていたことで有名だった。
22 ここでは多摩川をさす。
23 一町は約一〇〇m。または町の数。24 供養。
25 中央区銀座の晴海通にあった橋。26 縹色。藍染の紺に近い色。
27 港区芝公園にある浄土宗大本山の一つ。
28 千代田区外神田二丁目。明暦の大火後、江戸城御台所御賄方の武家屋敷ができたことが町名の由来。

の習《なら》ひ、綴《つづり》さし、洗濯《せんだく》しなどするを、この娘もかいがいしく手襷《たすき》引きかけ、ともに縫張《ぬいはり》の助けをなし、[30]紡苧《うみそ》綷巻《ぬきまき》さまざまの事に手ききにて、猶読み書きにさへ達者《たつしや》に、しかも人に勝《すぐ》れしかば、太郎作もひたすら大切に思ひ、妻《つま》もまた「いとおしと思ひ入りつる上は」とて、心みに言ふやう、「何《なに》と、さほどまで便《たよ》りなき身となりても、人を選《えら》み夫を選む心おはしまさんか。もしさもなくて、何方《いづかた》にも[31]誘ふ水さへあらば、夫婦の語らひをなして、偕《とも》に世を渡らんとは思《おぼ》し召さずや。苦しからず思ひ給はば、我《わが》ために花新婦《よめご》となりてたびてんや。しからば幸《さいは》ひ兄息子太郎市にあはせ、今日よりすぐにこの世帯《せたい》、ことごとく譲り参らせん」と語れば、娘少しも辞退の体《てい》なく、「誠にかくまで思し召し寄られ侍る御心ざし、たとひ死したりとも報ずべき道なし。ましてや[32]浮《うき》草《くさ》の寄辺《よるべ》定めぬ身となり侍れば、誘ふ水あらばと思ふ我《われ》にしも侍るぞかし。もし、さも思し召し寄らせ給はば、いかやうとも仰《おほ》せに従ひ侍るべし」と言ふに、夫婦も悦びて太郎市に娶《めあわ》せ、祝言《しうげん》の心持ちかたの如く取り繕ひ、「夜もいたく更《ふ》けにたり。早《はや》入りて休み給へ」と太郎

29　父母の死の際の喪。

30　織物の麻糸を巻くこと。

31　『古今和歌集』雑下・九三八・小野小町「わびぬれば身を浮草の根を絶えて誘ふ水あらばいなむとぞ思ふ」による。

32　『亭子院歌合』五〇・興風「夏の池によるべ定めぬうき草は水よりほかにすむ方ぞなき」による。

作夫婦も心よく酔《え》ひ臥《ふ》しぬ。娘は太郎市と寝《ね》屋に入る。

折しも暑さ堪《た》へ難く、窓も障子《しやうじ》も開け放《はな》ちて臥《ふく》さんとせしを、娘いさめて、「[33]などや、このほどは盗人《ぬす》の愁《うれ》へありと聞き侍るぞ。門、[34]背《せ》戸《ど》をもよくさし堅《かた》め、障子には[35]尻《しり》ざしし給へ」などと、万《よろづ》心遣ひして臥しぬ。はや夜も[36]九つにや過ぎぬらんと思ふころ、太郎作が妻けしからず魘《おそ》はれて呻《うめ》きける程に、太郎作目を覚まし、「いかにぞや。これこれ」と起こされ、しばしためらひ、人心地つきて言ふやう、「さても、我しばらく臥したる夢心に、太郎市を見侍りしが、髪押し乱《みだ》き、帷子《かたびら》も引き裂き、[37]希有《けう》がる体にて来り言ふやう、『我が父太郎作の親は、そのかみ無《む》二の狩人《かりうど》にて殺生《せつしやう》を業《わざ》とし、禽獣《きんじう》の命を奪《うば》ひ、または山賊追剥《やまだちおいはぎ》の[38]張本《てうほん》なりしが、その[39]余殃《よわう》今なをありて、父が一生を貧《ひん》に生まれたり。しかれども生得慈悲を行ひ、仏道を信ずるが故《ゆへ》に、子に至りて災《わざわひ》をなす事あたはず。貧を転じて立身《りつしん》の時至れり。ここにおゐて今なを前世《ぜんせ》の怨敵《おんてき》、三年の間に報《むく》ふの祟《たた》りありといへども、この福力速《ふくりきすみ》やかなるが故に、その報ひを我に負ほせて、鬼《おに》今宵吾《われ》を取りて

33 どういうわけか。
34 裏口。
35 戸締まりのためのつっかい棒。
36 午前〇時。
37 常軌を逸した。
38 首謀者。
39 先祖の悪事の報いが子孫に残ること。

40　夢は五臓の疲れ（煩い）とも。夢を見るのは、五臓の疲れから起こるということ。しつらい（失例）は病気。

食らふ。我が身を捨つるは親への孝なり。この後《のち》永く家に祟りをなすものあらじ』とさめざめと泣きて我に語ると見て、夢覚めたり。あまり心にかかる夢なれば、いざ心みに太郎市を起こして見ばや」と言ふを、太郎作さらに信ぜず。「夢は五臓《ざう》のしつらいにて、さまざまの事も見る物ぞ。世帯を渡す事始め、いまいましき事な言ひそ」といさめて臥しけるに、引き継ぎてまた同じ夢を見ければ、今は母の親もこらへかねて、夫婦とも太郎市が寝間《ねま》に行きけるに、襖《ふすま》も戸もけしからず堅《かた》めて開かず。「太郎市」と呼べども答へず。婦《よめ》を呼べども返事なし。

今はいよいよ心がかりになりけるままに、戸建具《たてぐ》をこぢはなし、窓の戸打ち破りなどして、寝間にかけ入りて見れば、さも恐ろしき鬼の、両眼《りやうがん》は日月《じつげつ》と輝き、口は耳の際まで切れたるが、振袖《ふりそで》の帷子《かたびら》しどけなく着なし、太郎作夫婦を見て大きに驚き、天井《じやう》を蹴《け》破り失《う》せ去りぬ。蚊帳《かや》の内には太郎市が首《くび》の骨、手足などやうやう残りて、あさましきありさまなりけるを、泣く泣く取り納めてけるとぞ。

御伽百物語巻二終

あらすじ　江戸桶町の譲の井を所有する桶屋太郎作は慈悲深く、自ら井戸の水を汲んでは、道を行き交う人々に配り、咽の渇きを癒していた。彼はこの善行を二人の息子にも手伝わせていたが、ある日次男が、腹痛に苦しむ一人の女を連れ帰った。介抱して女に身の上を尋ねると、両親と夫に先立たれ、天外孤独の身であると言う。しばらく家に置き、家事をさせるうち、これを美しくも哀れと感じた夫婦は、長男の嫁に迎えることにする。祝言の夜、太郎作の妻は、長男が鬼に食われて死ぬという、不吉な夢を二度見る。心配になって実際に寝室へ行ってみると、振袖を着た鬼が立ち尽くし、夫婦の姿を見るなり逃げ去った。蚊帳の中には、鬼に襲われた長男の死体があった。嫁となった女は鬼と化し、太郎作の父がかつて狩人であり、山賊の首謀者でもあったため、その罪を償うために長男は殺されたのだった。

見どころ・読みどころ　――二人の息子の謎――

井戸は重要なライフラインである一方、怪談との縁が深く、異界への入口としての役割を担うことも多い。人が転落して絶命することもあり、ほの暗く湿るその底は、果てしなく未知なため、誰もが得も言われぬ恐怖を抱かずにはいられないだろう。

冒頭には、都合一六本の井戸の名が列挙されるが、数の多さには、むしろ華やかな面白味が感じられる。これらは江戸一八箇所の「名井」であり、『江戸鹿子《えどかのこ》』（藤田理兵衛、貞享四年〈一六八七〉刊）や、『国花万葉記《こっかまんようき》』巻七（菊本賀保、元禄一〇年〈一六九七〉刊）等の情報が使用されたようだ。これらの地誌には名井を所有する武家の名が詳らかにされているが、この話ではそれが隠蔽され、御上への配慮が看取される。その中にあって、武家以外の所有で、人々の咽を潤したことで知られた、桶町の譲の井が左記の典拠と重なり、新たな怪談となり得たのだろう。ただし、先祖が狩人や、息子が二人という点は相違する。

『人倫訓蒙図彙《じんりんきんもうずい》』（元禄三年〈一六九〇〉刊）には、「狩人のわざは、殺生をこと〻すれば、そのむくひ何とてのがれんや」（巻三）とある。ここでは狩人という職業が内包する殺生《せっしょう》という仏教上の罪こそが、善良な一家に降りかかる、青天の霹靂《へきれき》ともいうべき悲劇の要因となったものと言えよう。また、二人の息子については、典拠通り一人であれば、不条理にも一家は断絶する。しかし二人となれば、家の存続は担保されることを意味するのではないだろうか。この話では、次男に比して長男の存在感が薄く、恐らく長男の役目はスケープゴートであり、次男の付加が必要とされたものと想定される。また、典拠での藍色の化け物を日本古来の鬼女に変え、明確化したことも注目すべきである。鬼女は渡辺綱の伝承で有名だが、美女に姿を変えて男に近寄り、人を襲う点で共通する。

このように、作者が独自に付加した要素は、相互に響き合うことによって合理性が生じ、悲劇の中にも一筋の希望の光の見えるような、新たな意味合いを持つ話へと変化を遂げたのである。

典拠『酉陽雑俎』続集巻二「支諾皐中」—四
（東洋文庫『酉陽雑俎』四巻八九三）

貞元中、望苑駅の西に百姓王申といふもの有り。手づから楡を路傍に植ゑて林を成す。茅屋数椽を構ふ。夏月、常に漿水を行人に饋《おく》る。官者即ち延憩して茗を具ふ。児有り、年十三。毎に客を伺がはしむ。忽ち一日其の父に白《まう》さく、「路に女子有り、水を求む。」因て呼び入れしむ。女少年にして碧襦、白幅巾を衣《き》る。自ら言ふ。「家、此の南十余里に在り。夫死して児無し。今禫を服す。将に馬嵬に適《ゆ》き親情を訪ねて、衣食を丐《こ》はんとす」。言語明悟、挙止愛すべし。王申乃ち留めて之に飯し、謂ひて曰く、「今日暮夜此に宿し、明に達して去るべし。」女亦た欣然として、之に従ふ。其の妻遂に之を後堂に納《い》れ、之を呼びて妹と為す。其の成衣数事を倩《さい》するに、午より戌に至て悉く鍼綴を弁じ、細密殆んど人工に非ず。王申大いに驚異し、妻猶ほ之を愛す。乃ち戯れて曰く、「妹既に極親無くんば、能く我家の為に新婦子と作らんや。」女笑ひて曰く、「身既に託無し、願はくは麄井竈を執らん。」王申即日衣を賃し礼を貰《か》りて、新婦と為す。其の夕暑熱す。其の夫に戒めらく、「近ごろ盗多し。門を闢《ひら》くべからず」と。即ち巨椽を挙し捍して寝ぬ。夜半に及び、王申が妻夢みらく、其の子髪を披きて訴へて曰く、「食らはれて将に尽きんとす。」驚きて其の子を省みんと欲す。王申之を怒る。「老人好新婦を得、喜極まる。囈言せんや」。妻還りて睡る。復た夢みること初の如し。中妻と燭を秉り、其の子及び新婦を呼ぶ。悉く復た応せず。其の戸を啓くに、戸牢すること鍵すが如し。乃ち門闔を壊して纔かに開くに、物有り、円目鑿歯、体、藍色の如し。人を銜きて去る。其の子唯《た》だ脳骨及び髪を余すのみ。

【文献ガイド】

＊朝倉治彦監修『国花万葉記』全四冊（すみや書房、一九六九～七一年）＊馬場あき子『鬼の研究』（角川文庫、一九七六年）
＊近藤瑞木「鷺水怪談の同時代性」（信州日本近世文学研究会『会誌『御伽百物語』を読む』二号、一九九五年五月）＊近藤瑞木「『御伽百物語』試論」（『都大論究』二九号、一九九二年六月）

巻三の一　六条の妖怪《ようくわい》※

並びに　杣《そま》が家の道具ゆへもなきに動き働きし事

西六条の寺内《じない》に四本松町《しほんまつてう》[1]といふあり。この所に住みける吹田《すいた》屋喜《き》六といひしは、もと信州上松《しんしうあげまつ》[2]といふ村にて、猿太《さるた》と聞こえし杣《そま》[3]の上手《ぢやうず》と言はれたる者の子なり。父の猿太は代々《よよ》、勢州内外宮御造替《せいしうないげくうござうたい》[4]ある毎《ごと》に、かならず召されて杣の酋長《しゆてう》[5]となる事を得たり。

子もあまたありける故、去《さん》ぬる元禄《げんろく》[6]二年の御造替遷宮《せんぐう》あるべしとて吉例《きちれい》に任せ、猿太に杣頭《そまがしら》を給はりけるにつきて、木曽《きそ》[7]山を踏み初《そ》め、猶諸国に渡りて宮木《みやき》引くつゐでに、この喜六を連れて都に上《のぼ》り、しるべの人を頼みて、上方《かみがた》[8]の者となさばやの心ざし深く、十七の年《とし》より京《きやう》都《と》に足を留めさせ、下部《しもべ》の奉公《はうかう》をさせ置きけるが、喜六は元来《ぐわんらい》[9]したたか者にて、力も人に越ゑ、肝太く生まれつきたれば、重きを荷《に》なひても肌《はだへ》たゆまず、危《あや》うきに上りても気を屈《くつ》せず。

彼が一人の働きには、余の人二三人を替《か》ゆる程なりしかば、主人に

※目録題は「西六条の妖化（ばけもの）」。

1 京都市下京区若宮通花屋町下ル。西本願寺寺内町。
2 長野県木曽郡上松町。
3 材木を切り出す作業者。
4 伊勢神宮（三重県）の式年遷宮。二〇年ごとに本殿の建て替えを行う。
5 杣頭とも。杣人の労働組織の長で、熟練した有力者が就いた。
6 西暦一六八九年。伊勢神宮第四六回式年遷宮が行われた。
7 長野県木曽郡の木曽山脈。
8 都のある場所。京阪地方。
9 しっかりしている者。

も惜しまれ、身も[10]たまかに努めて、[11]年季《ねんき》つつがなく礼奉公《れいはうかう》をも済まし、少しの元価《もとで》をも貯《たくは》へ、旦那に仕付けられて今この所に住みつき、似合はしき縁に女房を持ちて、昨日今日と過ぐしけるに、娘さへ二人設《まふ》けたるに、しかも生《む》まれつき拙《つたな》からず。小さき内より万《よろづ》にかしこく見えける故、如何《いか》なる大名高家《だいめうかうけ》へも宮仕《みやづか》へに出《いだ》し、ゆくゆくは身こそ賤《いや》しき種《たね》なりとも、子は打ち出す幸《さひわ》いもあれかしと、手書き、物読み、[12]糸《いと》竹《たけ》の道《みち》、心ゆくだけを習はせ、その身は主人に[13]肩入れ奉公し、味噌塩《みそしほ》の世話より炭薪《すみたきぎ》、[14]万《よろづ》に欠《けん》を配り、台所の[15]見集めを役目にし、夜は宿に帰り、起き臥しをやすくしけるが、この男《おのこ》生まれつきて川狩《かはが》りを好み、仕込みの釣竿糸鈎《つりざほいとはり》を常にたしなみ、折ふしは[16]高野河《たかのがは》、桂《かつら》の流れに鮎《あゆ》やうの物を釣りて、瓢箪《へうたん》の酒に酔《ゑ》ひを進め、これを世の人の色にふけり女に迷ふの楽しみに代ゑて、身ひとつの気晴らしとぞなしける。

ある日またよき手透《てすき》なりければ、例の釣りにと思ひ立ち、今日は[17]槇《まき》の嶋にと[18]朝まだきより急ぎ行き、[19]瀬田《せた》より落ち来る鰻《うなぎ》もあらばと、[20]辰《たつ》の上刻《じやうこく》より午《むま》の下がりまで、さまざまと手を砕きしに、その日は何《なに》と

10 実直に。
11 奉公する約束の年限。
12 音楽の芸。
13 独立後も主家に奉公して力添えし。
14 あらゆる物の不足に気を配り。
15 見張りや取締り。
16 大原山中から左京区東部を流れる川。出町柳で鴨川に合流する。「桂の流れ」は桂川。
17 宇治市槇島町。
18 早朝。
19 滋賀県大津市。近江八景の一つ。
20 午前八時ごろから午後一二時過ぎまで。

21 ハエ形の擬餌針を付けた入れ子の継ぎ竿。
22 一時は二時間。
23 たしかな。
24 おもむろに。
25 蓑亀。甲羅に緑藻を生じた亀。長寿の印とされた。

26 えら。
27 官許以外の芝居小屋。ここでは見世物小屋。
28 富や財力を得る。
29 縄の紐のついたカゴ。

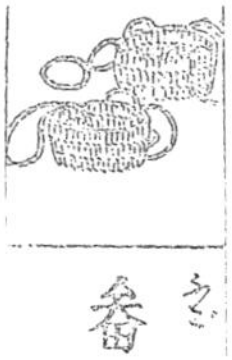

ほくれしにや、終《つい》に鰻の一筋《すぢ》もかからねば、また例の蠅《はい》[21]かしらに入子《いれこ》棹《ざほ》さし延《の》ばし、川中《なか》に下り立ち二時《ふたとき》[22]ばかり窺《うかが》ひけるに、これもなを食ふ物なく、今は情《せい》尽き腹《はら》立たしくなりて、釣竿を引き取る所に、何とは知らず喰《く》いつく物あり。手ごたへして水《みづ》離れ、したたかなる[23]やうに覚えければ、やおら[24]心して引き上げ見るに、「鰻に似て毛あり、龞《みのがめ》[25]に似て鰓《あぎと》[26]あり。何《なに》とも心得ず怪しきままに捨ててや帰らん。取りてや飼はん」と思ひしが、「よしや、これは珍《めづら》しく怪しき物なり。取り帰りて小芝居《こしばゐ》[27]などにも出さばや。能《よ》き儲《まふ》けして徳[28]を付くる事もこそ」と思ひ、小畚《こふご》[29]に押し入れて帰り、庭なる泉水《せんすい》に放ち置きけるに、むつむつとして底に這《は》い入りけるを、娘などにも見せて興《けう》じ合へりしが、ある日姉娘を奉公に出さんとて、さまざまに繕《つくろ》ひたて、肝煎《きもいり》の人これかれ打ち寄りて、物語したりける中へ、与風《ふと》白き餅《もち》一つ落としたり。

　喜六は姉の落としたると心得て、大きに恥《は》づかしめ叱《しか》りけれども、姉も覚えなき事に疑ひを受け、涙ぐみてさしうつぶき居たるに、何処《いづく》へか行《ゆ》きけん、この餅掻《か》いくれて見えずなりぬれども、人と話しゐたるに紛れて、さのみ気も付かざりしが、外《ほか》より来《きた》りし人に酒ひとつもてなさんと思ひ、間鍋《かんなべ》を出し肴《さかな》を拵《こしら》へなどして、釜《かま》の下焼《た》きたて羹仕《かんし》たりける内に、肴鉢《さかなばち》どもみなみな失せて見えず。「こはいかに仕けるぞ、誰《たれ》か取りなをせしや」と[30]湯煎銅《ちろり》下に置きて、女房《ねうばう》ここかしこと尋ね歩《あり》く程に、またこの湯煎銅も失せたり。「こはいかに言ふ事にか」と驚き騒ぐ中へ、熱《に》へかへりたる茶釜《ちやがま》、にはかに[31]竈《くど》を抜け出《い》でて台所を転《まろ》び歩けば、おのおの今はたまりかね、身の毛竪《た》ちて逃げ惑ふに、或《ある》ひは立臼《たてうす》ひとりこけて門口《かど》へ行き、[32]半櫃《はんびつ》踊り出でて上がり口になをり、[33]最前《さいぜん》失せたる酒《さけ》肴《さかな》その上にあり。[34]持仏堂《ぢぶつだう》より仏ゆるぎ出でて座敷に居並べば、木枕《きまくら》こけ行きてその前にあり。餅いくらともなく湧《わ》き出でて、おのおの枕の上に乗りなどしける程に、娘も母の親もみなみな逃げ惑ひけるを、喜六はつねづね[35]当山《たうざん》の先達《せんだち》にて山上《さんじやう》したりしかば、[36]金剛杖《こんがうづゑ》おつとり、「おのれ妖物《ばけもの》め。尋常《よのつね》の物とな思ひそ。定めて古き狐か狸のなすなるべし。ただ一《ひと》打ちに」と庭に下り立ちける頭の上より、大きなる石ひとつ、喜六が鼻筋《はなすじ》をこすりて、はたと落ちかかる。

30　酒の燗に用いる金属製の容器。
31　かまど。
32　長櫃の半分程度の大きさの収納箱。
33　さきほど。　34　仏間。
35　当山派。修験道の一派で、真言宗の僧聖宝が祖。本山は京都宇治醍醐寺三宝院。「先達」は、先導となる熟達した修験者。
36　八角または四角の白木の杖。

「こはいかに」と振り仰《あふ》ぐ所を、縁《えん》の下より何《なに》とは知らず、喜六が双《もろ》脛《すね》なぎ倒《たふ》すものあり。

さまざまの物怪《もつけ》にもてあまして、何院《なにいん》とかやいひし[37]山伏《やまぶし》を頼み祈らせけるに、[38]独鈷《とつこ》を取れば[39]錫杖《しやくじやう》なし、珠数《じゆず》を取れば灯明《とうめう》飛び上がり、[40]種子袈裟《しゆじげさ》を取りて引き倒しなどしける程に、終に行力《ぎやうりき》も及び難く覚えけるままに、やがて祈祷《きたう》の壇《だん》を下り、「自らの徳の至らぬ故なるべし」と心中《しんちう》に滅罪真言《めつざいしんごん》を唱へ、[41]降魔《がうま》の利剣《りけん》枕上《がみ》に横たへ、しばらく眠《ねぶ》りを催《もよほ》さんとするに、枕ひとり踊りはねて頭《かしら》をはづし、もてあぐみたる事なりしかば、「よしや、何にても慰《なぐさ》みを催し、一夜《ひとよ》を明かし、替《かは》りたる災異《さいい》をもあらはさば、それをしるべに一加持《ひとかぢ》せばや」など言ひ言ひて、その座に有り合ふ者どもうち寄り、[42]骨牌《かるた》を打ちなどして銭をかけ、夜《よ》ふくるままに、喜六はこの人々を饗応《もてな》さんためとて、豆腐《とうふ》やうの物取り寄せ、魚板《まないた》に乗せて既《すで》に刃物《はもの》をあてんとせしに、この豆腐人の如く立ちて、ゆらゆらと歩みつつ細き手さへ出で来て、かの骨牌の場に行きつつ、[43]からびたる声を出だし、「我に[44]一銭《せん》を与へよ」と詈《ののし》るにぞ、

37　加持祈祷などを生業とする修験者。
38　真言密教の修法で用いる先端の尖った金剛杵。

39　上部に数個の輪の付いた杖。振ると上の輪が音を出す。

40　三衣の種子の三文字を縫い込んだ袈裟。天台、真言修験道の行者が使用。
41　悪魔を降伏させる剣。
42　ウンスンかるた。博奕の一つ。
43　しわがれた。
44　一文銭。最小単位の通貨。千枚で一貫文。

かの山伏も肝[45]を消し、魂を失ひて逃げ去りぬ。

喜六やがてこの手を捕へ、唾《つばき》吐きす。妖怪《ようくわい》また言ふやう、「我はこれ汝が家の壻《むこ》なり。何ぞ無礼《ぶれい》をし給ふや。一人が名は九郎といひ、今一人は四郎といふなり」と名乗るを、喜六聞きすまし、夜明けしかば、急ぎ北野[46]の方《かた》へ尋ね行き、智光《ちくはう》とかやいひし、そのころの真言者《しんごんしや》ありけるを語らひ来りて頼みけるに、智光その家に行き、まづ赤き縄《なは》を以て一間《ひとま》を仕切り、手に印《いん》を結び、口に[47]密呪《みつじゆ》を唱へ、剣《つるぎ》を抜きて名を呼びて後、さまざまの供物《くもつ》を調へ、縄張《なわばり》より外《そと》に供へ、しばらく行ひ観《くわん》念《ねん》せられけるに、夜半《やはん》にも及びなんと思ふころ、黒き事墨の如く、大きさ牛の子ほどなる物這い出でて、かの供へたる酒肴《さかな》、供物を喰《く》らはんとす。智光やがて剣を引きそばめ、飛びかかりて一刀《かたな》刺す。刺されて逃ぐる所を手燭《てしよく》ともしつれ、跡をしたひて行きけるに、裏口《うらぐち》の縁の下にて留まるをよくよく見るに、何とは知らず、ただ黒革《くろかは》の袋《ふくろ》に似て、口も目もなき物なり。

やがてこれを引き出し、薪《たきぎ》をその上に積みて焼き殺しけるより、二

45　非常に驚き。
46　京都市上京区北野天満宮付近の地域。
47　密教の真言陀羅尼。

たびまた怪しみなかりしが、程なく妹に物怪《もののけ》つきて言ふやう、「我が兄の九郎は、姉とちなみけるを既《すで》に殺しつ。我ひとり、今この妹をいとおしみてありといへども、兄亡くなりしは喜六が故なり。うらめし」と言ひて夜毎《よごと》に鳴きしを、智光また剣《つるぎ》を抜き肱《ひぢ》をいからして、声を激しうして大きに叱《しつ》しけるに、妹大きに恐れ、額《ひたい》に汗を流しけるを見るに、妹が臂《ひぢ》にはかに腫《は》れ上がりて、大きさ枕ほどになりけるを、智光剣を差し当て、二刀《かたな》刺しければ、血を流す事二升[48]ばかりなりしが、妹が病《やまひ》もつつがなく、平生《へいぜい》に帰りけるとぞ。終に昔よりこのためしを聞かず、もつとも怪しき事なり。

48　一升は約一・八ℓ。

あらすじ　式年遷宮の御神木を切り出す、木曽の杣頭の息子喜六は、京都で奉公する。しっかり者で実直なため、早々に独立して妻を得て娘二人を儲ける。川釣りを趣味とする喜六は、ある日奇妙な魚を釣り上げる。鰻に似ているが毛があり、蓑亀にも似ているがエラがある。家に持ち帰って池に放すと、土に潜った。その後、姉娘の奉公が決まって世話人が来た時、突如物が消えて飛び回る不思議議な現象が起る。修験道の心得のある喜六は、金剛杖で立ち向かうが、大きな石が落ちてきたり、脛を打たれたりして、手も足も出なかった。拝み屋の山伏を呼び寄せるが、豆腐に手足が生えてゆらゆらと動き出したことに驚き、一目散に退散した。喜六が妖怪の手を捕えると、自分たちは娘たちの婿であり、九郎と四郎であると名乗りをあげる。急遽真言宗の僧を呼び、壇を設けて祈祷してもらうと、大きな黒い革袋のような形をした九郎が現れ、それを剣で刺して焼き殺した。その後、四郎の夜毎に鳴き叫ぶ声が聞こえ、妹娘の肱が大きく腫れ上がったため、それを僧が剣で刺すと、二升ばかりの大出血をしたが、無事元通りに戻った。

見どころ・読みどころ　——江戸のポルターガイスト——

誰も手を触れていないのに、勝手に物が動き出す現象を、ポルターガイストと言う。家中を餅が飛び交い、食器が消え、人力では到底動かせない茶釜、臼、仏像などが、ドスドスと音を立てて移動するといったように、あらゆる物が動き回り、住人たちを困らせる場面がある。この話は、まさに江戸のポルターガイストであると言えよう。典拠は『酉陽雑俎』の左記の一話である。燈火の下から二本の小さな手が出てきて大声で罵る場面があるが、それが豆腐に小さな手足が生じて動きだし、言葉を発する場面に変化した。このように、ここでの怪現象は典拠とは大きく相違し、筋書きに準拠した他の章とは、違った趣向となっているのが特徴である。日本には百年以上経った器物に精霊が宿り、人に害を加えるという俗信が古来よりあった。これを「付喪神《つくもがみ》」と呼ぶ。このような俗信が、無生物が動きまわる着想の一端になっているのであろう。

一方、冒頭の設定だが、伊勢神宮の式年遷宮に、関連付けられているのが興味深い。元禄二年（一六八九）

に行われた第四六回式年遷宮がこれに該当するが、少々特殊な例として知られている。なぜなら、それより二〇年前に満たない八年前の天和元年（一六八一）に、内宮正殿が焼失したために改修し、天和三年に臨時の遷宮を終えたばかりだったからだ。それに関わる杣頭の息子の話であるが、出身地が信州上松であることも、見逃せない記述である。史実では、遷宮の御用木は伊勢大杉谷（三重県）からの調達とされているが、すでに臨時遷宮によって山が枯渇していたという指摘もある。記録上、元禄の次の遷宮（宝永六年〈一七〇九〉）からは、上松のある美濃木曽谷（岐阜、長野県）からとなり、初めて御杣《みそま》始祭《はじめさい》が行われたという。このような木材調達の事情や、たび重なる伊勢神宮の式年遷宮は、人々の耳目を集めたに違いない。この話題を絡め、そこから杣出身の川狩りを好む、荒っぽい男という登場人物を導き出す手法、怪異にふりまわされる人を選び取る作者の人物造形のあり方について、考えさせられる一話である。

典拠　『酉陽雑俎』続集巻二「支諾皐中」一一四
（東洋文庫『酉陽雑俎』四巻九〇四）

姚《えう》司馬といふ者、汾州《ふんしゆう》に寄居す。宅、一渓に枕《よ》る。二小女有り。常に戯れて渓中に釣る。未だ常て獲《かつ》ること有らず。忽ち竿を撓《たは》めて各一物を得《う》。鱣《せん》の若き者にして毛あり。鼈《べつ》の若き者にして鰓《あぎと》あり。其の家之を異として養ふに盆池を以てす。年を経て二女精神恍惚す。夜常に燈を明にし、鍼を剉し、藍を染め、皂を涅して、未だ常て暫しも息《や》まず。然れども其の取る所を見ること莫し。時に楊元卿邠州に在り。姚と旧有り。姚因て事に邠州に従ふ。又た半年を歴て、女の病弥《いよい》よ甚し。其の家燈を張り戯銭す。忽ち二小手燈下に出づるを見る。大言して曰く、「一銭を乞ふ」と。家人或は之に唾す。又曰く、「我は是れ汝が家の女壻。何ぞ敢て礼無き。」一は烏郎と称し、一は黄郎と称す。後常に人家と狎熟す。

楊元卿之を知り、因て為に上都の僧瞻《せん》に求む。瞻鬼神を善くし、持念して魅病の者を治することを部《つかさど》り、多く効を著はす。瞻其の家に至り、紅界縄を標し、手を印じ、剱を勅して之を召《よ》び、後、血食盆酒を界外に設く。中夜物有り、牛の如し。酒上に鼻す。瞻乃ち剱を匿《かく》し、躧《し》歩して大言し、力を極めて之を刺す。其の物刃を匣して走る。血流れて注ぐが如し。瞻左右を率ひ、明炬して之を索して、其の血に迹《あと》して、後宇角中に至る。見るに、烏革嚢の若し。大さ簣《き》を合すべし。喘ぎ鞴嚢の若し。蓋し烏郎なり。遂に薪を燬《も》やして之を焚き殺す。臭十余里に聞ゆ。一女即ち愈ゆ。是れより風雨の夜、門庭啾啾たるを聞く。次女猶ほ病む。瞻因て前に立ち、伐折羅を挙げて、之を叱す。女恐怖し、額に泚《あせ》す。瞻偶《たまた》ま其の衣帯の上に皂袋子有るを見る。因て侍婢をして之を解き視せしむ。乃ち小籥なり。遂に其服玩籥を捜して、一簣を得たり。簣中悉く是れ喪家の搭帳衣。衣色唯だ黄と皂とのみ。瞻が仮将に満ちんとし、其魅を已《さ》ること能はず。因て京に帰る。年を逾《へ》て姚職を罷めて京に入り、先づ瞻に詣《いた》り功を加へて之を治せんことを為す。浹旬にして其女の臂上腫れ起くること漚の如く、大きさ瓜の如し。瞻之を鍼刺す。血を出すこと数合。竟に差《い》ゆ。

【文献ガイド】
＊木村政生『神宮御杣山の変遷に関する研究』（国書刊行会、二〇〇一年）

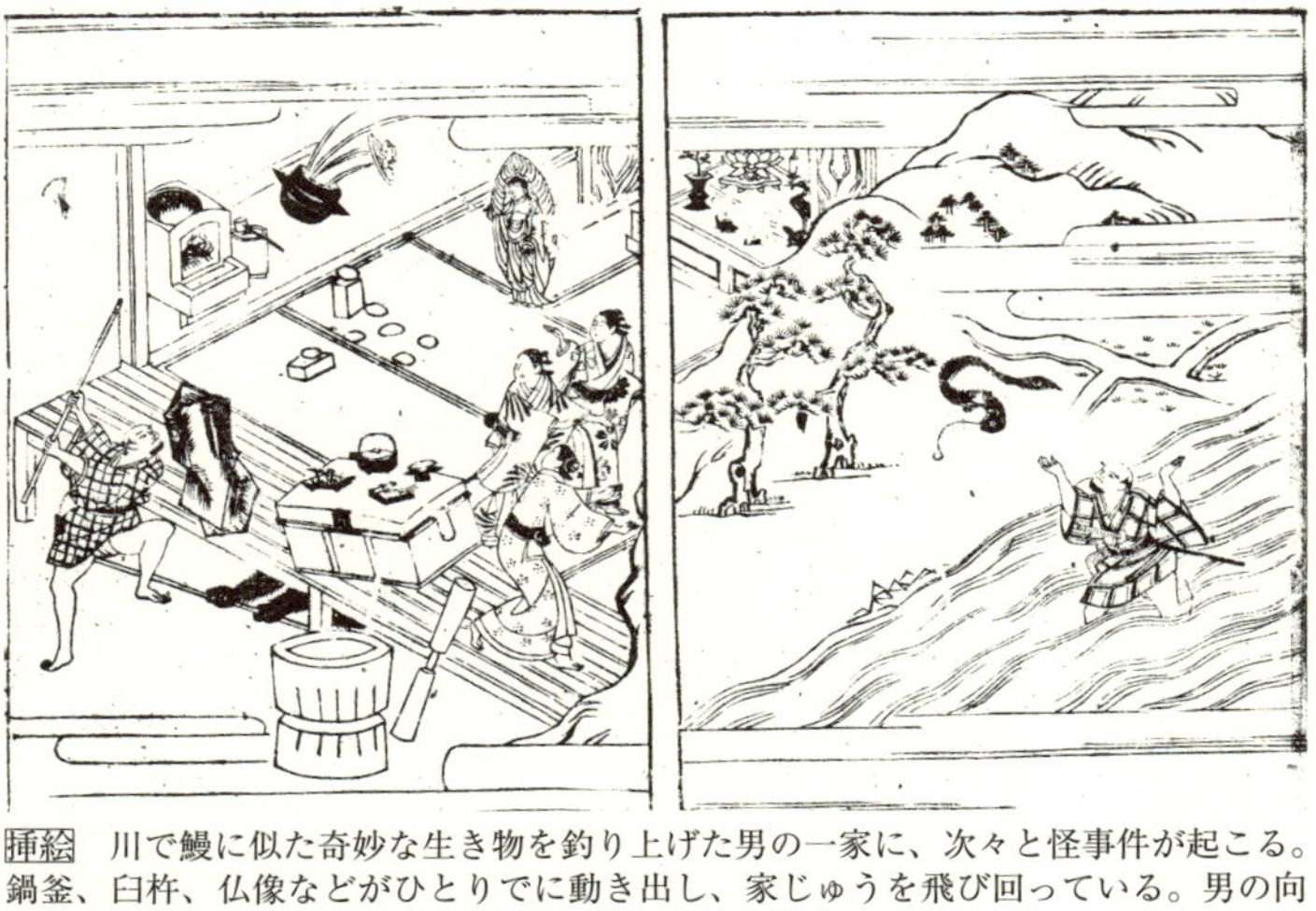

挿絵　川で鰻に似た奇妙な生き物を釣り上げた男の一家に、次々と怪事件が起こる。鍋釜、臼杵、仏像などがひとりでに動き出し、家じゅうを飛び回っている。男の向う脛を狙い澄ます縁の下の獣の腕が、そのカギを握るのだろうか。

巻三の二　猿畠山《さるはたやま》の仙

並びに　本朝隠逸《ほんてういんいつ》の輩《ともがら》に会ふ僧の事

挿絵

妖精たちが、夜更けに桐林の中を優雅に飛びまわる。この光景を目撃した旅僧は、咄嗟に扇をかざして一人を捕獲した。

その後、妖精が集い、僧との間になんとも不思議な交信が行われた。さて、この僧の行く末は…。

（下図より拡大）

[1]相州鎌倉《さうしうかまくら》の地に、[2]御猿畠《おさるはたけ》といふ山あり。この上に[3]六老僧《らうさう》の窟《いはや》といふ窟あり。いにしへ[4]日蓮《にちれん》の徒《と》の中に[5]六老僧といはれて、もつとも[6]上足《じやうそく》の名を得し僧の住みける岩窟《いはや》なりとぞ。

その後、[7]能州総持寺《のうしうさうぢじ》の[8]沙門鶯囀司《しやもんわうでんす》といひしは、[9]洞家《どうか》におゐて希有《けう》の人なりければ、一山の[10]崇敬《さうげうた》他に異《こと》に、[11]智弁《ちべん》流るるがごときに愛《め》で、学《がく》業《げう》の潔《いさぎよ》きを慕《した》ひ、[12]衆議一同《しゆぎいつどう》して鶯囀司を挙げ進め、[13]後住《ごぢう》せしめんと議《はか》りけるを、この僧ただ[14]浮雲《ふうん》流水の思ひあり。[15]転蓬《てんぱう》の癖《くせ》を具して住職《ぢうしよく》を望まず、さまざまと人の勧《すす》め挙げもてはやし、「和尚《おしやう》、和尚」と崇《あが》むるに飽《あ》きて、夜ひそかに寺を出で、いづくをそこと心がくる態《わざ》もなく、身にそゆる物とては、[16]三衣袋《えぶくろ》、鉄鉢《てつばち》、[17]錫杖《しやくでう》より外に貯《たくは》へたる物なければ、朝《あした》に托鉢《たくはつ》し、夕に[18]打飯《だはん》を乞《こ》ひ、かなたこなたと吟《さまよ》ひ歩《あり》き、[19]渇《かつ》しては水を呑《の》み、疲《つか》れては石に枕《まくら》し、待つ事なく急ぎもやらぬ道を、一つの里にだに三宿《みとまり》と逗留《とうりう》せず。

ある日は都に出でて市にうそぶき、または[20]難波津に杖《つえ》をたて、心に感《かん》ある時は詩《し》を賦《ふ》し、歌《うた》を吟《ぎん》じ、諸国に至らぬ隈《くま》なく尋ねぬ名所《めいしよ》もな

1　神奈川県鎌倉市。2　猿畠山。鎌倉市大町と逗子市久木にまたがる丘陵。名越切通（なごえのきりどおし）の北。
3　猿畠山の中腹にあるとされた。4　貞応元年（一二二二）～弘安五年（一二八二）。日蓮宗の開祖。5　日蓮の六人の高弟。日昭・日朗・日興・日向・日頂・日持。6　優秀な門弟。7　石川県輪島市門前町の曹洞宗の寺院。明治四三年まで宗派の本山だった。
8　鶯囀殿司。雅楽「春鶯囀」、また、西行『山家集』春二六「雨中鶯」・「鶯の春さめざめと鳴き居たる竹のしづくや涙なるらん」などによるか。沙門は僧侶の総称。殿司は曹洞宗で仏殿のことを司る役僧。
9　曹洞宗。10　心から尊敬すること。11　才知ある弁説。

かりしかども、ここぞ[21]禅定《ぜんでう》の膝《ひざ》を屈《くつ》し、観念《くわんねん》の眼《まなこ》をこらすべき地もなしと選《えら》びありきて、今年[22]元禄《げんろく》六年の秋は、この猿畠山に分け入り、かの巌窟《がんくつ》にしばらく憩《いこ》ひ、かりそめに立ち安らひ給ひけるが、何となく心澄み、うき世の外の楽しみをも極《きは》めつべく思はれしかば、「よしや、住みつかばこことても、かしがましかるべき所ながら、いづくも仮《かり》の宿りなるを」と[23]禅衣《ぜんゑ》を解きて襖《ふすま》とし、鉄鉢を枕にあて、そこらの風景暮れゆく色を詠め出《いだ》しておはしけるに、この窟《いはや》のほとりは皆大きなる桐《きり》の木《き》原にて、枝《えだ》老ひ梢《こずゑ》たれて地をはらふかと見ゆるばかりなるが、[24]秋来《き》ぬと目には見えぬ物から、風の音づれを桐の葉の零《お》ちてぞ、折からのあはれも身にしみて知られしかば、かの[25]西行《さいぎやう》の

[26]秋立つと人は告《つ》げねど知られけり
　　み山のすその風のけしきに

など詠め暮らして、その夜は洞《ほら》の内に蹲《うづくま》り居て明かし給ひなんとするに、[27]十四夜《まつよひ》の月、木《こ》の間《ま》よりほのめきそめて、虫の音《ね》近く遠く響き合ひて、松の調べをもてなしたる。「さながら[28]塵外《ぢんぐわい》の楽しび、[29]無何有《むかう》

12　多くの人たちの評議。13　後任の住職。14　放浪の旅に出たい。行雲流水とも。15　漂泊。16　衣類を入れる袋。
17　上部に数個の輪のついた杖。僧が用いた。18　僧の食事。
19　枕石漱流。俗世を離れ、自由な生活をする意がある。
20　ここでは大坂一帯をさす。
21　座禅や瞑想によって絶対の境地を得て。22　西暦一六九三年。23　禅僧の着衣を布団にして。24　『古今和歌集』秋上・一六九・敏行「秋来ぬと目にはさやかに見えねども風の音ににぞおどろかれぬる」による。25　元永元年（一一一八）～建久元年（一一九〇）。平安末期の歌人。
26　『山家集』秋「山居初秋」二五五、『類題和歌集』秋之一・九一〇一。27　八月一四

の里《さと》、朱陳《しゆちん》[30]の民《たみ》どもや言はん」など観《くはん》じ居給ふ折から、異《こと》なる蜂《はち》どものあまた、何《いづく》ともなく群《むら》がり来て、この桐の林に飛びかけりて鳴くあり。「こはいかに。折しもこそあれ、日暮れ雲おさまる山中《やまなか》に、蜂のかく飛び交ふは、若《も》し蜜《みつ》するとかやいふなるもありとは聞けど、それさへ昼のみぞ出づるなる物を」としばし詠め入りて聞くに、蜂どもの声《こゑ》は人の物言ふやうに、ひたと吟詠《ぎんゑい》するなり。何をか言ふやと聞けば、

[31]すむ身こそ道はなからめ谷の戸《と》に
　　出《い》で入る雲をぬしとやは見ん

と歌ふなり。

誠にかの[32]京極《きやうごく》太政大臣《だじやうだいじん》宗輔《むねすけ》と申せし人の、蜂をあまた飼はせ給ひ、何丸《なにまる》角《か》丸などと名を付けて呼び給ひ、召しに随ひて御前《まへ》に参りたるに、「何丸、あの男刺して来」と仰せられつれば、いつも仰せに随ひしとか。[33]十訓《くん》といふものに注《しる》されしも、実《げ》にかかる蜂にこそと、さしのぞき給へば、やうやうその丈《たけ》一寸[34]あまりある生身の人にて、しかも翅《つばさ》あり。鶯囀司も「怪しく珍らかなる虫のさまかな」と思ひ、扇を広げて

日の月。28 俗世の煩わしさを離れた所。29 『荘子』逍遥遊による。理想郷とされる虚無の世界。

30 中国江蘇省朱陳村では、平和を保つために俗世と隔絶し、朱と陳の二姓での婚姻を繰り返した。

31 後柏原天皇『柏玉集』雑「澗戸雲鎖」一六六一、『類題和歌集』雑之一・二三八五八。

32 藤原宗輔。承暦元年（一〇七七）～応保二年（一一六二）。平安時代の公卿。音楽の名手として知られ、蜂を飼うことを好んだ。

33 『十訓抄』。建長四年（一二五二）成立の説話集。巻一に蜂の話が載る。

34 約三㎝。

[35]柱杖《しゆでう》の先に括《くく》り付け、この蜂をひとつ打ち落とし、[36]戻子《もし》の袋に入れ、[37]鉢の子の上に据え置きぬ。「桐の木に群れつつ遊びけるは、もし露をや愛しけん」と桐の葉露ながら折りて、その傍《かたは》らにうち置き詠め居たりしに、しばらくしてこの虫傍らにそばみ居て、少し[38]吁嗟《なげ》く声あり。

忽《たちま》ちに人形《かたち》なる蜂ども数《す》十飛び来り、かの袋のあたりに集まりつつ、そのさま慰《なぐさ》むるに似たり。後よりおし続きてその類《たぐひ》あまた、或ひはいと小さき車に乗り、或ひは[39]輦《てぐるま》して入り来たり。この虫を弔《とぶら》ひけるを聞くに、細く小さき声なり。鶯囀司寝たるさまして聞き居たるに、主人と見えつる者の名を[40]伏見の翁《おきな》と言ひけるが、この捕はれし蜂にむかひて言ふやう、「吾《われ》君がこの不祥《ふしやう》のために、[41]筮《めど》をとりて占《うらな》ひて参らすべし。君よろしく[42]無有《むう》を観じ給へ。君既《すで》に[43]死籍《しせき》を除《ぢよ》して命の危ぶみなき身ならずや。何のなげく事かあらん。これ[44]天心造化《てんしんざうくわ》のしばしば移る所なり」と慰む。また[45]増翁《ましてのおきな》といふあり。彼が言ふは、「このごろ、[46]我白箸翁《しらはしのおきな》と博奕《ばくゑき》して、[47]琅玕紙《らうかんし》十幅《ふく》を勝ち得たり。君この難を逃れ出で給はば、礼星子《れいせいし》の辞《ことば》を作りて給はるべし」など、惣《すべ》てみな人間世の

35　禅僧が行脚に用いる杖。
36　綟袋。麻糸の荒目の布袋。
37　托鉢用の鉢。38　吁嗟（うさ）。「なげく」の同訓。嘆き悲しむ声。39　手で押したり引いたりして動かす車。40　奈良時代の隠者。大和国伏見岡に住み、三年起きず無言で過ごした。41　占いで使用する五〇本の細い棒。42　形を持たないもの。『荘子』応帝王による。43　地獄の閻魔王のもとにある死者の名を記した名簿。44　天の中心や自然の理法。45　近江国の隠者。「まして」が口癖で、これを唯一の修行とし、その功徳によって往生した。46　平安時代、京都で白箸を売り歩いた。
47　「琅玕」は真珠色の美しい石、または仙界に生えるという木の名。ここではこれを原

知るべき事にあらず。終宵《よもすがら》語り明かして去りぬ。

鶯囀司不思議の思ひをなし、夜明けしかば、袋の口をほどきて放《はな》ちやりぬ。自らもその窟《いはや》を出でて、[48]極楽寺《ごくらくじ》の切通しを[49]小坪《こつぼ》にと心ざして出でし所に、ふと人に行き会ひたり。そのたけ[50]三尺ばかりなるが、黄《き》なる衣服して空より下り、「我は[51]三清《せい》の使者、[52]上仙《じやうせん》の伯《はく》といふ官に至りたる者なり。名は[53]民《たみ》の黒人《くろひと》といふ者なり。今宵《こよひ》君が前に来り集まりし人々は、皆[54]本朝豚史《ほんてうとんし》などに言ひ伝へし日本《につぽん》の仙人《せんにん》たちなり。難に遭ひしは、かの[55]遊仙窟《ゆせんくつ》の読みを伝へし[56]賀茂《かも》の翁なり。今君が情けにより て、二たび上清《じやうせい》の天に上りし礼のために、我を下《くだ》して謝《しや》せしめらる。君また学業《がくげう》至りたるゆへ、その身ながら[57]仙骨《せんこつ》を得て、近き内に登天《とうてん》あるべし」と言ふかと見えしが、たちまち消えて行き方《がた》を失ひけるとぞ。

　その後《のち》、鶯囀司もまた修行《しゆぎやう》して、諸国の名山勝地《めいざんしやうち》に遊びけるが、終にこの僧も、その行く方を知らずといへり。


料とした紙を一〇巻の意か。
48　鎌倉市の極楽寺から由比ヶ浜に抜ける。鎌倉七口の一つ。
49　逗子市小坪。ただし、極楽寺の切通とは別の場所にある。
50　一尺は約三〇㎝。51　仙人のいるところの玉清・上清・大清。52　第一級の仙人の首長。53　奈良時代の詩人。山中に隠棲して詩作に耽った人物。『懐風藻』に二首の詩がある。54　『本朝遯史』。伝記、林読耕斎著、寛文四年（一六六四）刊。55　唐張文成作の伝奇小説。56　『遊仙窟』江戸初期無刊記本に、京都木嶋神社の森に遊仙窟を読む老翁があり、学士伊時に教えたという逸話が載る。57　仙人のような風貌。

あらすじ　曹洞宗の本山総持寺の僧侶、鶩囀司は才能と人望があるため、住職に推挙されるが、日頃から漂泊の思いを抱いており、人知れず旅に出る。諸国を巡り歩くが、元禄六年秋、鎌倉猿畠山の日蓮の高弟たちが住んだという、六老僧の窟で夜を過ごすこととなった。十四夜《まつよい》の月が上る頃、どこからともなく沢山の蜂のようなものが飛んで来て、人間の言葉を話しているように聞こえた。よく見ると、その姿は小さいながらも、人間のようであったが翼があった。怪しく思った鶩囀司が一羽捕えると、すぐに数十羽の仲間が集まって弔いを行った。夜明けに捕えた者を放って、鶩囀司が窟を出ると、民黒人《たみのくろひと》と名乗る仙人に出会う。黒人は昨夜の小人たちは皆日本の仙人たちで、彼が捕えた者は、中国の『遊仙窟』の訓読を伝えた翁であると説明し、それを助けた功徳により、鶩囀司も仙人として近々天に上るであろうことを告げる。鶩囀司は修行の旅を続けていくうちに、行方知れずになったそうだ。

見どころ・読みどころ　――仙人たちの楽園――

フランスの作曲家ラヴェルのピアノ小品集「マ・メール・ロワ」に、「妖精の園」という曲がある。愁いを帯びた優しい曲調で、西洋のこの曲が、不思議にもこの話の世界観にふさわしいと感じるのは、なぜだろうか。小さな人体に羽が生えたものと言えば、当然妖精を思い浮かべるであろう。西洋では少女が一般的だが、ここでは日本の「仙人」こと隠逸の翁たちが、蜂のように羽音を立て、可愛らしく飛び回る。

この話は、『酉陽雑俎』の左記の一話を典拠とする。花咲く桐林から、「五七の桐」を寺紋とする曹洞宗の本山総持寺を想起したものと考えられるが、他に『伽婢子』巻一〇の一「守宮《いもり》の妖《ばけもの》」の、曹洞宗の僧の話の影響もあろう。隠棲する僧が、虻《あぶ》のような声を出す小人たちに遭遇し、一人を扇で打つ内容は、奇しくもこれに共通する。ただし、初夏を秋の落葉に転じたのは、引用歌の作者で漂泊の歌人、西行の面影を重ねたためであろう。ちなみに、猿畠山は、日蓮ゆかりの場所であり、『新編鎌倉志』（貞享二年〈一六八五〉刊）には、その伝承が詳しく記されている。こうして、複数の周知の高僧のイメージが一人物に集められ、登場人物の崇高さを喚起する設定となっている。

蜂のような人々の様子は典拠通りだが、そこに『十訓抄《じっきんしょう》』の蜂飼《はちかい》大臣の逸話が付加されているのも、見どころである。なぜなら、これまで写本でしか見られなかった『十訓抄』が、初めて版本として世に広まったのが、本文に記された元禄六年という年であったからだ。これは現代では「流布本」とされ、あまり重要視されないものだが、その時点では、人々の知識を豊かにしたことは明白である。この文化的な事業が、極めて画期的で重要度の高い出来事と認識されたため、挿入されたものと考えられる。また、僧のモデル西行も含め、ここに登場する隠逸者たちは、すべて日本最古の隠逸史『本朝遯史《ほんちょうとんし》』にその名を記された人物であり、これも江戸時代に入って版本となり、広く読まれたものである。そのような人たちではあるが、ここでは「仙人」に昇格され、知的で幻想的な夢の世界の住人となり得たのである。引用された和歌も含め、版本という当時最新鋭のメディアの情報が、巧みに利用されている一話である。日本の神仙思想を調べてみたり、文学における鎌倉という空間についても考えてみたりすることをお勧めしたい。

典拠『酉陽雑俎』続集巻二「支諾皐中」一一五
（東洋文庫『酉陽雑俎』四巻九〇五）

東都の龍門に一処あり。相伝ふ、広成子が居る所なりと。天宝中に北宗の雅禅師といふ者、此処《ここ》に於て蘭若《らんにゃ》を建つ。庭中古桐多し。枝幹地を払ふ。一年の中、桐始めて華さく。異蜂有り。声人の如く吟詠す。禅師之を諦視するに、真体の人なり。但し翅有り、長さ寸余。禅師之を異とし、乃ち捲《けん》竹を以て中網を羃《おお》ひ、一を獲て紗籠の中に寘《お》く。桐花を嗜むを意《おも》うて華を採てその傍に致す。日を経て一隅に集まる。微かに吁嗟《うさ》の声を聆《き》く。忽ち数人籠に翔《かけ》り集まる者有り、相慰する状の若《ごと》し。一日あつてその類数百、車輿に乗る者有り、その大小相称《かな》ふ。籠外に積もりて語声甚だ細し。亦《ま》た人を懼《おそ》れず。禅師柱に隠れ之を聴くに、孔昇翁に曰ふ有り。「君が為に不祥を筮せん。君頗《すこ》ぶる無有を記せよ。」曰く、「君已《すで》に死籍を除す。又何ぞ懼れん。」叱叱《しっしっ》と曰ふ有り。「子、青桐君と奕《えき》して勝ち、琅玕《ろうかん》紙十幅を獲たり。君出でては礼星子の詞を為すべし。当《まさ》に料理を為すべし。」語、皆世人の事に非ず。終日にして去る。禅師籠を挙げて之を放ち、因て祝して之を謝す。

次日を経て人有り。長三尺、黄羅衣、歩虚して禅師の居蘇前に止まる。状天女の如し。「我は三清の使者、上仙の伯、意を致して多謝す」と。指顧の間に所在を失す。是より遂に絶ゆ。

【文献ガイド】
＊蔵中進『江戸初期無刊記本　遊仙窟』（和泉書院、一九八一年）＊浅見和彦校注『十訓抄』（新編日本古典文学全集五一、小学館、一九九七年）＊白石克編『新編鎌倉志（貞享二刊）影印・解説・索引』（汲古書院、二〇〇三年）

巻三の三　七尾《ななを》の妖女《ようぢよ》

並びに　古木《ふるき》の株《かぶ》人の娘に通ふ事

挿絵

高価な香木にも似た、不思議な木の根を拾い、それを自宅の仏壇の上に置いてから、娘の体に異変がおこる。その間娘は、謎の貴公子との恋に落ちていた。

　仏壇の隙間にいるという男を捕らえようとした時、一羽のハトが飛び立った。彼の正体は…。

1　石川県七尾市。
2　辺鄙な田舎。
3　武芸の気風。
4　ここでは親しみ合うの意。
5　キノコの一種。黒褐色の片鱗状で漢方薬に使用される。

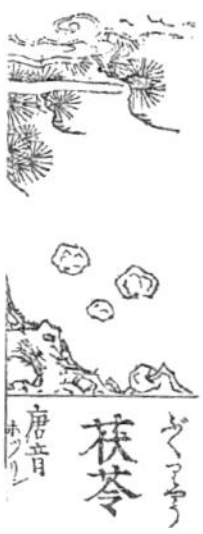

6　オケラの根の外皮を取り除いた生薬。胃薬などに使用される。

7　仏間。

[1]能州《のふしう》七尾《なゝを》といふ所に近き[2]片在所《かたざいしよ》に住みける、杉岡《すぎおか》の団《だん》助とかやいひけるは、そのかみ名ある武士《もののふ》の果てなりしが、今ほどは農家に業《わざ》慣れて、瑣細《ささい》なる菜園《さいゑん》に身を苦しめ、浜路《はまぢ》に魚《うを》を乞《こ》ひて渡世《とせい》の助けとなし、幽《かす》かなる暮らしなりけれども、さすがに取り伝へし[3]弓矢《ゆみや》のかた気《ぎ》は失はず、万に心を付け、仁義《じんぎ》正しく素直なるものから、郷民《ごうみん》も心置き、[4]情けを交はしける程に、何事につけても、さのみ不自由なる事なくて暮らしけりとぞ。ある日、彼が家に井を掘り替ゆる事ありしが、底より一つの木の根を掘り出《いだ》せり。その形臂《ひぢ》の如くにして、節《ふし》の所などの粗皮《あらかは》を見るに、[5]茯苓《ぶくれう》などの類《たぐひ》に見えて、香気《かうき》また[6]白朮《びやくじゆつ》に似たり。団助夫婦これを見て、「如何《いか》さま故《ゆへ》ある木にてこそあるらめ」とは思ひながら、何に遣ふべしとも弁《わきま》へ得ず。ただうち捨てても置き難くて、仏壇の上なる棚に上げて、人にも語らず怪しとも思ひたらねば、また尋ね見る事もなかりけり。

その家殊更《ことさら》に仏法《ぶつぽう》を信じけるほどに、一人ありける娘に[7]持仏堂《ぢぶつだう》の世話を任せ、花を折り香《かう》をもらせけるに、この娘いまだ十六七なりしが、親の心ざしを継ぎて、これも仏法に信《しん》深く、朝《あした》も疾《と》く起きて香花《かうげ》をとり、暮るれば御灯《みあかし》をかかげて念誦《ねんじゆ》怠らず。器量《きりやう》人に超え、容顔《ようがん》花を欺《あざぶ》くほどの生《む》まれなるに、[8]身を用《えう》なきものに思ひとり、世をはかなき習ひに見なしつつ、「ゆくゆくは尼《あま》にも」とまで常々に言ひもし、心にもかけけるほどに、父母《ちちはは》も時折節はとかく教訓《けうくん》し、言ひなだめなどして、尼になさん事をぞ悲しみ合ひけるほどまで、強かりし心の娘なりしが、ある日仏壇に入りて香をとらんとせしに、仏壇の間に人あり。

「こはいかに」とさし覗《のぞ》きて見れば、年のほど二十ばかりなる男の、器量世にすぐれたるが、[9]折烏帽子直垂《をりえぼしひたたれ》して、いと[10]なれ顔《がほ》にこの娘を見てさし招くなりけり。娘も見馴《な》れざる姿に、はつと[11]気をのぼらせ胸騒《むなさは》ぎしけれど、「またさあり」とて、このやごとなきさましたる人を、つれなく[12]あららかに恥づかしめんも[13]片腹《かたはら》痛くて、「よしよし、何人にもあれ、かかる方に忍び入りたらん人の、よもや盗みなどいふ事する程にはあらじ。とかくすかしたてて帰しこそせめ」など、さまざまに思ひ定めて[14]やをらさし寄れば、この男《おのこ》かの娘の[15]袖《そで》を控へて、

8 自分を世間の役に立たないものと思いこんで。『伊勢物語』九段「東下り」による。

9 武士の式服。

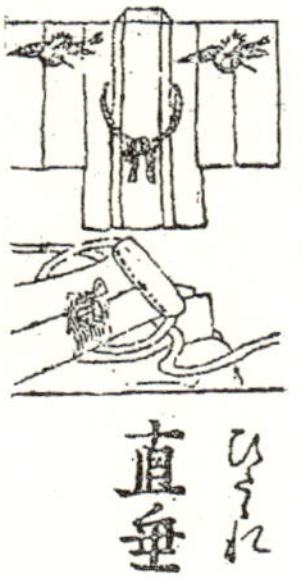

10 親しげな顔つきで。
11 上気して興奮して。
12 粗末にして。
13 心苦しくて。
14 そろそろと。
15 袖をとって引きとめて。

[16]武蔵野の草葉なりとも知らすなよ
　　かかる忍ぶの乱れありとは

とかや、馴れ馴れしげなり。

娘はいと思はずなる事に顔《かほ》うち赤み、「こはいつの程、いかなる風《かぜ》の伝《つて》にか。[17]花薄《すすき》ほの見えし色は思ひしみ給ひし。そも御身は類《たぐひ》なき御事と見参らせし上《うへ》人の、かくあまざかる[18]鄙《ひな》の我しも、かく思《おぼ》し寄りけるにか。いと心得ずこそ」と言へば、かの男言ふやう、「[19]いやとよ、かかる恋路には、高き賤《いや》しきの[20]へだといなきを、さのみな言ひおとしめ給ひそ。[21]五条わたりの垣間見《かいまみ》に、何がしの院《ゐん》まで誘ひし人もあるものを、[22]木《き》の丸《まろ》殿ならずとも、いざやゆくゆくは名乗りこそせめ」とて、

[23]浅からぬ心のほどをへだつなと
　　数ならぬ身ぞ思ひそめぬる

と言ひ続くるに、娘も、

[24]かねてより人の心も知らぬ世に
　　契ればとてもいかが頼まん

16　『師兼千首』恋二百首・六一一「忍親昵恋」、『類題和歌集』恋之一・一八六一五。「武蔵野」と「草」は縁語。
17　「花薄」は「穂」の縁から、同音の「ほの見えし」を導き出す。18　「ひな」に掛かる枕詞。19　弥遠。極めて遠い。
20　隔て。格差。
21　この部分は『伊勢物語』五段や一段、八二段の内容を踏まえており、主人公在原業平を暗示する表現。
22　筑前国の歌枕で斉明天皇の行宮。「名のる」と併せて詠む。『後拾遺集』・雑四・一〇八二・実方「ひとりのみ木の丸殿にあらませば名のらでやみに帰らましやは」などがある。23　『類題和歌集』恋之三・二一三七六・後柏原院「恋不依人」。24　『新後拾遺

和歌集』恋歌二・一〇七八・為冬「元亨三年七月、亀山殿七百首歌に」、『題林愚抄』恋一・六六二三「疑恋」、『類題和歌集』恋之一・一九〇二〇。

25 政為『碧玉集』恋部・九三〇「契少人恋　水無瀬御影堂に奉納の五十首に」、『類題和歌集』恋之一・一八九九二。

26 空間を区切る物にして。

27 百人一首・六〇・小式部内侍「大江山いく野の道の遠ければまだふみも見ず天橋立」による。「文（ふみ）」、「踏み」は掛詞。

28 道理に外れた恋愛。

29 妊娠すること。

とやうやうに連ね出でて、いと恥づかしげなり。また男《おとこ》、

　[25]愚《をろ》かには我も契らじいときなき
　　心に頼む色を見るより

などなぐさめて、持仏すへたる方《かた》には屏風《べうぶ》を物の[26]けぢめにて、しどけなく添《そ》ひ臥《ぶ》しの夢をぞ見る。[27]まだふみも見ぬ恋路なれば、娘も心慌《あは》ただしく恥づかしう思ひて臥しゐたり。男はこのほど心を尽くし、神に祈りなどせしありさま、行末《ゆくすゑ》までのあらまし事、何かと言ひ続けつつ、いと睦《むつ》まじう美《うつく》しと思へるさまなり。

かくて逢《あ》ふほどに、今日《けふ》と暮れ明日《あす》と変はり行く日数《ひかず》の、半年《はんねん》ばかり人知らぬ逢瀬《あふせ》、嬉しく互ひに心を通はし、やさしきちなみ浅からずありけるほどに、今はこの娘も人の目立つるまで替《かは》りたる心入れとなり行きけるを、二人の親も「如何《いか》にぞや」と思へど、終《つい》に人の通ひ来て、かかる[28]わりなき交はりをすべき覚えもなければ、さのみ心を付けて窺《うかが》ふべき気も付かざりしに、いつとなく[29]身持ちにさへなりぬ。娘も今は忍び恥づべき態《わざ》にもあらず。思ひかねて母の親に語りけるにぞ、

30 密かに契った男。
31 仏事、法要。
32 祥月命日。亡くなった月日と同日。
33 人目をはばかる「人目包み」との掛詞。『古今集』恋三・六五九・読み人知らず「思へども人目つつみの高ければ川と見ながらえこそ渡らね」による。
34 『万葉集』三四三九「上野（かみつけの）佐野の船橋とりはなし親はさくれど我はさかるかも」が転訛した形。

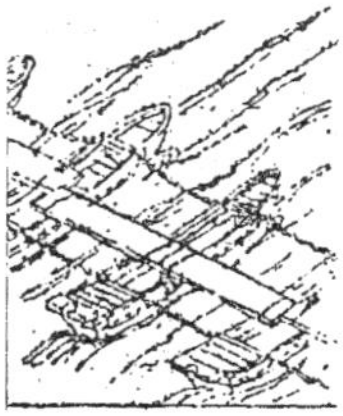
（船橋）

始めて忍び妻《づま》[30]ありとは知りける。されども、この男常に持仏の間にのみありて行き返《かへ》る体《てい》もなし。まして、はかなき菓物《くだもの》をだに食ふとも見えねば、母も怪しさの数のみ増さりながら、「独《ひと》りある娘の名を、いかにせん」など思ひ煩《わづら》ひける内、いつも秋のころは請《しやう》じ入れて、斎《とき》[31]など参らする寺より、例の祥月《しやうつき》[32]とて僧の来りけれども、持仏の間には先立ちて、やごとなき人の入り来て、深く隠れたるにやと見えて、入るべき方の戸を堅《かた》く押さへけりと覚えしかば、まづ退きて徘徊《ためらい》居たりし隙《ひま》に、娘は母の親と連れて寺参りを仕《し》たりける跡《あと》にて、父の親この僧と心を合はせ、持仏の間に立ち入りける時、鴿《はと》一羽《わ》ありて俄《にはか》にはたはたと翥《はたたき》して、飛び去りぬ。

その夕《ゆふ》べより、またこの娘ふたたびかの忍び妻を見ず、「さびしき閨《ねや》に一人寝の、枕物憂く人知れず、恋しと嘆き思ひながらも、猶《なを》人目[33]堤《づつみ》の高ければ、それとだにゑ言ひもやらず。あづま路《ぢ》[34]の佐野《さの》の船橋《ふなばし》とりはなし、親さけにけん時いかばかり、我を憂しとや見給ふらん」と思へば、いとど手枕《たまくら》も浮くばかり、涙こぼれて

今日[35]はまた辛さをそへて嘆くかな
　　ねたくぞ人にもらしそめぬる

など、ひ[36]とりごちて起き臥し悩みがちなりしが、七月《ななつき》といふころ、けしからぬ悩みおこりて、産《さん》の様子《やうす》ありけるままに、親ども慌ただしく悲しみいたはりて生ませけるに、人にはあらで、かの井戸より上がりたる木に少しも違《たが》はざるものを、三節《ふし》まで産みたり。「[37]さればよ、怪しかりける事を」とて、かの持仏の上の棚に上げたりし古木《ふるき》を取り下ろして見けるに、はや散々虫つづりて砕けたりしかば、持たせやりて捨てつ。今この娘の産みたる木は、広庭《ひろには》に出《いだ》し、芥《あくた》を積みて焼《や》き尽くしけるが、その後《のち》何の事もなかりけるとかや。

35　『師兼千首』恋二百首・六〇五「初言出恋」、『類題和歌集』恋之一・一八三八〇。
36　独り言を言って。
37　案の定。思ったとおり。

あらすじ　杉岡団助は自宅の井戸の掘り替えで、不思議な木の根を掘り出したが、仏壇の上に放置していた。将来は出家を願うほど、信心深い団助の娘は、仏壇の間に男がいるのを見つける。娘は男に誘われるままに深い仲となり、半年の逢瀬を重ねる。娘の妊娠に気付いた母親が理由を聞くと、恋人の存在を明かす。団助は娘の留守中に僧を家に招き、仏壇の間の男を引き出そうとすると、鳩が飛び去った。娘は七か月後に産気付き、木片らしき物を三節産み落とした。

不思議にも例の木の根には虫がわき、砕けていたために捨て、娘が産んだ木片は燃やしたが、何も起きなかった。

見どころ・読みどころ　――人間以外との恋――

人間以外のものと婚姻関係を結ぶ話を、異類婚姻譚《いるいこんいんたん》という。昔話「鶴の恩返し」などがその一例だが、古代神話より存在する。いくら貴重とはいえ、香木との婚姻出産となると、かなり奇妙だが、そこには作者が強く心惹かれる何かがあったに違いない。この話は『酉陽雑俎』の左記の一話を典拠とする。ただし、典拠に反して、恋の場面が中心となり、格別な物語へと変化した。それが、最大の見せ場である。

ここでは和歌の贈答が主軸となり、男からの求愛歌によって口火を切る。仏壇の隙間に身を潜めた男が娘を見初める姿は、「垣間見《かいまみ》」の見立てであろう。『源氏物語』若紫巻がその代表格だが、先行の『伊勢物語』一段「初冠《ういかうぶり》」の影響が想定される。「昔男」が「春日野の若紫のすり衣しのぶの乱れ限り知られず」と詠む章段である。それを本歌取りしたのが、この話の一首目であろう。続いて、二人の掛け合いに移り、三首詠み交わす。始めは男からの求愛、続いて直前歌の「心」を読み込みながらも、娘が男の気持ちを焦《じ》らすように切り返し、男は最後に「心」、「頼む」を読み込み、偽りのない気持ちを込めて畳み込む。この形式は伝統的な贈答歌の作法に準じており、作者の和歌への造詣の深さが表出した部分である。しかも、いずれも版本で刊行された、既存の類題集からの引用であることに、留意したい。それにも関わらず、相応しい歌が厳選され、見事にコラージュされているのだ。このような手法は『伽婢子』のそれを踏襲した可能性が高い。典拠には、不思議な形状の茯苓や白朮などを服すると、寿命が延びたり、地仙になったりすると記されている。これにより、作者は香木の高級感を連想し、芳《かぐわ》しく高貴な美男と深窓の令嬢との王朝風恋物語として、新たな怪談を創作したのだろう。

典拠　『酉陽雑俎』続集巻二「支諾皐中」一八
（東洋文庫『酉陽雑俎』四巻九〇八）

陝《せん》州の西北、白径嶺上邏村の村人田氏、常《かつ》て井を穿《うが》ちて一根大きさ臂の如きを得《う》。節中の麁《あら》皮茯苓《ぶくりよう》の若く、気朮《きじゆつ》に似たり。其の家釈を奉じて像有り、数十を設く。遂に像前に寘《お》く。田氏の女、名は登娘、年十六七、容質有り。父常に香火を供せしむ。歳余を経て女常に一少年仏堂の中に出入するを見る。白衣にして履《り》を躡《ふ》む。女遂に之に私し、精神挙止常に異なること有り。其の物の根、毎歳春に至て芽を擢《ぬき》んづ。其の女娠《はら》めること有り。乃ち其の事を以て母に白す。母其の怪を疑ふ。常に衲僧の門に過《よ》ぎる有り。其の家因て之を留め供養す。僧将に仏宇に入らんとす。輒《すなは》ち物之を拒《ふせ》ぐことを為す。一日女母に随ひて他に出づ。僧仏堂に入る。門纔かに啓く。鵠《はと》一隻有り、僧を払ひて飛び去る。其の夕女復た其の怪を見ず。其の根を視るに、頓に朽蠹と成る。女娠みて纔かに七月、物を産すること三節、其の形像前の根の如し。田氏火を併せてこれを焚く。其怪亦た絶ふ（ゆ）。

成式常《かつ》て道者の論を見るに、枸杞、茯苓、人参、朮、形《かたち》異有り。之を服すれば上寿を獲、或は葷血せず色欲せずして之に遇へば、必ず能く真を降して地仙と為ると。田氏分見無し。怪而《しか》も去る。宜《むべ》なるか。

【文献ガイド】

＊片桐洋一・福井貞助・高橋正治、清水好子校注・訳『竹取物語　伊勢物語　大和物語　平中物語』（新編日本古典文学全集一二、小学館、一九九四年）＊谷知子『和歌文学の基礎知識』（角川選書三九四、角川学芸出版、二〇〇六年）＊高木和子『平安文学でわかる恋の法則』（ちくまプリマー新書一六八、筑摩書房、二〇一一年）

挿絵

中国の饅頭を日本に伝え、成功を収めた男がいた。だが、長く患い、病床の彼の部屋の壁には、突如大きな穴が開く。

その先には、彼を日本に導いたという高僧の一行が居並び、彼の願いを叶えることを約束する。それと引き換えに、彼が差し出したものとは…。

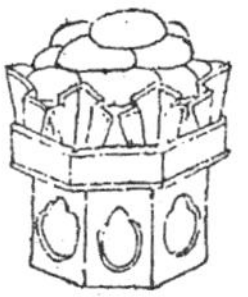

饅頭《まんぢう》

巻三の四　奈良饅頭《まんぢう》

並びに　塩瀬《しほせ》の祖浄因《じやうゐん》の事

いにしへの都《みやこ》、奈良《なら》の京《きやう》[1]二条村《でうむら》に住みける林浄因《りんじやうゐん》[2]は、もと宋国《そうこく》の人なり。花洛建仁寺《くわらくけんにんじ》[3]第二世《せ》竜山禅師《りうざんぜんじ》[4]入宋《につそう》ありけるころ、この林浄因に逢ひ給ひけるに、浄因も竜山に帰依《きえ》して、膠漆《かうしつ》[5]の交はり浅からず。元《げん》朝《てう》に至りて順宗《じゆんそう》[6]皇帝《くわうてい》至正《しせい》元年《ぐわんねん》に及び、竜山禅師帰朝《きてう》し給へり。これ本朝《ほんてう》の人王《にんわう》九十七代、光明院《くわうめういん》の御宇《ぎよう》暦応《りやくおう》四年なり。林浄因もこの和尚《おしやう》の徳をしたひ、同じく竜山の伴侶《はんりよ》となりて日本《につぽん》に来たり。今の南《なん》都《と》二条村に住居《ぢうきよ》しけりとなん。昔はこの村を奈良の町としける故《ゆへ》、奈良の名産といふなる晒《さらし》[7]、法論味噌《ほろみそ》[8]の類《たぐひ》も、猶《なを》ここにありけるとぞ。

されば、浄因も「この里に足を止めばや」と思ふ心より、「まづ家《か》業《げう》といふ物なくてはいかが」と思ひめぐらしけるに、古《いにしへ》[9]諸葛孔明《しよかつかうめい》が造り広めしといふなる饅頭《まんぢう》を始めて造り広めけるより、我が朝《てう》の人あまねくもてはやらかし、吉事にもこれを以てし、凶事《けうじ》にもまた用《もち》ゆる事にぞありける。しかれどもこの家《いゑ》、林《りん》の字《じ》を言はず、塩瀬《しほせ》を以て名乗る事は、そのかみ浄因が遠祖《えんそ》は詩人《しじん》にして、林和靖《りんわせい》[10]なりとかや。「詩人の後裔《こうゑい》たれども、詩に鳴るにあらず、食類《しよくるい》に名を鳴るは恥を先

1　奈良市二条町。平城京の西側にあった旧市街地（『大和巡日記』）。

2　中国元の人で詩人林和靖の末裔とされる。一四世紀半ばに来日。

3　京都市小松町、臨済宗建仁寺派大本山。京都五山の一つ。

4　竜山徳見。弘安六年（一二八三）～延文三年（一三五八）。臨済宗の僧。嘉元三年（一三〇五）～貞和五年（一三四九）まで中国に渡る。帰国後建仁寺、天龍寺、南禅寺に歴住した。

5　非常に親密な間柄。

6　西暦一三四一年。暦応四年も同じ。竜山帰朝をこの年とするものもある。

7　奈良名産の麻織物。

8　奈良の名物。焼き味噌に薬味を混ぜたもの。興福寺の僧

が法論の際に食した。
9　中国後漢から三国時代の政治家、軍人。人身御供の代用で、饅頭を初めて作ったとされる。
10　林逋（りんぽ）、九六七年〜一〇二八年。中国宋代の詩人。山中で隠遁し、梅と鶴を友とした。
11　体が衰弱してほてり、発熱する病の意か。
12　めまいや立ち眩み。
13　寿命。
14　大皿。

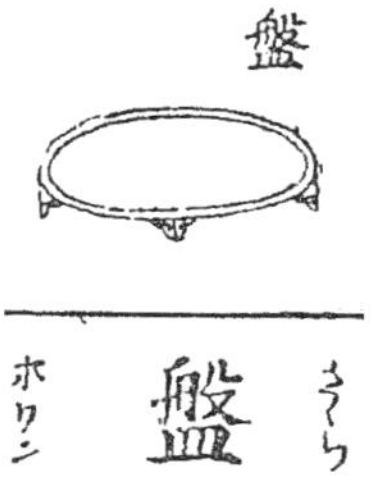

祖にあたふなるべし」と思ふより、塩瀬を以て氏《うぢ》とすとかや。
さて、この浄因奈良にありて作業《なりわひ》を勤《つと》めし内、いつしか病身《びやうしん》となりて虚火《きよくわ》[11]を煩《わづら》ひ、年《とし》ごろを経《へ》て眩暈《げんうん》[12]の心はなはだ起こりもてゆきつつ、心地《ここち》死ぬべく覚えしかば、常《つね》に竜山師の恵《めぐみ》を思ひ、心にもつぱら観《くわん》じ念願《ねんぐわん》すらく、「我このたびの病《やまい》を治《ぢ》し、命算《めいざん》[13]を述《の》べたまらはば、吾《わ》が本朝において儲《まふ》けたる子の内、一人《にん》を弟子に参らすべし」など、仏にむかひ、かきくどくやうに祈り嘆《なげ》く事ひたすらなりしに、ある日浄因が寝たる臥室《ねや》の北にあたる壁《かべ》の後にあたりて、大勢人《おほぜい》の寄りてひたと掘り切りつ覆《こぼ》ちとる音しける程に、看病《かんびやう》の者どもに言ひて窺《うかが》はしむるに、さらに人ある事なし。如此《かくのごとく》する事七日に至りて、壁たちまち透《す》きとをり、明《あき》らかなる事星の如く見ゆるに驚き、また看病の者に指さして見するに、これも人の目に見ゆる事なし。かくて一日を経《へ》て大《おほ》きさ盤《ばん》[14]の如し。浄因自《みづか》ら立ちて窺ひ見るに、壁の北は妻の化粧《けはい》しける所に設《まふ》けたる一間《ま》なるに、思ひの外《ほか》広き野となりて、草などゑも言はず生《お》ひ茂《しげ》りたる中《なか》に、農民と思《おぼ》しき者十人ばかり、手々《てんで》に鋤鍬《すきくわ》を取りて

穴の前に立てり。

浄因不思議さ言ふばかりなくて、この者どもに問へば、皆跪《ひざまづ》き答へて言ふやう、「これは花洛《くわらく》建仁寺の竜山禅師、御所分《ごしよぶん》の地として我々に命じ、ここを開かせ給ふなり。塩瀬浄因の重病《ぢうびやう》を受け給ひつるを聞《きこ》し召して、我々に仰《おほ》せてこの道を開かせ、追付《おつつけ》この家に渡らせ給ふなり」と言ひも果てぬに、先手《さきて》[15]の侍《さぶらひ》五六騎《き》、馬鞍《むまくら》さはやかに出《で》たち、列を備《そな》へてこなたさまに歩ませ来《きた》れり。その次は皆一山《いつさん》の僧と見えし法師《ほうし》ども数《す》百人、児喝食《ちごかつしき》[16]花《はな》[17]を飾り囲繞《いねう》[18]しける中に、竜山和尚は上輿《あげごし》[19]に座し給ふが、貴《たつと》く有難《ありがた》く覚えける程に、少し退きて首《かうべ》を傾《かたぶ》け礼《らい》し居たるに、穴を去る事二三間《けん》[20]を隔《へだ》てて輿《こし》をかきすえさせ、竜山宣《のたま》ひしは、「公《きみ》がこのたびの病《やまひ》、すでに定業《ぢやうごう》[21]なり。残れる命なしといへども、我《われ》公がために冥官《めうくわん》[22]に至り、再《さい》三に嘆き乞《こ》ひて、十二年の命を申し請《う》けたり。今日よりして、病を愁《うれ》ひ給ひそ」と宣ふと思ふ内に、壁なれあひてもとの如くなりぬ。

さて、かくありけるより、日《ひ》に沿ひて本復《ほんぷく》[23]しける程に、やがて三人

15　先頭。
16　寺に仕える小童。
17　美しく装い。
18　敬意をはらい、取り囲んで行道する。
19　肩に上げて担ぐ乗物。
20　一間は約一八〇㎝。
21　生死の果を受けると定まっている業。
22　ここでは、地獄の閻魔王庁。
23　病気が全快すること。
24　建仁寺の塔頭寺院。はじめの名称は知足院。

ありける子の内、一人を具《ぐ》して都に登り、竜山の弟子となしぬ。すなはち今の建仁寺の内、両足院[24]《れうそくいん》といへるの開祖《かいそ》、無等以倫[25]《むとういりん》なりとかや。誠に竜山の聖《せい》、はるかに幽冥[26]《ゆうめい》に通じけん。ありがたき僧なりけり。

25　竜山徳見の弟子で、両足院の住持。『黄龍十世録』（天寿六年〈一三八〇〉序）を著した。26　死後の世界。

あらすじ　高僧竜山禅師の徳を慕って、中国から日本へ渡来した林浄因は、奈良で饅頭屋を営み成功する。しかし浄因は病身となり、禅師を思いながら、「もし、この病を治して寿命を延ばしてくれたら、将来は自分の子を出家させ、建仁寺で修行させる」と願い、日々祈り続けた。そのうちに寝室の壁から物音がし、七日目には小さな穴が開き、翌日には大きくなり、覗いてみると妻のいる隣室ではなく、広野となり、大勢の立派な人々に囲まれた禅師がいた。禅師は冥界に行き、浄因の命を一、二年延ばすよう頼んだことを伝えると、壁の穴は元通りにふさがった。それより浄因の病は回復し、子供を出家させ、禅師の弟子にしてもらった。それが、建仁寺両足院の開祖無等以倫である。

見どころ・読みどころ　――冥界を往来する高僧――

「一子出家すれば九族天に生ず」という諺がある。子供が一人でも出家すれば、その功徳によって、高祖父から玄孫《やしゃご》に至る一族九代の者が、皆天に生まれ代わるという意味である。漢籍を出典とするが、軍記、謡曲にも引用されるほど知られている。病に陥って苦しみ、寿命を延ばすために、一子を出家させて寺に差し出すことは、本来の意味と少々趣が異なるが、この話はこの諺をうまく利用した話である。

ここに登場する林浄因は、もちろん実在の人物である。本文のとおり、入元した竜山徳見を慕って日本に帰化し、奈良で最初に饅頭屋を始めた。ちなみに、現在もこの菓子司は存続しているという。このくだりは、京都の案内書『雍州府志《ようしゅうふし》』（黒川道祐撰、貞享三年〈一六八六〉刊）にも記され、竜山帰朝の年が史実と食い違うことも含めて、概ね重なっている。ただし、浄因が息子を出家させた経緯は記されていない。

建仁寺両足院内には、この関係を記す古文書の他に、「饅頭屋町合塔ノ碑文」（昭和六年〈一九三一〉建立）がある。それには無等以倫以降、林（塩瀬）家が代々子息を出家させ、両足院の住持を務めたこと等が刻まれている。それにより、江戸時代の林家は、この寺院の最も有力な檀家となり、明和六年（一七六九）の最後の当主死去による断絶まで、二者の親密な関係は続いたという。ちなみに、林家には室町時代の当主宗二が編纂した『饅頭屋本節用集《まんじゅうやぼんせつようしゅう》』があり、古くから文化人を輩出した家柄でもあり、書物との関係性が深い。この作品の版元の一つは、「林和泉掾《はやしいずみのじょう》」（出雲寺とも）である。この書肆は、漢学者林家の書籍を多く出し、その関係性が有力視されている。昔々の逸話としているが、これは饅頭屋と書肆の強い関係性を後押しするものであり、作者の版元書肆への賛辞という意味での配慮がうかがわれる一話である。

【文献ガイド】

＊伊藤東慎『黄龍遺韻』（建仁寺山内両足院、一九五七年）＊『新修京都叢書』第一〇巻（臨川書店、一九六八年）＊川島英子『まんじゅう屋繁盛期—塩瀬の六五〇年』（二〇〇六年、岩波書店）

挿絵　男が障子の隙間から覗く光景は、まさに地獄絵図である。
　平安の公家風の男が罪人を叱責するが、彼らは故人となった男の親族であった。しかし原因は、鬼神の存在を信じず、無神経にも祭神を傷つけた、彼の無知で心ない言動であった。

巻三の五　五道《だう》の冥官《めうくわん》

並びに　太秦《うづまさ》の権左衛門科《とが》を得し事

1　京都市右京区太秦。
2　同区嵯峨朝日町、車折（くるまざき）神社。清原頼業を祭神とする。五道の冥官は、死者の善悪を裁く官人の意。
3　保安三年（一一二二）～文治五年（一一八九）。平安末期の儒学者。4　建長元年（一二四九）～嘉元三年（一三〇五）。鎌倉中期の天皇。兄の後深草天皇と皇位を争った。5　鷹司兼平。安貞二年（一二二八）～永仁二年（一二九四）。五摂家の一つ鷹司家の祖。
6　とうがんの別名。実は、長さ三〇～四五㎝ほどの楕円形。

[1]洛陽《らくやう》下嵯峨《しもさが》太秦《うづまさ》の西にあたりて、禿倉《ほこら》あり。今の人呼んで、五[2]道《だう》の冥官《めうくわん》と称《しやう》す。実《まこと》は車前《くるまざき》の宮《みや》といへり。この所は、[3]清原《きよはらの》真人《まつと》頼業《よりなり》を葬《はふ》りし地とかや。昔往《そのかみ》、[4]亀山帝《かめやまのみかど》、嵐山《あらしやま》行幸《ぎやうかう》ありける時、[5]関白《くわんぱく》兼平公《かねひらかう》の車、この塚印《じるし》の石の前にて、牛俄《にはか》に地に伏して進み行《ゆ》かず。供奉《ぐぶ》の人怪しみ、そのあたりを馳《は》せめぐりて見るに、丸《まろ》らかなる石を草むらに見付けたり。この石の下、うづ高く築《つ》きあげたる形《かたち》あるを不審《いぶかし》がりて、まづこの石を取り除けさするに、大方揚《あ》ぐる者なし。さのみ大きからぬ石の形《なり》は、[6]冬瓜《かもふり》に見まさりたる程なるに、年毎《としごと》の[7]ぬき手《で》にも召されつる相撲《すまひ》取りどもを集めて、これを揚げさするにあがらねば、あたりの者を召されて尋ねられしより、この石の崇《たた》りと知り、且《かつ》は古墳《こふん》の名をも知らせ給ひて、神と崇《あが》めさせ給ひけるより、車前の宮といひしとかや。それより程ふり年を経《へ》て、次第にこのあたり民家《みんか》多く建ち続き、[8]名にしあふ[9]嵯峨《さが》丸太《まるた》、[10]黒木《くろき》など売り買ふの所となりしかば、いつしか車前の名も聞き知らず、宮《みや》は五本《いつもと》の榎《え》の木《き》の陰《かげ》に頽《こぼ》れて、民家の裏に埋《う》もれ果てんとす。

かかる折しもあれ、[11]元禄改元《げんろくかいげん》ありける年《とし》、この禿倉の前なる家《いゑ》に住みける権左衛門《ごんざへもん》とかやいひしは、生得無智《しやうとくむち》の者にて代々《よよ》黒木を商《あきな》ふの家なりけり。今年八月十四日の夜《よ》は、いついつより月さやかに澄みのぼり、[12]二千里《しせんり》の隈《くま》も雲のただよふ方《かた》なきまで照り通りしに、心なき身もこの影に興《けう》を催《もよほ》され、縁側《ゑんがは》の障子《せうじ》けしきばかり開けて、権左衛門は[13]木枕《きまくら》に頭をたすけ、煎《せん》じ茶に口を潤《うるほ》し、[14]「明日の夜を今宵になしてと言ひし、古人《いにしへ》に見せましかば」と[15]独りごちて詠め出《いだ》し、そぞろに時を遷《うつ》し居けるに、月もやうやう昼《ひる》ならんとするころ、何所《いづく》ともなく異《い》香薫《くん》じ渡りけるを怪しと思ひ見出したるに、しばらくありてかの禿倉の前なる土、俄《にはか》に動き来立ち、むくむくと高くなる事あり。[16]土豹《うぐろもち》か何ぞと見る所に、忽《たちま》ちこの地の底より[17]衣冠《いくわん》正しく束帯《そくたい》たる男一人現れ出で、大《おほ》きなる声《こへ》を出し、「さてもよき月の気色《けしき》や」と言ひけるに、権左衛門も[18]肝《きも》をつぶし、逃げて片隅《すみ》に這《は》い隠れ、障子に小さき穴をあけ覗《のぞ》きいたるに、この男庭の中をゆるゆると[19]嘯《うそぶ》きありく。年は四十ばかりにて、[20]爪外《つまはづ》れ起居《たちふるまひ》、いかさま故ありげにおとなしやかなり。

7 相撲の成績上位者として選ばれた者。抜き出。8 有名な。9 嵯峨で陸揚げされた丹波産の丸太。10 たきぎ用の炭。11 西暦一六八八年九月に、貞享から改元した。

12 振り仮名は原本通り。『和漢朗詠集』巻上・秋・十五夜付月「三五夜中新月色　二千里外故人心」（白居易）による。13 木製の枕。14 『万葉集』一〇七六「明日の夜も照らむ月夜は片寄りに今宵に寄りて夜長からなむ」によるか。また、小野小町と深草の少将との百夜通いをさすか（謡曲「通小町」）。巻五の二注15参照。15 独り言を言って。16 もぐら。17 公家の服装で正装した。18 非常に驚き。19 詩歌などを口ずさんで歩く。20 着物の褄のさばき方。

21　中程度の身分の召使。
22　貴人の身辺の雑用をする者。
23　美しい模様の毛氈や筵。

24　一丈は約三m。

しばらくして、容顔美麗《ようがんびれい》なる女の、大内《だいり》女房と覚《おぼ》しき人ども十余《よ》人、女《め》の童《わらは》[21]、はした物と見ゆる供人《とも》あまた召し連れて表より入り来たり。腰元《こしもと》[22]を召し寄せ、大庭《おほには》に花氈《せん》[23]、絵筵《えむしろ》などの敷物をととのへさせ、おのおのしとやかに居並びたる体《てい》、このあたりには見ならはぬ有様どもにて、酒肴《さけさかな》をととのへ謳《うた》ひ戯《たはぶ》れたる気色《けしき》、怪しくも恐ろしく、「いかさまこれは、このあたりに年経たる狐狸《きつねたぬき》などの、我をたぶらかしけるにこそ」と思ひ、手元にありし木枕を引き寄せ、かの庭前《ていぜん》へほうと投げ付け驚かしければ、かの公家《くげ》少しふり返り、怒《いか》りて言ふやう、「我この月のさやかに夜静《しづ》かなるを愛《め》でて、しばらくこの楽しみをなす。何ぞや、人の興《けう》をさまさせつるは、憎《にく》き業《わざ》なり。誰かあるある。」と罵《ののし》りければ、地の底より一丈《でう》[24]ばかりの鬼《おに》二疋、飛び出でたり。

そのさま言ふべきやうもなく恐ろしく見ゆるに、かの公家、権左衛門が隠れ居たる方をさして、「この者の親兄弟《おやけうだい》の、冥途《めいど》にあるを連れ来《きた》るべし」とありしかば、かしこまりて御前を罷《まか》り立ちしが、漸《やや》ありて鬼どもあまた前後を囲み、御前《まへ》に来るを見るに、疑ひもなく皆この

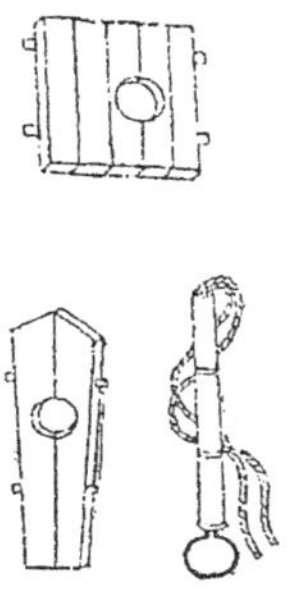
（枷）

25　死者の霊。

二十余年が程に死し去りたる父、または兄どもなり。いづれも鉄《くろがね》の枷《くびかせ》に咽《のんど》むせび、鉄《てつ》の鎖《くさり》に小手をつながれ、あさましき有様見るに目くれ心くらみ、覚えず声をも立つべき悲しさ、「こは、いかにしつる事ぞ」とむせかへり、忍び泣きつつ聞き居たるに、かの公家怒れる声を出《いだ》し、「我、たまたまここに出でて月を翫《もてあそ》ぶ所に、あの愚《ぐ》人めに興《けう》をさまされたり。汝ら何ぞこの無礼《ぶれい》を戒め教《をし》へたるや」とありければ、父母皆頭《かうべ》を地につけて申すやう、「娑婆《しやば》と冥途《めいど》遥《はる》かに隔たり、人間と[25]霊鬼《れいき》等しからざる道なれば、我々常に夢に見え、現《うつつ》に教へて菟《と》や角《かく》といたし候へども、猶かかる悪をなして、科《とが》を父母の屍《かばね》におほせ侍るなり。ただ幾重《いくえ》にも御憐《あはれ》みを垂《た》れ給へ」と涙を流し掻きくどき、誠に苦しげなる風情なるに、公家もこの言《ことば》に納得《なつとく》し、みなみな冥途へ追いやらしめ、重ねてまた宣ひけるは、「この愚人を捉《とら》へ来《きた》れ」となり。

権左衛門今は早《はや》、我が身の上になりたるぞと悲しく、「如何《いかが》せん、逃げたりとも、よもや遁《のが》れはあらじ物」と思ふに、手足慄《わなな》き膝《ひざ》ふるひてただ気を詰め、息を呑みて汗《あせ》水になり、かがまり居たる所にあやまたず、二疋《ひき》の鬼ども権左衛門が隠れ居たる縁先《えんさき》へ飛び来たり。赤き手鞠《まり》の如き物を、権左衛門が方へ投げかかると見えしが、すかさず権左衛門が口の内へ打ち込むと覚えしが、細き熱鉄《ねつてつ》の縄なりければ、程なく大庭に釣り出され、鉄杖《ぢやう》にてさんざんに打たるる苦痛、また世にたとふべき方もなし。叫ばんとするに声たたず、[26]悩乱悶絶《なうらんもんぜつ》するを見て、権左衛門が妻子眷属《さいしけんぞく》ども、慌て泣き叫びけるありさまを見るに、いよいよ誤りたる身の科《とが》悔しく、ひたすらに手を合はせ、頭《かしら》を地に摺《す》りて[27]血の涙を流して侘《わ》びけるを、かの居並びたる女郎たち、かの公家に侘び給ひけるやう、「この愚人もつとも悪行ありといひながら、凡夫《ぼんぶ》の身のあさましさ、冥官《めうくわん》の名をだに知らず。[28]幽冥の沙汰は、ただ僧法師などの人を驚かす口[29]ぐせとのみ思ふよりなしたる過《あやま》ちなれば、知りて犯《おか》したる罪よりは軽きぞかし。今は許し遣《つか》はされよ」と口を揃《そろ》へてなだめしかば、公家も漸《やうやう》に心やはらぎたりと見えて、座を立ち、女郎とうち連れ、表《おもて》の方《かた》へ出でて去《い》にたり。

　権左衛門はその後《のち》、[30]中悪《あく》のやうなる病を愁へけるが、五六日過ぎて、

26　悩み苦しむ。

27　なみひととおりではない悲しみの涙。

28　原本は「幽冥行沙汰」。文脈上「の」とした。

29　常套句。

30　悪いものにあたる。

すきと癒《い》へたりとぞ。これより、この宮の霊いつとなく噂《うはさ》ありて、もつぱら洛中の人に知られ、終に五道の冥官と崇《あが》め、元禄の始めより詣《まふ》で初めけるも、この故とぞ。

御伽百物語巻三終

あらすじ　清原頼業を祀る車前の宮の前に、炭を商う家があった。月夜の美しい晩、家主の権左衛門が外を眺めていると、宮の前の土が盛り上がり、頼業を思わせる公家風の男と、上臈の女性たちが出てきて酒宴を催していた。無学な権左衛門は、これを狐や狸が化けたものと思い、手元の枕を投げ付けた。男は気づき、地の底から二匹の鬼を呼び寄せ、この二〇年間に亡くなった彼の親族を呼び寄せ、彼の無礼を戒めるよう命じるが、聞き入れなかった。さらに鬼は彼の口中へ、赤く焼けた鉄線の鞠を投げ付け、捕えて鉄棒で散々に打ちのめした。彼が手を合わせて許しを求めたため、公家の心が和らいで許された。後日、権左衛門は病を煩うが回復し、その後、この宮は有名となったという。

見どころ・読みどころ　――死後の世界の有無――

死後の世界や幽霊などの怪異現象の有無は、個人の見解に委ねられているのが、現代人の一般的な考えであろう。同様に、科学技術の発達が未成熟とされる江戸時代であろうとも、老若男女のすべてが怪異の存在を信じていたと限定するのも、必ずしも正解とは限らないと考えさせられるのが、この話である。

仮に暗闇で不審な物を見聞きした時、「気のせい」としたり、自然現象と結びつけたりして、「怪異現象ではない」と判断することはないだろうか。そのような場合、江戸時代の人々は狐や狸が化けたためとして、解決していたようである。本文に「狐狸などの、我をたぶらかしける」とあるが、これがまさに当時の怪異に対する一般的な認識の一つであろう。「西六条の妖怪」（巻三の一）にも「定めて狐か狸」とあり、この怪談集の中には、たびたびこう理屈付けている場面がある。なお、『宿直草《とのいぐさ》』巻三の一「古狸を射る事」、井原西鶴作『本朝二十不孝《ほんちょうにじゅうふこう》』巻四の四「本に其人の面影」の、亡霊に化けた狸を射る話は有名である。現代では人を化かす狐狸こそが、非現実の霊的で神秘的なものと捉えがちであるが、江戸時代では、こうして怪異現象を合理化したものと考えられる。この話は、『酉陽雑俎』の左記の一話を典拠とし、その筋書きを概ね踏襲する。ただし、男が無教養で、怪異が僧侶の方便であると主張する部分は相違する。登場人物たちに鬼神の有無を論争させるのは、作者の関心事であろうし、怪談集という作品全体の意義を考える上での重要なテーマとなろう。そこに車折神社という元禄の京都の新たな名所を結びつけたのも、見どころである。『京羽二重織留』（元禄二年〈一六八九〉刊）巻三にも、この話の本文同様の説明がある。閻魔王の手下の五道の冥官こと公家風の男は、むろん祭神清原頼業《きよはらのよりなり》であろう。作者は典拠での罪人を裁く場面から、後に五道の冥官降臨の地と言われた、この神社を想起したのかもしれない。

典拠　『酉陽雑俎』続集巻一「支諾皐上」一一五
（東洋文庫『酉陽雑俎』四巻八八八）
醴泉《れいせん》の尉崔汾《さいふん》が仲兄、長安の崇賢里に居るとき、夏月、涼に庭際に乗ず。疎曠《そくわう》たる月色、方《まさ》に午なるとき、風過ぎて異香有ることを覚ふ（ゆ）。頃間《しばらく》あつて、南垣土動きて歘歘《そくそく》たるを聞く。崔生其蛇鼠《そのじやそ》ならんことを意《おも》ふ。忽《たちま》ち一道士を観《み》る。大言して曰《いは》く、「大いに好《よ》き月色」と。崔驚懼《きやうく》して遽《には》かに走る。道士庭中に緩歩《かんぽ》す。年四十ばかり、風儀清古なり。良《やや》久しふ（う）して、妓女《ぎぢよ》十余大門を排して入る。軽綃《けいせう》翠翹《すいぎやう》、艶冶《えんや》世に絶す。従者有り。香茵《かういん》を具《そな》へ、月中に列坐す。崔生其の狐媚《こび》なるを疑ひ、枕を以《もつ》て門闔《もんかふ》に投じ、之を警《いまし》む。道士小《すこ》しく顧み、怒りて曰く、「我、此《ここ》の差《やや》静かなるを以て、復《ま》た月色を貪《むさぼ》る。初めより延佇《えんちよ》の意無し。敢《あへ》て此れ麁率《そそつ》ならんや。」復た声を厲《はげし》ふ（う）して曰く、「此処《ここ》に地界有りや。」欻《たちま》ちに二人有り。長《た》け纔《わず》かに三尺、巨首儋耳《きよしゆたんじ》、唯《た》だ其の前《まえ》に伏す。道士、崔生が止まる所を頤指《いし》して曰く、「此の人、親属陰籍に入る有るべし、領し来たるべし」と。二人趨《はし》りて出《い》づ。一餉《いつしやう》の間に、崔生、其の父母及び兄、悉く至るを見る。衛《まも》る者数十、捽曳《そつえい》して之を批《ひ》す。

道士叱《しつ》して曰く、「我此《ここ》に在り。敢て子、礼無きことを縦《ゆる》さん。」父母叩頭《こうとう》して曰く、「幽明《ゆうめい》隔絶す。誨責《かいせき》すとも、及ばず。」道士叱して之を遣る。復た二鬼を顧みて曰く、「此の痴人を捉へ来たれ。」二鬼跳《と》びて門に及ぶ。赤物弾丸の如くなるを以て、遙かに崔生が口中に投《とう》ず。乃《すなは》ち、細赤綆《かう》なり。遂《つい》に庭中に釣出し、又之を詬辱《ごじよく》す。崔驚きて音を失し、自ら理することを得ず。崔が僕妾《ぼくせふ》号泣す。其の妓《ぎ》、羅《ら》拝して曰く、「彼は凡人、因て僊官《せんくわん》の故無くして至るを訝《いぶか》る。大過有るに非《あら》ず。」怒り解けて乃ち衣を払ひ、大門由《よ》りして去る。崔が病、中悪の如きこと、五六日にして方に差《い》ゆ。因て迎へて酒を祭り醮謝《しようしや》す。亦た他無し。

崔生初めて紙隙《しげき》を隔てて、亡兄帛抹《はくまつ》を以て唇《くちびる》損状の如きを見る。僕使共に之を訝る。一婢泣きて曰く、「幾《さき》に郎、木に就くの時、面衣忘れて口を開く。其の時、怱怱《そうそう》として剪《せん》に就き、誤りて下唇を傷《やぶ》る。然《しか》るに傍人見る者無く、知らず幽冥の中二十余年、猶ほ此の苦を負ふを。」

【文献ガイド】
＊高田衛校注『江戸怪談集（上）』（岩波文庫、一九八九年）＊冨士昭雄・井上敏幸・佐竹昭広校注『好色二代男　西鶴諸国はなし　本朝二十不孝』（新日本古典文学大系七六、岩波書店、一九九一年）＊麻生磯次・冨士昭雄訳注『本朝二十不孝』（決定版　対訳西鶴全集一〇、明治書院、一九九三年）

巻四の一　有馬の富士※

付けたり　二本松の隠れ里

[1]摂州《せつしう》有馬《ありま》郡《ごほり》塩原山《しほばらやま》の温泉は、世に有馬の湯と称《せう》して、都鄙遠境《とひゑんきやう》の人足《あし》を運び、馬《むま》にまたがりて日夜に群がり、[2]虚労《きやらう》、[3]冷痰《れいたん》、[4]疝気《せんき》等《とう》、思ひ思ひに恙《つつが》ある時は、[5]湯文《ゆぶみ》の教へに任せ、ここに浴《よく》するに、百発《ばつ》百中《ちう》の験《しるし》速やかなるが故、[6]人皇三十五代舒明《ぢよめい》天皇三年に、始めて行幸《みゆき》ましましけるより千歳《ざい》の今に至るまで、所の繁栄綿々《はんゑいめんめん》として絶《た》えず。されば、この湯坪《つぼ》に養はれ、病者《びやうしや》を導きて作業《なりわひ》とする者また少なからず。

去《さ》りし[7]建久《けんきう》のころより土地をならし、構《かま》へを改《あらた》むる事ありてより、[8]十二坊軒《ぼうのき》を連ね、湯槽《ぶね》を一二《いちに》に分かち、湯治往反《たうぢわうへん》の人の先《せん》を争ひ、功《かう》を貪《むさぼ》るの邪《よこしま》なきためとて、[9]大湯女《ゆな》小湯女と名付け、坊毎《ぼうごと》に女を抱《かか》へ、五畿《き》七道《どう》の旅客《たびびと》をあつかはしむる事なりしに、いつとなく色を媚《こ》び情けを作りて、恋慕愛執《れんぼあいしう》の絏《きづな》をなす媒《なかだち》となりぬれば、[10]春の夜《よ》の一刻、値《あたひ》千金《きん》を用ひ尽《つ》くしても、はかなき夢の[11]私語《ささめごと》をたのみ、[12]就中《なかんづく》腸《はらわた》を断《た》

※兵庫県三田市の山。姿が富士山に似ている。

1　神戸市北区有馬の愛宕山の旧名。

2　心身が疲労して衰弱する病。

3　足腰が冷えて痛む病気。

4　下腹痛。

5　温泉の効能や入浴の注意を書いた文。『国花万葉記』（巻六）に有馬温泉の効能として、二九種の病気が記載される。

6　西暦六三一年。

7　一一九〇年～一一九二年。

8　有馬温泉には一二の宿坊があり、入浴は街の湯屋を利用。一湯二湯のうち、宿ごとに使用する方が決められていた。

9　温泉宿で入浴客の世話や接待をする女性。年増の者を大湯女として「かか」と呼び、若年の者を小湯女として、坊毎に異なる呼び名を持つ。

つといふなる秋の暮れに、月待ち顔《がお》の戸ぼそは必ずと言ひし[13]かね言《ごと》をたのむ習ひとぞなりわたりける。

　ここに玉笹《たまざさ》の仙助《せんすけ》といひける男は、そのかみ[14]越後《ゑちご》の高田《たかだ》にて名ある武士《もののふ》なりけるが、去る子細《しさい》ありて[15]延宝《えんぽう》年中に一族を引き具し、年《とし》ごろ住み馴《な》れたる高田を立ち退き、[16]丹州《たんしう》雲原《くものはら》といふ所に田地《でんち》を求め、はじめて[17]帰隠退耕《きいんたいかう》の逸民《いつみん》の心をなし、明け暮れ碁将棊《ごしやうぎ》、連歌《れんが》の席、または琴三線《さみせん》尺八の遊び、さまざまの遊興《ゆふけふ》に飽きけるあまり、このほどは一向《ひたすら》に色を重んじ、妻妾《さいせう》に誇り、かの[18]楊国忠《やうこくちう》が[19]肉陣《にくぢん》とかやいひけるは、冬の夜《よ》、我座したるあたりに美人《びじん》をあまた居並ばせ、寒き嵐を防《ふせ》がせけるといふ本文《ほんもん》を聞きはつり、京、江戸、大坂は言ふに及ばず、国々所々に人を遣はし、絵図《えづ》を以て姿形《すがたかたち》より目つき物ごしまで、同じやうなる美女《びぢよ》を十人抱え、肉陣の遊びをなすべしと思ひ立ち、方々《ほうぼう》より呼び集め、千金を惜しまず尋ね求めけるに、纔《わづ》か七人に至りて世に女なきが如く、絵に合ひたる者なくて、いかがと思ひ煩《わづら》ひける所に、このごろある人の語りけるは、「摂州有馬の湯本《ゆもと》、[20]大蔵町《おほくらてう》といふあたり

10　蘇軾「春夜」、「春宵一刻千金」による。
11　男女のむつごと。
12　『和漢朗詠集』上・秋・秋興「就中腸断是秋天」（白居易）による。
13　約束の言葉。
14　新潟県上越市。
15　一六七三年〜一六八一年。この頃、越後高田藩の御家騒動（越後騒動）が起こり、藩主は改易となり、浪人が出た。
16　京都府福知山市。
17　官職を退いて俗世を捨てて隠棲し、気ままな生活を楽しむ人。
18　中国唐代玄宗朝の宰相。
19　楊国忠が寒さを防ぐために、自分の前に美女を並ばせた遊び。『開元天宝遺事』、『語園』などに載る故事。
20　元禄頃の有馬郡の町名。

に、高町無三《たかまちむ》とかやいへる針《はり》の医《い》あり。常はこの辺近郷《きんがう》の村に療治《れうぢ》を業《わざ》とし、多くは貧家《ひんか》の娘、便りなき孀《やもめ》の一人子《ひとり》などを引き取りてかくまへ、この村の湯女《ゆな》または京、江戸、大坂の色を売る里、あるひは大《だい》名高家《めうかうけ》に茶の間《ま》お湯殿《ゆどの》の宮仕《みやづか》へ、それぞれに仕立て、はかなき勤めに今日の命《めい》を継がしむるの人ありと聞きて、「さらば彼を尋ねても、この望みは足りぬべし」と思ひ立ちけるより早首途《はやかどで》して、一つは湯治《たうぢ》の養性《やうじやう》をも心にかけつつ自身旅《じしんたび》に赴《おもむ》き、[21]夜《よ》を日にそひて急ぎ、かの大蔵町に尋ね入りて無三を宿とし、心中の程を語りければ、無三もまた仙助が富貴《ふうき》と心ざしに折れて、心安く領状《れうでう》しぬ。

しからば、「いついつの日御供申すべし。当所は国法《こくほう》の御制禁《せいきん》ゆへ、さやうの者を養ひ置き候ふ所は、程を隔てて侍る」よし、細《こま》やかに語り聞かせ、四五日も過ぎぬと思ふころ、仙助と両人しのびやかに宿を出で、北をさして行く事[22]三里《り》ばかりして、[23]三田《さんだ》村とかやいふ里に着きぬ。無三ここより駕籠《かご》を帰し、仙助とただ二人、[24]二本松《ほんまつ》の方《かた》へ行きけるに、程なく大きなる門構へあり。[25]いかさま往昔《そのかみ》は名高《たか》かりし寺など

21　昼も夜も休まずに。

22　一里は約四㎞。

23　兵庫県三田市。『国花万葉記』に、有馬の湯本から北へ約三里とある。

24　三田から播磨への道筋の国境にあった松。

25　いかにも、どう見ても。

にやと見えて、庫裏《くり》[26]、客殿《きやくでん》、室《しつ》の間など、昔覚えたる構へながら、軒《のき》破れ瓦《かはら》落ちて、狐梟《ふくろう》のすみかとも言ひつべし。本堂と思しき所は、片はし崩《くづ》れて雨もたまらねばにや、本尊と覚しき丈六《ぢやうろく》[27]の仏《ほとけ》を客殿の広庇《ひろひさし》にすえたり。仙助は見馴れぬ事どもに心おかれ、「いかにや」と思ひ居たるを、無三は事もなげにこの仏の膝《ひざ》につい登り、仏像《ぶつざう》の左の乳首をとりて引き上ぐれば、大きなる穴あきたり。仙助を招きて、ともにこの穴より這《は》ひ入りけるに、不思議や、この仏の腹中《ふくちう》にまた広き道ありて、行く事十間《けん》[28]ばかりもあらんと思ふに、また大きなる門構へあり。始め見たるには違《ちが》ひて、棟門《むねかど》[29]玉を磨き、金銀をちりばめ、心も詞《ことば》も及び難き事、一とせ[30]太閤秀吉《たいかうひでよし》の伏見の御殿《ごてん》、御普請《ふしん》のありさまもかくやと思ひ、金閣[31]の東山殿とも言ひつべき構へと見えたり。

　無三まづ門に入りて案内しけるに、年のころ十四五なる童子《どうじ》六七人、水色の[32]直垂《ひたたれ》に小結《こゆひ》の烏帽子《えぼし》着たるが出むかひ、無三を見ておのおの手を拱《こまね》きて言ふやう、「主人このほど君の御出でを待ち給ふ事久し。はや御通り候へ」と誘《いざな》ひ行く所に、主人と見えつる人は、五十《いそじ》にも余り

26　調理などをする建物。
27　一丈六尺（約四・八ｍ）の仏像。釈迦の在世の身長の二倍の高さとも言われる。
28　一間は約一・八ｍ。
29　玉を磨いたように美しく。
30　京都市伏見区桃山町の伏見城。元和五年（一六一九）に廃城。
31　京都市北区の鹿苑寺金閣。「東山殿」は足利義政のこと。
32　袖付きの肩衣と紐のついた烏帽子。

けんと見えて、[33]折烏帽子《をりえぼし》に水干《すいかん》なよやかに着こなし、[34]八つ藤《ふぢ》の指貫《さしぬき》、靴《かわ》の沓《くつ》をはきたるが、螺鈿《らでん》の椅子《いす》に靠《よりかか》り給ひしありさま、仙助心惑《まど》ひ魂を失ふばかり、戦慄《わなな》きて控へたるを、無三は何ともなき顔《かほ》やうして静かに歩み出づれば、この主人恐れたる気色《けしき》にて、椅子より立ちてむかひに出で、一礼《れい》をなしける時、無三仙助が方《かた》を見返りて言ふやう、「この人はこれ、高田の何某《なにがし》にて、弓馬《きうば》に名ある御方なるぞ。よく饗《もて》応《な》し参らせよ」と言ひて引き合はせ、「我今日はここに来《きた》る事、この君を誘《いざな》ひ奉らんためのみなり。今急《きう》に用の事ありて帰るぞ。かまへてこの御客おろそかにすべからず、かの抱え置きつる女ども、皆召し出《いだ》してもてなし参らせよ」と言ひて帰ると見えしが、たちまちに姿を見失ひぬ。

仙助いよいよ怪しく覚えながら、貴人《きにん》なる人に馴れ馴れしく問ふべきやうもなければ、ただかしこまり居たるに、かの主人仙助を誘ひ、奥の亭に行きけるに、[35]唐織《からおり》の深縁《ふかべり》さしたる[36]二畳台《でうだい》、[37]紫檀《したん》の椅子に[38]古金《こきん》襴《らん》の帳《とばり》して仙助を座せしめ、その身は引き下がりて、錦《にしき》の深縁さした

33　兜の下にかぶる紐の無い烏帽子と紐の付いた狩衣の一種。

34　藤の花の四枚の花弁を四枚の葉で円形に結んだ模様で裾を結んだ袴。

35　中国渡来の織物の広い畳の縁。

36　高位の武将や公家の座。

37　インド原産の黒色の木材。白檀も芳香があり、どちらも珍重されていた。

38　室町中期に渡来したといわれる金襴。

る二畳台、白檀《びやくだん》の椅子になをりける時、十八九より三十四五までと見えつる女の、姿形いと清げに、玉を連ねて作りたらんやうなるが、二十人ばかり行き通ひさし集《つど》ひて、さまざまの肴《さかな》を調《ととの》へ、いろいろの膳《ぜん》部《ぶ》心を尽くし酒をすすめ、謳《うた》ひ舞《ま》ひなどする程に、仙助つくづくとこのありさまどもを見るに、「我が国元にて絵姿に物数寄《ものずき》し、あつぱれの美人と思ひしを、この所の姿に思ひくらぶれば、[39]花のかたはらの枯《かれ》木《き》か、孔雀《くじやく》の前の梟《ふくらう》」とのみ見ゆるにぞ。

いつとなく心いさみ、興《けう》に乗《ぜう》じて数多《あまた》たび酒を酌《く》み交はしけるころ、中にも花川《はなかは》とかや聞こえし女は、年少し盛りに過ぎたりと見えたれど、声《こゑ》よく歌ひ、器量《きりやう》もひとしほに勝《すぐ》れたりければ、これに目移りて宵《よひ》より仙助も人知れず[40]忍び目に、ひたと見おこせたるに、女もまた心ありげなりけるが、仙助いささか盃《さかづき》を控へて、いたく酔《え》ひたりと見えつつ呑みかたげなりし時、花川自ら酌《しやく》に立ちけるが、すんと立ちて

[41]春日野の[42]若紫の根に通ふ、君が心し変はらずば、

野中の清水くみて知れ、もとより我も恋《こひ》衣、

39　すぐれたもののそばにあって、見劣りのするもの。花のそばの深山木とも。

40　見ぬふりをして見る目。

41　『伊勢物語』一段「春日野の若紫のすり衣しのぶの乱れかぎりしられず」によるか。

42　植物「紫」の若い物。根は紫色に染める染料。

うらなきものを[43]常陸帯《ひたちおび》、結び逢瀬《あふせ》をまつ風と[44]押し返し押し返し、[45]糸竹《いとたけ》の音《ね》にうちそへて張り上げたる声、さし引くかいな、扇《あふぎ》の手の身ぶりまで、なをざりならず恋風まさり、うつらうつらと聞きいたるに、主人「俄《にはか》に用の事ありて、国《くに》の守《かみ》に召さるるなり。程なく帰り来《きた》るべし」と仙助に暇乞ひ、夜はいまだ[46]子《ね》の刻《こく》ばかりと思ふに、供まはり[47]美々《びび》しく、騎馬数《きばかず》多くうち続きて出で行きぬ。

その後《あと》は女のみなる座敷となりて、いとどしき楽しみ、「今こそ思ふ事、言はで足らにや」と戯《たはぶれ》れそめて、かの花川と一間《ひとま》なる閨《ねや》に入りて、[48]偕老《かいらう》の契《ちぎ》り浅からず、千夜を一夜と思ひつつ臥《ふ》したりける睦言《むつごと》に、花川うちしほれ涙ぐみつつ語りけるやう、「さても君、いかなる故ありて、ここには来らせ給ひしぞや。妾《せう》が身は、もと[49]近江《あふみ》の国高嶋《たかしま》の者にて、[50]坂上田村丸利仁将軍《さかのうへのたむらまるとしひとしやうぐん》に思はれ参らせつる、[51]海津《かいつ》の細目《ほそめ》と言ひし者の娘にて侍《さぶら》ふぞや。利仁この高嶋を領《れう》ぜられしころ、[52]禁中《きんちう》の格勤者《かくごんしゃ》何がしをそのかし来らせ給ひ、[53]芋粥《いもがゆ》にあかせんとて連れ下り給ひつる夜、自らは賤《いや》しけれども利仁の御たねにて、細目が腹《はら》に宿り

43 鹿島神宮の祭礼で行われた結婚占いに使用する帯。
44 何度も繰り返して。
45 管弦の音。
46 午前〇時頃。
47 立派に。
48 年老いるまで長く連れ添うような。
49 滋賀県高島市。
50 坂上田村麻呂。天平宝字二年（七五八）～弘仁二年（八一一）、平安初期の武将で征夷大将軍。「利仁」は平安期の武将の藤原利仁をさすが、これらを融合して同一人物視された。
51 滋賀県高島市の地名。
52 宮中の守備役の者。
53 ヤマノイモの薄切りを甘葛の汁で煮た粥。この説話は、『宇治拾遺物語』、『今昔物語集』による。

たればとて、召して御屋形《やかた》に育ち侍ふほどに、そのころわづか七つばかりの年なりけるを、この[54]飯綱《いづな》使ひにとられ、幻術《げんじゆつ》に迷はされて、憂き年月を重ね侍る程に、今ははや幾許《いくばく》の年を越えつれば、定めてその由緒《ゆかり》も絶えたるらんと思へば、便りなく悲しく侍るぞかし。君もしここを退《の》かれ給はずば、永くこの里の捕はれ人となりて、世を惑はすの奴《やつ》に催促《かりもよほ》され給ふべし。ここらありわたる人は、皆その類《たぐひ》にて侍るぞや」と[55]つぶつぶと語り続けて泣くに、

　仙助大きに驚き、「こはそも何と言ふぞ。その高嶋に田村丸の居給ひつる事は、[56]人皇《にんわう》五十代桓武《くわんむ》の御世《みよ》、今すでに千年に近し。我今の代を言はば、[57]人皇すでに百十四代、聖神文武《せいしんもんむ》の元禄改元《げんろくかいげん》ましまして三年なり。君が語る所の[58]芋粥の事は、宇治拾遺《うぢしうい》といふ物に記し伝へて、世の口ずさみとなれる事ぞ。かくな空言《そらごと》し給ひそ」とは言ひながら、「さしあたりたる身の上、いかがせん」と呆れたるに、花川また言ふやう、「そもこの里を誠ありと思ひ給ふより、しばし猶予《ゆうよ》心もあるなるよし、後《のち》に思ひ合はせ給はん。さりとも我《わ》が言ふやうにし給へ」と

54　ここでは、妖術使いの意。

55　詳しく。

56　桓武天皇の在位は、天応元年（七八一）～延暦二五年（八〇六）。

57　元禄三年（一六九〇年）。

58　藤原利仁が五位という人物に芋粥を飽きるまで馳走した故事は、『宇治拾遺物語』巻一の一八に載る。

て、白き練貫《ねりぬき》[59]を以て仙助が頭《かしら》を包み教へて言ふやう、「主《あるじ》帰り給はば、天照大神《てんしやうだいじん》[60]をはじめ、諸《もろもろ》の神号《しんがう》を唱へ給へ。主かならず侘び給はん。これによらずしては、よも助かり給はじ」と教へ置きぬ。ほどなく夜明けなんとするころ、かの主帰りぬ。仙助、花川が教へどをり大音《だいおん》を上げて祈りけるに、主大きに仰天《げうてん》し、頭《かうべ》を地につけ、命を乞ひて言ふやう、「花川が骸骨《がいこつ》、我が教へに違《たが》ひたる故に、この天災に遭ひぬ。吾が幻術《まほう》もこれまでなり。今よりなに住む事かなはず。命を助けさせ給へ」と再三呼ばはりて逃げ去りぬ。

花川なを仙助に語りけるは、「我君と深き縁あるが故に、仮にも契りをなす事を得たり。彼は一年《ひととせ》、津《つ》[61]の国龍泉寺《りうせんじ》にありて、不動咒《ふどうのじゆ》[62]唱へたる修行者《しゆぎやうしや》を、肥前《ひぜん》の国まで投げたりし幻術使ひ《まほう》[63]の鬼《き》なり。今は去りぬれば、心やすし」など言ひて、二年《ふたとせ》ばかりありけるが、仙助与風《ふと》故郷《こきやう》なつかしく、帰りたき心付きて妻にこの事語りしかば、妻もまた言ふやう、「我幽冥に許され、仮にここに来《きた》る事、限れる日数《かず》あり。今日すでに尽きたり。よし、帰り給へ。日ごろの情《なさけ》思し召し出《いだ》さば、

59　白く光沢のある絹織物。
60　高天原の主神。伊勢神宮に祀られ、皇室の祖神として崇拝されてきた。
61　『宇治拾遺物語』巻一の一七による。寺の場所は未詳。
62　不動明王を念ずる時の陀羅尼の呪文。
63　ここでは、妖術使いの化物。

哀れとも思ひ、弔《とぶら》はせ給へ」とねんごろに語り、仙助を伴《ともな》ひ、刃物《はもの》を以て東の方の壁を切り、明《あ》くると見えしが、始め入りたる時の仏の乳《ち》の穴に似たるが、これより仙助を押し出しぬと思ひけるに、思はずも武州《ぶしう》江戸浅草に聞こえたる、駒形堂《こまがただう》の縁《えん》の下より這い出でたり。[64]

それより漸《やうやう》袖乞《そでごひ》に命をつなぎて、もとの丹州に帰りけるが、纔《わづ》かに二年《ふたとせ》あまりと思ひつるも、国に帰りてければ二十年を経たりしとぞ。

64　東京都台東区浅草、浅草寺内にある御堂。

あらすじ　玉笹の仙助は越後騒動後に隠遁し、悠々自適の生活を送る。肉陣の遊びをしようと思い立ち、諸国を巡って絵姿のような美女を探す。有馬の針医者高町無三の噂を聞きつけ、美女斡旋を依頼する。後日、伴われて三田村奥の廃寺に行き、本尊の乳房の下の穴に入る。その中の道を行くと、大きな屋形があった。そこで歓待されるが、宴の最中に主が退席する。その隙に、仙助は花川という年増の女性と契りを結ぶ。花川は坂上田村麻呂の落胤で、大昔の囚われの身であることを打ち明け、ここの主が妖術使いであるため、脱出を勧める。主の帰宅後、仙助は花川に教わった方法で主を退散させ、花川と夫婦となる。二年後、仙助は故郷を懐かしんだため、花川は屋形の東方の壁を切り開き、仙助を暗闇に押し出す。光を見つけて這い出ると、江戸浅草の駒形堂であった。袖乞の末に丹波に帰郷するが、二年と思っていた月日は、実は二〇年後のことであった。

見どころ・読みどころ ——芋粥の誤読——

隠れ里といえば、まるで夢のようで、美しく理想的な世界が思い浮かぶ。貧苦の者が憧れ、訪れた者は歓待されて土産をもらい、富を手にするのが、凡その定義であるが、ここでは違っていた。この話は左記の『酉陽雑俎』の一話を主な典拠とする。同話は、類書『太平広記』（巻二八六「幻術三・張和」）だけでなく、そのダイジェスト版『太平広記抄』（巻一一）にも再録され、異郷訪問譚として広く知られたようだ。それに越後騒動の混乱、最古の温泉場有馬周辺の風景と、中世の説話を融合させた構成となっている。

芋粥の件は本文の通り、『宇治拾遺物語』巻一の一八「利仁、芋粥の事」の内容をさす。芥川龍之介作『芋粥』の典拠であり、『今昔物語集』（巻二六第一七）と同内容だが、これは坂上田村麻呂ではなく、藤原利仁の逸話であった。この人物も東北征伐に尽力した武将であるため、混同が生じたようだ。話中の田村麻呂の名は、それによる誤読と解釈できよう。また、異郷の主が修行した寺名、人一人を遠く肥前の国まで投げ飛ばした逸話も、芋粥同様、『宇治拾遺物語』（巻一の一七「修行者、百鬼夜行にあふ事」）によるものである。このように、この異郷には、約千年前の説話の世界が持ち込まれていたのだった。

裕福な独身男が異郷で獲得したものは、金に物言わせ、美女の頭数を揃えるというかつての望みに反し、金銭では得難い、年嵩《としかさ》の女性との夫婦の愛だった。だが、不思議にも、自らの意志でそれを捨て、二〇年後の現実世界に戻り、すべてを失う結末が実に切ない。当人にとって、どちらが幸福なのかは不明だが、そのような意味で、この話をダークファンタジーであると位置付けてもいいだろう。

典拠『酉陽雑俎』続集巻三「支諾皐下」―一四
（東洋文庫『酉陽雑俎』四巻九三六）

成都の坊正張和。蜀郡に豪家の子有り。富《とみ》卓鄭に擬す。蜀の名姝畢《ことごと》く致さざること無く、毎に図を按じて麗を求む。媒其の門に盈《み》つ。常に意に可なる者無きを恨む。或ひと言ふ、「坊正張和は大俠なり。幽房閨稚之を知らざること無し。盍《なん》ぞ誠を以て投ぜざる。」豪家の子乃ち籯金・篋錦を具へ、夜其の居に詣り、具《つぶ》さに欲する所を告ぐ。張欣然として之を許す。異日豪家の子に謁し、偕《とも》に西郭の一舎を出で、廃蘭若に入る。大像有り、巋然たり。豪家の子と像の座に昇り、坊正手を引きて仏乳を捫《ひね》りて之を掲ぐれば、乳壊れて穴を成すこと盌《わん》の如し。乃ち身を挺げて穴に入る。因て豪家の子の臂を挽く。覚へ（え）ず、同じく穴中に在り。道行十数歩、忽ち高門崇墉を覩る。状州県の如し。

坊正門を叩くこと五六、丸髻の婉童有り。啓きて迎へ、拝して曰く、「主人翁の来たるを望むこと久し。」頃《しばら》く有りて主人出づ。紫衣貝帯、侍者十余、坊正を見て甚だ謹む。坊正豪家の子を指して曰く、「此れ少君の子なり。汝善く之を待すべし。予切事有り。須く返るべし。」坐せずして去る。言已《おは》りて坊正の所在を失す。豪家の子心に之を異《あやし》むで敢て問はず。主人堂中に延く。珠璣緹繍、羅列目に満つ。又た瓊杯有り。陸海備へ陳《つら》ね、飲徹して命じて妓数四を引き進む。支鬟撩鬢縹として神仙の若し。其の舞杯閃毬の令悉く新にして思多し。金器有り、数升を容る。雲擎鯨口、鈿、珠粒を以てす。豪家の子識らず。之を主人に問ふ。笑ひて曰く、「此れ次皿なり。本と伯雅に擬す。」豪家の子竟に解せず。三更に至る。主人忽ち妓を顧みて曰く、「歓笑を廃すること無かれ。予暫く適く所有り。」客を揖して退く。騎従州牧の如し。燭を列ねて出づ。豪家の子因て牆隅に私す。妓の中年差《や》や暮るる者、遽《には》かに就きて謂ひて曰く、「嗟乎、君何を以てか是に至る。我が輩早《つと》に掠めらるることを為して、其の幻術に酔ふ。帰路永く絶ゆ。君若し帰らんと要せば、第《た》だ我が教へを取れ。」授くるに七尺の白練を以てす。戒めて曰く、「此れを執りて主人の帰るを候《うかが》ふ（う）て、詐《いつは》りて事を祈して拝を設くべし。主人必ず答拝せん。因て練を以て其の頭に蒙《かうぶ》らせよ。」将に曙んとするに、主人還る。豪家の子其の教の如くす。主人地に投じて、命を乞ひて曰く、「死嫗、心に負く。終に吾が事を敗る。今、復た此に居らず。」乃ち馳せ去る。

教ふる所の妓即ち豪家の子と共に居ること二年、忽ち帰らんことを思ふ。妓亦た留めず。大いに酒楽を設けて之に餞す。飲既に闌《たけなわ》にして、妓自ら鍤《すき》を持して東牆の一穴を開く。亦た仏乳の如し。豪家の子を牆外に推す。乃ち長安東牆堵の下なり。終に食を乞ひて方に蜀に達す。其の家失すること已に多年、其の異物ならんことを意ふ。其の初始を道《い》ふて信ず。貞元の初の事。

【文献ガイド】

＊堀誠「「小説莫坡寺仏肚」考」（『国学院雑誌』一〇六巻一一号、二〇〇五年一一月）＊朝倉治彦監修『国花万葉記』二（すみや書房、一九七〇年）＊馬淵和夫・国東文麿・稲垣泰一校注・訳『今昔物語集』三（新編日本古典文学全集三七、小学館、二〇〇一年）＊小林保治・増古和子校注・訳『宇治拾遺物語』（新編日本古典文学全集五〇、小学館、一九九六年）

挿絵　肉陣の遊びをしようと思い立った男が、美女を求めて向かった先は、山奥の廃寺であった。仏像の乳の下の穴が、異界への入口であり、その先には、説話の優雅な世界が広がっていた。はたして、望みどおりの美女に巡り合えたのだろうか。

巻四の二　※雲浜《くものはま》の妖怪

付けたり　鵜取《うとり》兵衛あやしき人に逢ふ事

挿絵

屏風を隔てて手前に、書生が一人眠っている。その向こうでは酒宴が催され、神事の鵜を運ぶ男がもてなされている。目の前の女性も食事も酒も、すべて書生の口から次々と出されたものだった。書生の正体はいったい何者なのか。

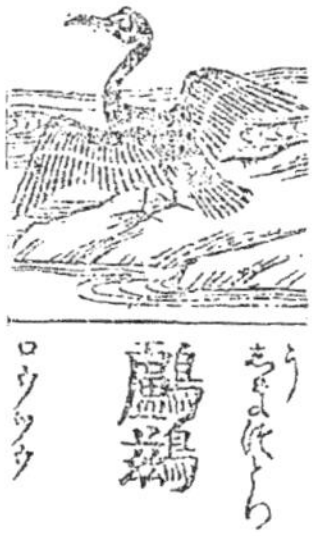

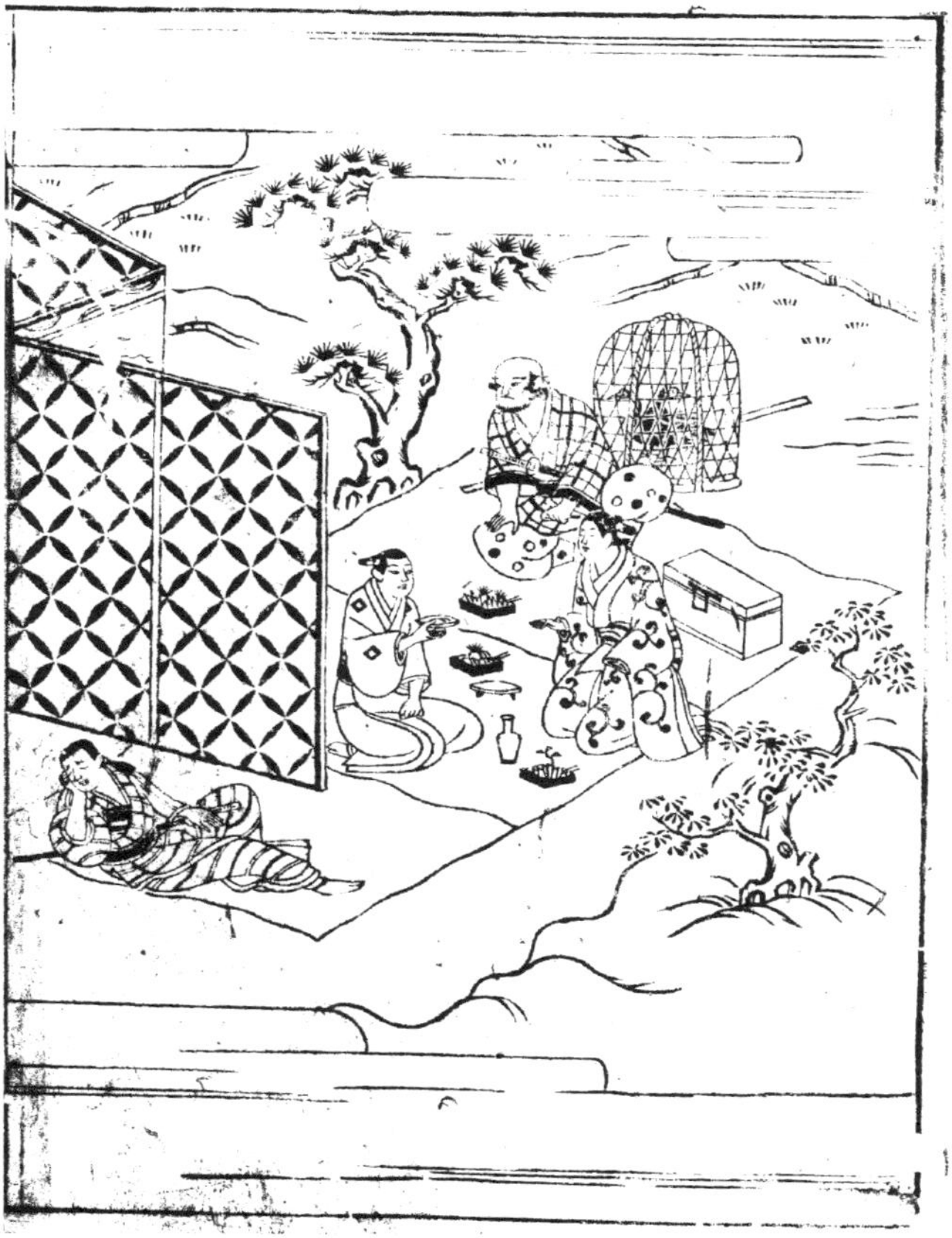

※　福井県小浜市雲浜。

能登《のと》の国の一宮《いつぐう》[1]気多《けた》[2]の神社は、能登《のと》の大国玉《おほくにたま》[3]にして羽咋郡《はくひのこほり》に鎮座《しづまります》の神なり。祭祀《さいし》多くある中に、毎年《まいねん》十一月中《なか》の午《むま》の日は鵜《う》祭と号《がう》して、丑《うし》[4]の刻《こく》に至りてこれを勤むるに、十一里[5]を隔てて鵜の浦[6]といふ所より、いつもこの神事《しんじ》のため鵜をとらへ、籠《かご》にして捧《ささ》げ来《きた》る役人あり。彼が名を鵜取《うとり》兵衛と号して、代々《よよ》同じ名を呼び伝えて故実《こじつ》とせり。

去《い》ぬる元禄[7]の頃かとよ、この鵜取兵衛いつもの如く神事のためとて、鵜の浦に立ち出で招きけるに、余多《あまた》ある鵜の中に、神事を勤むべき鵜はただ一羽のみ。鵜取兵衛が前に来る事なるを、今宵《こよひ》は珍《めづら》しく二羽寄り来りしを、何心なくただ一同とらんとしけるに、二羽ながら手に入りければ、不思議の事に思ひて放ち返せども、猶立ち返りける程に、「やうこそあらめ」[8]と思ひて籠におさめ、一宮のかたへと急ぎける所に、年の程二十ばかりとも見えたる男《おのこ》の惣髪《さうかう》[9]にて、何さま学問[10]などに通ひける人にやと見えて、書物を懐に入れたるが、この鵜取兵衛に行きあひて道連《みちづ》れとなり、しばらく物語など仕かけうち連れたるに、何とかしたりけん、俄《にはか》に腰《こし》を引き出でたる程に、「いかにしけるや」と

1 一の宮。国の第一位に待遇される神社。
2 石川県羽咋市の神社。能登国の一の宮。
3 出雲神話の主神大国主命の異称。
4 午前二時〜四時。
5 一里は約四㎞。
6 石川県七尾市鵜浦町の海岸。
7 西暦一六八八年〜一七〇四年。
8 わけがあるのだろう。
9 月代を剃らずに全体の髪をのばしたもの。医者・儒者などに多い。
10 学問に通じている。

11　下腹痛。

12　ご親切な心遣い。

13　大胆で恐れを知らない者。

14　銅製の携帯用の器物。

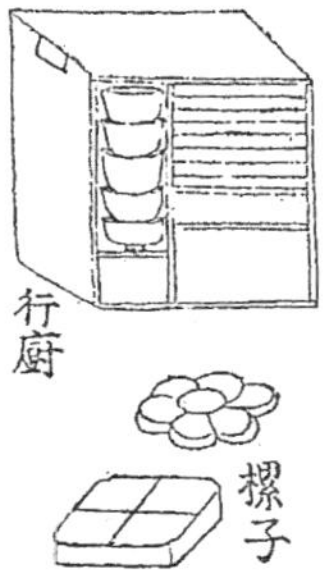

15　肉厚の蒔絵を施した携帯用の重箱。

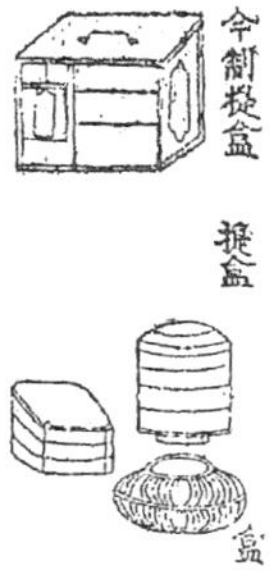

16　用意して。

問ひければ、かの人言ふやう、「殊《こと》の外《ほか》、疝気《せんき》[11]の発《おこ》りたれば、今は足も引き難し。あはれ、その鵜籠《うかご》にしばし乗せて給《た》びてんや」と言ひけるを、鵜取兵衛戯《たはぶ》れぞと思ひ、「安《やす》き事。乗せ申さん」と言ふに、かの人立ち上がり、「さらば、乗り申さん。許し給へ」と言ふかと思へば、たちまち鵜籠の中にあり。されど、さのみ重しともおぼえず。しかも鵜と双《なら》び居たりければ、「いと怪し」と思へど、さのみとがむる迄にも及ばず。

なを道すがら話うちして行くほどに、「一宮までは、今二里ばかりもやあるらん」と思ふ折ふし、かの書生鵜籠より出でて言ふやう、「さてさて、今宵はよき御つれをまふけ侍るゆへ、足をさへ休め給はりぬる嬉しさよ。いでや、この御芳志《はうし》[12]に振舞《ふるま》ふべき物あり。しばらく休み給へ」とありけるほどに、鵜取兵衛も不敵《ふてき》者[13]にて、「さらば休み申すべし」と荷を下ろしける時、書生口をあきて、何やらん、物を吐き出すよと見えしが、大きなる銅《あかがね》[14]の茶弁当一《ちやべんたうひと》つ、高蒔絵《たかまきゑ》[15]したる大提《おほさげ》重《ぢう》一組を吐き出しぬ。この中には様々の珍しく奇《あや》しき食物《くひもの》をしたため[16]、魚類野菜あらゆる肴《さかな》満ち満ちて、鵜取兵衛に食はせ、酒も数盃《すはい》に及びける時、かの書生語りけるは、「我もとより、一人の女を連れ来りぬれども、君が心を如何《いかが》と議《はか》り難くて今に及べり。苦しかるまじくば、呼び出して酒を盛らんと思ふなり」と語りけるを、「何《なに》の苦しき事か候はん」と鵜取兵衛が言ひければ、また口より女を吐き出しけるに、年の頃十五六ばかりと見えたるが、容顔美麗《ようがんびれい》にして愛《あい》しつべし。

書生もいよいよ興《けう》を催《もよほ》し、酒を飲みける程に事の外酔《ゑ》ひて、しばらく臥《ふ》したるに、また女、鵜取兵衛に向かひて言ふやう、「我はもと、この男《おのこ》と夫婦の語らひをなしける折ふし、兄弟もなき者なりと偽《いつは》りて身を任せ侍る故、心やすく思ひとりて、我ひとりは何方《いづかた》迄も召し具していたはり、養《やしな》ふべき誓《ちか》ひを立て、ここまでもいつくしみ恵み給ふなり。しかれども、誠は我に一人の弟《おとと》ありて、我またこの夫に隠して養ひ侍るなり。今この妻[17]の酔ひ臥したる隙《ひま》に、呼び出して物食はせ、酒なんどもてなさんと思ふなり。かまへてかまへて、我が夫の眠《ねぶ》り覚め たりとも、この事漏《も》らし給ふな」と口固め[18]して、この女もまた一人の

17 配偶者。ここでは夫。

18 口止めして。

19 屏風を数える助数詞。二枚一組。
20 引きめぐらして。
21 午前四時。
22 さきほど。
23 銀製の足を取り付けてある膳を一そろい。
24 秘蔵の宝物。

男と金屏風《きんべうぶ》一双《さう》[19]とを吐き出し、夫の方《かた》にこの屏風をはしらかして[20]隔《へだ》てとし、かの男とうち物語らひて酒を飲みける内、「はや夜《よ》も七つ[21]に過ぎぬらん」と思ふ頃、かの酔ひ臥したる男、呵欠《あくび》して起きんとする気《け》色《しき》ありければ、これに驚きて、女は最前《さいぜん》[22]吐き出しつる男と屏風とを呑みて、何の気《け》もなきさまにて傍《かたは》らにあり。

　書生はやうやうと起き上がり、鵜取兵衛にむかひて「さても、宵より様々とお世話に預かり、道を同じくしてここまで来たり。ゆるやかに興を催し侍る事、身にあまりて忝《かたじけな》し」などと一礼し、さて、かの女をはじめ、弁当敷物《しきもの》悉《ことごと》く呑み尽くして、ただ一つの銀《しろがね》の足打《あしうち》[23]一具を残して、鵜取兵衛に与へてこれより別れぬ。

　鵜取兵衛、この足打を得て宿に帰り、先づこの怪しき咄《はなし》を妻にも語り、終《つい》に人にも見せて什物《じうもつ》[24]となしけるが、はじめ慥《たしか》に二羽とりたりし鵜の、ただ一羽ありて籠に入りてありけるも、また怪しかりける事とぞ。

あらすじ　能登国の気多神社の鵜祭のため、鵜取兵衛は鵜浦で、珍しくも、一羽ではなく二羽の鵜を捕らえる。籠に入れて神社へ運ぶ途中、見知らぬ書生に出会い、同道する。途中、書生が腹痛を起こしたため、頼みに応じて背負っている籠に乗せるが、なぜか軽い。書生が休憩がてら、御礼の宴を催そうと申し出る。驚いたことに、酒や山海の珍味を入れた重箱などを、書生は口から次々と吐き出して見せ、さらに美女まで吐き出す。酒を酌み交わすうちに書生は酔って寝入り、その間美女は、自分の弟を吐き出して密かに飲食させた。書生が目を覚まそうとした時、美女は慌てて弟を呑み込み、書生は銀の足打以外を悉く呑み込み、鵜取に土産として与えた。書生が別れの挨拶を済ませて帰宅して籠を見ると、二羽いたはずの鵜は、一羽になっていた。

見どころ・読みどころ　──吐き出す妖術──

「吐き出す」という言葉から、いったい何を連想するだろうか。酒、珍しい食糧、美女…。これらが次々と目の前に繰り出される様子は、刹那的で俗物的にさえ感じるかもしれないが、これらはあたかも人間から無限に吐き出される、根源的な欲求を象徴しているかのようだ。

冒頭は、石川県の気多神社に古くから伝わる、「鵜祭《うまつり》」の記事に始まる。これは毎年一一月、中の午の日（現在は一二月一六日）に行われる神事で、鵜取部《うとりべ》と呼ばれる役人が、鵜浦で捕獲した鵜を籠に詰めて背負い、徒歩で二泊三日かけて、神社まで運ぶ。祭当日の午前三時頃、神前に鵜を放ち、蝋燭の光りに映ったその姿形によって、翌年の吉凶を占うものである。この鵜は「鵜様」と呼ばれ、神格化される。

一方、不思議な書生の吐き出す妖術は、『酉陽雑俎』の左記の一話による。作者は典拠の「吐き出す」という言葉から、鵜飼で魚を吐き出す鵜の姿を想起し、鵜祭を導き出したものと考えられる。この話は、すでに井原西鶴が先んじて、『西鶴諸国はなし』（貞享二年〈一六八五〉刊）巻二の四「残る物とて金の鍋」にて、書生を生馬《しょうば》仙人と鉄枴《てっかい》仙を融合した仙人に、「吐き出す」を「吹き出す」に変え、仙人の口から出た品々が、宙を舞う幻想的な話に仕立てている（下図参照）。そもそも、『酉陽雑俎』の話は、『続斉諧記《ぞくせいかいき》』（六朝梁呉均作）「鵞籠之記」を再録したもので、これはさらにインドの『旧雑譬喩経《きゅうぞうひゆきょう》』に起源を持ち、はたまたアラビアの『千夜一夜物語』にもあるという。これらを読み比べて、作品間での解釈の違いや、怪異への姿勢の違いを感じていただきたい。

『西鶴諸国はなし』巻二の四「残る物とて金の鍋」挿絵
（三弥井古典文庫より転載）

典拠『酉陽雑俎』続集巻四「貶誤《へんご》」一二

（東洋文庫『酉陽雑俎』四巻九七〇）

続斉諧記《せいかいき》に云く、許彦《きょげん》、綏安山《すいあん》に於いて行きて一書生に遇《あ》ふ。年二十余《あまり》。路の側に臥して云く、「足痛む。鵞籠の中に寄らんことを求む。」彦戯れに言ひてこれを許す。書生便《すなは》ち籠中に入る。籠亦《ま》た広からず。書生双鵞と並び坐して之を負ふ。重きを覚へず、一樹の下に至る。

書生乃《すなは》ち籠を出でて彦に謂《い》ひて曰ふ、「薄く饌を設《まふ》けんと欲す。」彦が曰く「甚だ善し。」乃ち口中に於いて一銅盤を吐く。盤中海陸の珍羞方丈《ちんしうはうぢやう》前に盈《み》つ。酒数行《すうかう》。彦に謂ひて曰く、「向《さき》に一婦人を将《ひき》いて相ひ随《したが》ふ。今之を召さんと欲す。」彦が曰く、「甚だ善し。」遂に一女子を吐く。年十五六。容貌絶倫膝を接して坐す。俄かに書生酔臥《すいが》す。女、彦に謂ひて曰く、「向に一男子を窃《うば》ひて同《おな》く来たる。暫《しばら》く呼ばんと欲す。願くは、君言ふこと勿れ。」又た一男子を吐く。年二十余、明恪《めいかく》愛すべし。彦と寒温《かんをん》を叙《の》べ、觴《さかずき》を揮《ふる》ひて共に飲む。書生覚《さ》めんと欲するに似たり。女また錦行障《きんかうしやう》を吐きて書生を障《おほ》ふ。久しくして書生将に覚めんとす。女又男子を呑む。独り彦に対して坐す。書生徐《おもむ》ろに起きて彦に謂ひて曰く、「暫く眠りて遂に久しく君を留《とど》む。日すでに晩《く》る。当に君と別《わか》るべし。」還りて復た此れを呑む。女子及び諸《もろもろ》の銅盤悉く口中に納《い》れ、大銅盤を留めて彦に与へて曰く、「以て意を藉《か》ること無かれ。君と相ひ憶ふなり。」

釈氏譬喩経《しやくしひゆけう》に云く、昔《むか》し梵志《ぼんし》術を作《な》して一壺を吐き出だす。中に女あり、与《とも》に屏処して家室を作す。梵志少しく息《いこ》ふ。女復た術を作して一壺を吐き出だす。中に男子あり。復た与《とも》に臥す。梵志覚めて、次第に互いに之を呑む。杖を柱《つき》て去る。余、呉均《ごきん》嘗て此の事を覧《み》るを以て其の説を訝《いぶか》りて以て至怪と為すなり。

【文献ガイド】

＊岸得蔵「インド説話の東と西―西鶴の作品に触れて―」（『国語国文』三〇巻七号、一九六一年七月、後に『仮名草子と西鶴』成文堂、一九七四年に所収）＊中本大「『鉄枴仙』像の受容と定着」（伊井春樹編『古代中世文学研究論集』第一集、和泉書院、一九九六年）＊西鶴研究会編『三弥井古典文庫　西鶴諸国はなし』（三弥井書店、二〇〇九年）

巻四の三　恨み晴れて縁を結ぶ

付けたり　守山の喜内田地《でんち》を売りし事

近江《あふみ》[1]の国守山辺《もりやまへん》に、喜内《きない》とかやいひし農民《のふみん》あり。生まれつき正直《しやうぢき》者にて、仮にも人のため悪《あ》しかるべき事をなさず、身を捨てても他《ひと》のため良き事となれば、世話をかきつつ取り扱ふ程の心ばへなる者なり。けれども、前生《ぜんしやう》[2]の果《くわ》のよる所とて、菟角《とかく》稼ぎけるにも貧苦《ひんく》やむ時なく、日を追つて手前不如意《てまへふによい》[3]なりしかば、今は少しある田地《でんち》をも人に宛《あ》てて作らせ、「今日《こんにち》の助けにもせばや」と思ひ立ちけるより、かなたこなたと人を頼みて肝煎《きもい》らせけるに、その辺り近く住みける藤太夫《とうだいふ》と言ひし者、これも同じ農人《のふにん》なりしが、心あくまで欲深く、少利《せうり》といへども貪《むさぼ》り、一銭《せん》の事にも気を付け、人の手前外聞《ぐわいぶん》にも恥ぢず、常にただ汚きまで世知弁《せちべん》[4]なる者なりしが、この喜内が田地の事を聞くより、はや心に欲をおこし、「何とぞして心やすく価《あたひ》を小切《こぎ》[5]り、我が物にせばや」と分別《ふんべつ》をめぐらし、その所の庄《しやう》屋に召し使はれて年久しき男に、十太

1　滋賀県守山市。
2　前世の報い。
3　生活資金に乏しい状態。
4　損得を気にする者。
5　値切り。

郎といひける者を語らひすかし、寄せて語りけるやう、

「今この喜内が田地につきて、我深く頼むべき事あり。その故は彼が年貢《ねんぐ》の未進《みしん》[6]、年々《としどし》に積もりて七八百匁《め》[7]もあるよしを聞けり。それにつき、このたび喜内が手前貧《ひん》なる事、日々《ひび》に弥増《いやま》さり行くままに、今はかの田地をも人に宛てて、身命《しんめう》を助くるの便《よすが》にもせばやといふなるよし、我また幸いに、彼が田地の我が田に並ぶ故に、望み思ふ事久し。しかれども、人の田を借りて耕《たがへ》さん事も口惜しく思ふなりとても、貧に生まれたる喜内なれば、たとひ人に宛てたりとも、質《しち》に入れたりとも、富貴になる事あるまじければ、ここは君が計らひにて、何とぞこのたびを序《ついで》に、喜内が田地を売り払はする術《てだて》をめぐらし、もし売るべき心になり侍らば、旦那《だんな》に聞かせては、慈悲《じひ》深き人なれば、売るほどの事に及ぶをいたはりて、未進の事はよも言ひ出し給はじと思へば、旦那には聞かせずして、価何程《あたひなにほど》と極《きは》まりたる上《うへ》にて、かの未進程の銀《かね》を抑《おさ》へて我に帰し給はらば、我またその御世話の代《か》はりには、かの未進に引かれたる銀の十分《ぶ》[8]一を以て、定まりたる礼の外に、御礼を申

6 未納の分。
7 匁は一両の六〇分の一。
8 一〇分の一。江戸時代、仲介の手数料として、扱った金額の一割をとることが通例であり、手数料の意にも用いられた。

すべし」と酒をすすめ、口に任せ、ねんごろに頼みけるに、この男《おのこ》も利欲《りよく》に迷ひ、いとやすく請け給ひて帰りぬ。

　さても喜内は心良き者ゆへ、近き辺《ほとり》の農人ども、彼が貧を笑止《せうし》[9]がり、ともどもに取り持ち、よろしき方へ田地をも預《あづ》けさせ、何とぞ恙《つつが》なく渡世《とせい》をもさせたく思ひ、さまざまとかけ巡り、よき口ども多く聞きたて、菟角《とかく》言ひわたりけれども、庄《しやう》屋の方に控へたる男、有無《うむ》に何かと物好みして請けがはねば[10]、今は喜内もせんかたなく、「是非《ぜひ》[11]に詰まりて、この田地を売りてなりとも、身の差し合はせ[12]にせばや」と思ひ立ち、人にも言ひけるを、「得たりやかしこし[13]」と庄屋の男、かの藤太夫に肝煎りかけ、しかも下直《げぢき》[14]に値切らせける程に、喜内が心にも飽き足らぬ事に思ひしかども、手前の貧に苦しめられ、纔《わづ》か二十両の値に売るべきに約束せし時、かの男兼ねてたくみつる事なれば、内々の未進を言ひ出し、銀《かね》を渡さんとする場に進み出でて、八百目[15]を引き落としけるにぞ。喜内も今更後悔《こうくわい》といひ、無得心《むとくしん》[16]なる仕方とは思ひしかども、すべきやうもなく、身をのみ悔《く》ひて聞き居たるに、藤太夫は喜内

9　ふびんに思い。
10　承諾しないので。
11　やむを得ず。
12　諺「宝は身の差し合わせ」による。（財宝は）自分の命のために役立てるものの意。
13　（思うつぼとなり）しめたぞ。やった。
14　廉価に。
15　八百匁。目は匁の略。
16　非道な。

をまづ帰さんと思ひける故、手づから酒少し携《たづさ》へ来たり。喜内ばかりに一二献《こん》すすめて、盃を愛想《あいそ》なく治め取りぬ。

奥にはなを酒飯《しゆはん》を調《ととの》へ、膳部《ぜんぶ》を拵《こしら》ゆる気色《けしき》見えて賑《にぎ》はひ合へども、かつて喜内には誰取り合ふものなきままに、[17]素気《すげ》なく[18]騒々《さうざう》しく思ひて、やがてその座を立ち帰りけるが、さるにても、この藤太夫が仕方といひ、値《あたい》を抑へられつる無念さも、ひとしほの恨みとなり初《そ》め、一筋に健《すく》よかなる心から、やるせなきままに、「所詮《しよせん》今宵の内に、この藤太夫が家に火をかけ、彼が財宝を焼き払ひ、せめての慰《なぐさ》みにせばや」など思ひ付きて、この事を妻に語りけるに、妻またねんごろに諫《いさ》めて言ひけるは、「さてもいかなる[19]天魔《てんま》の入り替はりて、かく筋《すぢ》なき心ばへは出来《いでき》しぞや。たまさか法談《ほうだん》の庭にたたずみ、[20]一句半偈《くはんげ》の片端《かたはし》を聞くにさへ、[21]仇《あだ》は報ずるに恩を以てすべしと侍るものを、[22]常不軽菩薩《じやうふきやうぼさつ》の古《いにしへ》をしたひ、[23]空也《くうや》上人の心ばへまでこそなくとも、せめてかかる悪業《あくごう》をな作り給ひそ。貧は天命なり。貧よりおこる怨《うら》みなれども天命をわきまへ、前生《ぜんしやう》の因果《いんぐわ》を観《くはん》じ給はば、怨むべき人もなく悲しむべき

17 そっけなく。
18 ここでは、手持無沙汰に。
19 天魔がとりついて善根をなす心を失い、思いがけず悪心をおこすこと。
20 経典の中で詩句の形式をとるもの。わずかの偈の文句。
21 諺。恨みに報いるにかえって徳をもってすること。
22 「法華経―常不軽菩薩品」に出る菩薩。常に他人を敬い不軽の行をなす。
23 延喜三年（九〇三）～天禄三年（九七二）、平安中期の浄土教の民間布教僧。阿弥陀信仰と念仏を広めた。

24　火打石と火打金。
25　硝酸カリウム。火薬として使用した。

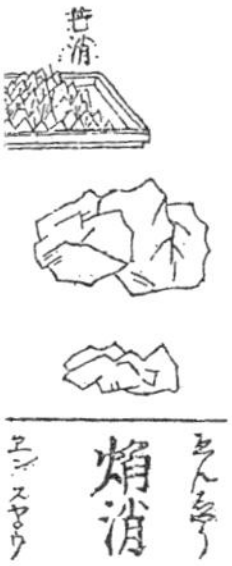

26　出産を助ける女性。
27　神仏のはかり知れない意向。
28　昼も夜も休まずに。

身もなき物を。必ず必ずさやうの悪しき心おこして、後生《ごしやう》の罪を作り給ふな」と泣きみ笑ひみかき口説きけるを、しばし聞き入れたるふりにもてなし、さあらぬ体《てい》にて居たりしが、夜更け人静まりけるころ、ひそかに焼き草をしたため、[24]燧火打《すりびうち》、[25]塩硝《えんせう》など懐《ふところ》にして、藤太夫が方へと急ぎける所に、かの藤太夫が方には、女房このころ胎孕《はらみ》たりけるが、今宵しも産《さん》の気《け》つきて[26]穏婆《とりあげばば》など走り入り、物騒々《ものさうざう》しかりつるを見て、喜六また心に思ひ返しけるは、「そもこの心に思ひ立ちて、仇《あだ》せんとする者は誰《たぞ》や。纔《わづ》かに藤太夫独《ひと》りにあり。我今藤太夫ひとりに恨みを報ぜんが為に火をかけ、何ぞこの産婦《さんぷ》といひ、その外近辺《きんぺん》の人まで同じ禍《わざはひ》にかけなん事、[27]天道《てんどう》の冥慮《めうりよ》も恐ろし。恨みは一人にある物を、却《かへ》つて後生の罪を求めんは、本意《ほんい》たるべからず」と思ひ返して、貯《たくは》へ来りつる火の具を溝の中へ捨てて帰りぬ。

さても、あるべき事ならねば、かの纔かなる銀《かね》を元債《もとで》とし、酢醤油《すしやうゆ》のたぐひ請け、酒《さけ》やうのものを家業《かげう》とし、[28]夜を日に継《つ》ぎて稼ぎける程に、終《つい》に正直《しやうぢき》のゆへに、富貴日を追つていやまさりける程に、田宅牛《でんたくぎう》馬《ば》にも事かけず、家門《かもん》広く眷属《けんぞく》なども広く、いにしへの貧にかへたる[29]楽しみに誇りけるに、かの藤太夫はそれに引きかへ、近年《きんねん》うち続き不作して[30]水旱《すいかん》の二損《そん》かはるがはる起こり、あるひは病者《びやうしや》絶《た》ゆる事なく、または纔かの利欲にくれて、金銀を入れしも損になりなどして、今は世の作業《なりわひ》をすべきにも元債なく、今日をだに暮らし難《がた》く覚えけるままに、「よしや、[31]宝は身の差し合はせとかやいふ習ひもあるぞかし。田地を売り払ひても[32]助成《じよじやう》となさばや」の心付きて近辺の人にも語り、あるひは頼みなどしてかけ巡りけれども、常々《つねづね》の心ざしよからぬ者に思ひ知りたれば、これにさへ取り合ふ人なくて、[33]心にもあらぬ月日を送りけるに、折しもあれ、喜内が方にこのよしを告ぐる者あり。

喜内はこれを聞くより、願ふ所の幸いと喜び、「彼がこの前吾《われ》にせし如く、このたびまた我も計《はか》らひてん」と思案《しあん》をめぐらし、例の庄屋につとめて、事を唀《さば》く男をすかし語らひよせ、「藤太夫が未進を問ひけるに、八百匁ほどありと言ふにつきて、已前《いぜん》我売りたる分の田地を買ひ戻させて給へ」と我にあたられたる通りに、方便《てだて》を言ひ聞かせけ

29 富貴安楽な様子。
30 洪水と日照り。
31 注12に同じ。
32 力添え。
33 ままならない。

34　一両は約六〜一〇万円。
35　債権を証明する文書をとりかわそう。

るまま、庄屋の男もまた眼前《がんぜん》の利に迷ひて、いとやすく請け合ひぬ。さて、かの田地を買ふ時も、藤太夫心には猶あかぬ事に思ひしかども、漸《やうやう》買はんといふ人のあるを幸いの事にして、金二十両[34]に定め、証文《せうもん》[35]せんとて呼び寄せける時、喜内を買ひ主《ぬし》なる事を知りて驚嘆《きやうたん》しけり。既《すで》に銀を渡さんとするに及びて、例の未進を乞《こ》はれ、終に八百匁を引きて請け取りける無念さ、喜内また酒を持ち来り、藤太夫ばかりに一二盃《はいし》強ゐて先へ返しけるにぞ。つくづくと思ひ合はせて、「我せし仇を報《むく》はるるなり」とは思ひ知りながら、身にしみて恨めしく憎くて、「是非に今宵は喜内が家を焼き、せめて財産《ざいさん》を失《うしな》はせてなりとも、我が胸を晴らすべし」と一筋に思ひ込み、これも火を包み、焼き草を拵へ、喜内が軒にたたずみて時分をうかがひ、内の様子を聞き居たるに、彼が家また産の気つきたりとて、人音《おと》しげく行き通ひけるを見て、藤太夫もかへつて慈悲の心おこり、怨みを隠して火の具を溝に投げ入りて帰りぬ。

夜明けて後《のち》、喜内表に出づる事ありて、これを見つけ大きに驚き、かの火の器《うつはもの》を取り上げ、いろいろと引きさばきける中に、藤太夫が昨日《きのふ》書きたる銀《かね》の請け取りの反故《ほうご》を見出し、喜内心に思ひけるは、「因果といふ物、[36]生々《しやうじやう》のみにあらず。我かの田を彼に買はれし時の恨みを報ぜんとて、火を貯へし事、[37]人こそ知らね、心にありてすすみ行きぬ。今また彼この田を我に買はれて、憤《いきどほ》りけるも断《ことは》りなり。我その夜《よ》、彼が家を焼きたらましかば、我が家また彼に焼かるべし。[38]かしこくぞ、その時悪念《あくねん》は翻《ひるがへ》しける。この[39]隠徳《いんとく》今にありて陽報《ようほう》の喜びとはなりけるぞ」と思ひ巡らしけるに、猶飽き足らずやありけん、終に[40]銀《しろがね》十枚を包みて藤太夫が方に行き、そのかみ我田を売りけるいにしへより、昨日彼がたくみけるありさまつぶつぶと[41]語り、「今は互ひに恨みを晴らし、この因果に恐れて、人にも善を勧めんにはしかじ。[42]あなかしこ、今日よりして我を辛《つら》しとな思しそ。我もふた[43]心なきしるしには、そのころ生まれつる君が子は男子《なんし》なり。手を折りて数《かぞ》ふるに、今年は十才ならんと覚ゆ。我が子は今宵生まれて、しかも女子《によし》なり。年のほども[44]似気《にげ》なからじ。これをいひなづけて、一族のよしみを結び

36 生ける人々。衆生。
37 『千載集』恋二・七六〇・二条院讃岐「わが袖は潮干に見えぬ沖の石の人こそ知らね乾く間もなし」による。
38 思慮分別のあることに。
39 諺。密かに善行を積めば、後日必ず良い報いを受ける。
40 丁銀一〇枚。丁銀はなまこ形で不定量の貨幣。重さで値が決まる。

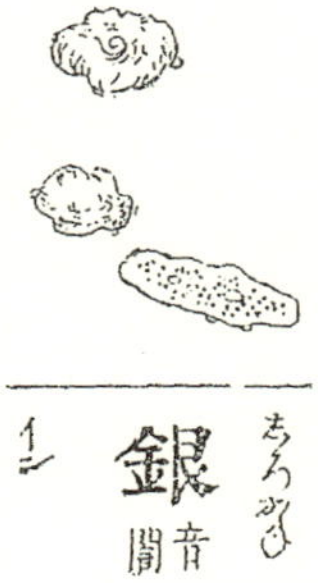

41 詳しく。
42 決して。
43 裏切るつもりがない。
44 不釣り合いではなかろう。

侍らんとて参りし」と語るにぞ、藤太夫も心ざしを感じ、前非《ぜんぴ》を悔《く》いて互ひに盃くみ交はし、一門のちなみをなしけるより、互ひに富貴の身となりて、今に栄花《ゑいぐわ》も尽きせずぞありける。

あらすじ　農民の喜内は正直で人望もあったが、どんなに働いても貧乏であった。そのため、生活にも行き詰り、田畑を売却することになる。これを欲深い隣人の藤太夫が聞きつけ、庄屋の使用人と結託し、他を退けて安く買い取ることを計画する。商談の際になって、突如代金からさらに年貢の未納分を差し引いて値切られるが、喜内は不本意ながらも承諾する。その夜、喜内は妻の説得を押し切り、藤太夫の家の前まで行って放火しようとするが、藤太夫の妻の出産が間近となる光景を見たために思いとどまる。その後、喜内はわずかな元手で商売を始めて裕福になるが、その一方で藤太夫は、天災や投資の失敗によって困窮し、土地を手放すことになる。喜内はかつて自分がひどい仕打ちを受けたように、土地の買い手となって藤太夫に同じ仕打ちをする。藤太夫も恨んで放火を思い立ち、喜内の家の前に行くが、妻のお産の準備の最中であったため、放火の道具を溝に捨てて帰宅した。翌朝、家の外に捨ててあった証文によって、喜内はそれに気付き、藤太夫のもとに行き、自分のこれまでのいきさつを語り、互いに前非を悔い、和解のしるしに、互いの子を将来結婚させる約束を交わし、後に両家は繁栄した。

見どころ・読みどころ ――重なり合う因果――

誰かの策略によって不条理な目に遭った時、人として、どのような行動をとるべきだろうか。そのようなことを教えてくれるのが、この話である。だが、それは教訓譚としての一側面に過ぎず、それでは怪談とは位置付け難い。喜内がかつて経験した苦い体験を、藤太夫も同様に味わうという、不幸な巡り合わせの重なりによって幸福が生まれる、このことこそが神秘であり、またとない偶然こそがこの話の主題であり、この怪談集に収められた所以《ゆえん》であろう。

針敲（『人倫訓蒙図彙』）

これは『輟畊録《てっこうろく》』の左記の一話を典拠とするが、見せ場の一つは、喜内の妻が彼を諌める場面である。むろん、内容は典拠のそれを総括したものだが、あえて「空也上人」の名を挙げ、これを主軸とした、仏教色の強いものに転じたのが特徴的である。『人倫訓蒙図彙』（巻七）にもあるように、これには、念仏申《ねんぶつもうし》や鉢敲《はちたたき》といった芸能者たちが、空也の教えを説きながら、元禄の京都市中を往来していたという影響もあるだろう。また、元禄三年（一六九〇）には、鉢敲の人々が信仰の拠点としていた空也堂（貴船神社近く）が、大風のために倒壊したという事件もあったようだ（「片岡与吉家文書」）。これは、かつて空也が庵を結んだ跡地に、江戸時代の天和二年（一六八二）になってから、新たに建立した堂（『京羽二重織留』巻五）である。しかしながら、わずか八年という短期間で消滅したのだが、そのような点で珍名所として、周囲の耳目を集めたに違いない。しかし、話中にはそれを関連付けるものがないため、清貧のイメージとして、空也が用いられた可能性も捨てきれない。これを奇談とするべきか、教訓譚とするべきか、悩ましい話である。

典拠『輟畊録』第一三巻「怨みを釈て婚を結ぶ」

揚州泰興県の馬駝沙の農夫司大といふ者、其の里中の富人陳氏が佃《でん》家なり。家貧にして租を出だして以て主に輸《いた》すこと能はず。乃ち将に佃する所の田を以て他姓に転質せんとす。陳氏が田の傍らに李慶四といふ者有り。亦た佃種を業とす。潜《ひそ》かに主家の児に賂して約す。能く田を奪ひて我に与へて、以て陳氏に与へずんば、酬ゆる所の銭十倍の一を以て之を分く。家児素と事を用ひ、因《よつ》て利を以て其の主に啗《たぶら》かす。主聴きて田を奪ひて李氏に帰す。司固《まこと》に奈何《いかん》すべき無く、既に穀田相倅《ひと》しからざるを以て、其の直《あたひ》十の一を軽んず。司愈《いよいよ》不平なり。会に帰して李と嘗《かつ》て力を用ふる所及び為に券を立つる者と雞《にはとり》を殺して酒を飲む。司因て之《ゆ》く所に随ふ。李司を却《しりぞ》けんと欲す。輒《すなは》ち先づ一巵《し》の酒を将《すす》めて之に飲ましむ。司忿恨《ふんごん》して去る。妻に対して李と怨仇《えんきゆう》する所以《ゆえん》の故を語る。妻苦口に諫《いさ》めて曰く、「吾が窮することは命なり。奈何《いかん》ぞ人に仇せんや。」聴かずして夜炬火を持ちて往きて其の家を焼く。忽ち内に人の娩有るを聞き得て、司竊《ひそか》に念《おも》ふらく、「吾が讐する所の者は、其の家公なり。何が故ぞ其の母子を殺さん。」遂に火を溝中に棄てて帰る。

司以て生を養ふ計と為すこと無く、償ふ所を銭に即きて豆乳醸酒を為《つく》りて貨売して、以て食に給じ、久しくして復た乏絶せず、更に自ら余有り。而して李、日に益《ますま》す貧なり。十年を更《へ》て、李復《ま》た佃する所の田を出だして、陳氏に質す。司還《かへ》りて李が計を用ひて、其の田を復す。過種の銭前に比べて又其の一を損ず。券を為すこと悉く前に値《あ》ふ。人相ひ視て驚嘆す。司李が為に辱《はづか》しめらるるの時を紀す。今幸ひに一報を可《き》き、復《ま》た遂《つい》に雞酒を具《そな》へて飲むこと亦た之の如し。李前過を忘れて自ら責めず。反《かへ》りて己を薄くすることを怨みて怒甚《いかりはなは》だし。司が家に抵《いた》る。司が妻方に蓐《しとね》に就く。帰りて膏火《かうくわ》を破盎の中に積みて、夜司が家に抵《いた》る。

李猶予する間、人の戸を啓《ひら》くを聞きて事覚せんと懼《おそ》れて火を遺《す》てて亟《すみや》かに走る。而るに司家実に人有らず。

旦《あした》に火器を場中に得て験するに器底に李の字有り。因て悟る、昔我彼の家を焚《や》くに、其の家人子産むを以て、焚くことを欲せず。今彼我が家を焚く、而して我が妻亦た子を産みて焚かれざることは、此れ天なり。人に非ず。銭五千を持ちて李に往きて曰く、「昨日、小人状無く礼義を失す。共に飲むを得ず。茲《ここ》に願はくは、少しく謝意を伸《の》ぶ。幸ひに過を督《ただ》すこと毋《な》かれ。」李紿《あざむ》くことを疑ひ、疾臥して起きざるを以てす。強《しい》て請ひて已《や》まず。遂に同じく酒家に之《ゆ》きて酤《こ》児を邀《むか》へて与《とも》に飲む。酒半ばにして自ら起ちて酒を酌みて李に勧めて曰く、「子の孫某年月日夜子時に生まれて、吾が子も亦た夜者子時に生まる。怨仇の事慎みて復た為すこと勿れ。」具《つぶ》さに前の仇する所の事を白《い》ひて、酒を濺《そそ》ぎて誓ひを為して酤児に語りて曰く、「子之《なんぢ》を識《し》れ。試みに此れを用ひて世間の人の不善を警《いまし》めて、慎みて為すこと勿《なか》れ。」劇《には》かに飲みて歓を尽くす。乃《すなは》ち更に約して婚姻を為す。是より李亦た貧ならず。両家今に至りて豊給す。

此れ至正初元の間に在り。吾、司氏の婦が極めて諫むると、司氏が慮を易《か》ふる時とを謂《おも》ふに、固に以て之を監《かんが》み、所以《ゆゑ》に李復た害を加ふべからず。向《さ》きに司氏をして決して欲する所を快くせしめば、未だ必ずしも能く田を復せじ。縦《たと》ひ田を復すとも、未だ必ずしも其れ禍無からじ。一念の善従ひて両家の子孫皆其の利沢《りたく》を蒙《かうむ》る。書に曰く、「天道善に福し淫に禍す。」又曰く、「惟だ上帝常ならず。善を作《な》さば之に百祥を降《くだ》し、不善を作さば之に百殃を降す。」嗚呼、天豈人に遠からんや。天豈人に遠からんや。

【文献ガイド】

＊中西宏次「近世岩倉の茶筅師村」（『京都精華大学紀要』四二号、二〇一三年）

挿絵　左の家では、土地売買の交渉が行われ、損をする者がいた。右の家では、嫁が産気づき、産婆が呼ばれ、めでたい雰囲気だが、外には恨みがましい男がたたずむ。策略により、損をさせられた男が再起した時、復讐相手が過去の自分と同じ窮地に立たされる。その時に男の取った行動が、すべてを変え、奇跡を起こす…。

挿絵

絵姿の女性に一目会いたいと、男が一途に願い続けた。その結果、高名な浮世絵師の菱川師宣が描いたといわれる美人画の屏風から、女性が実物となって飛び出した。

なぜ、このようなことが起こり得たのだろうか。

巻四の四　絵《ゑ》の婦人《をんなひと》に契る

付けたり　江戸菱川が事

世に名画《めいぐわ》と言はれて神《しん》に通《つう》じ妙《めう》を顕《あらは》す事、古今《ここん》その類《たぐひ》多くのせて和《わ》漢《かん》の記録にあり。これらの妙《めう》を得たりと言はるる人の書ける物は、花《くわ》鳥人物《てうじんぶつ》ことごとく動きて[1]絵絹《ゑぎぬ》を離れ、おのがさまざまの態《わざ》をなす事、真《しん》と同じくして変はる事なしとぞ。されば、古《いにしへ》より言ひ伝へたるは、さらにも言はじ。今の代に名高く風流《ふうりう》の絵を書きて、[2]遠国《ゑんごく》波涛《はたう》の末《すゑ》[3]、鯨《くじら》寄る夷《えぞ》の千嶋《ちしま》の果て迄も、[4]仇《あだ》なる丹青《たんせい》の色に心を苦しめ、物言はず笑はぬ姿に魂《たましゐ》を痛《いた》ましむる事ありて、これがために[5]千金を費《つい》やし、万里《ばんり》の道を遠《とを》しとせず。[6]誠《まこと》の色を尋ね、風流《たはれ》たる方に心ばせを奪《うば》はれて身を[7]放埒《はぶら》し、家を損なふの大きなる愁《うれ》へを求むる物あり。

そのおこる所を尋ねるに、[8]武州《ぶしう》江戸村松町《むらまつてう》二町目に住みて、[9]菱河《ひしかは》吉兵衛と名乗る人ぞ、最もこの風流の手《て》には妙《たえ》なりける。草木鳥獣《さうもくてうじう》の事は心を動かすに足らずとして、多く人物の情《じやう》を心に込め、さまざまと悟道《ごだう》の眼《まなこ》を開き、まづ、[10]さかい町、[11]木挽町《こびきてう》、[12]ふき屋町などの[13]四芝居《よしばゐ》に入り込み、若女方、若衆方それぞれの身振りを焼《や》き、筆に写し、[14]暮れかかる空の月とともに、[15]金龍山《きんりうざん》の晩鐘《いりあい》を耳の端《は》にかけぬ日もなく、[16]妹《いも》

1 日本画用の正絹画布。
2 都から遠く離れた辺鄙な所。
3 鯨が来るような、辺鄙な島々。「夷の千嶋」は北海道の北にあるとされていた。
4 艶めかしい絵の具の色。
5 金銭や時間の労を惜しまない。「万里の道を遠しとせず」と合わせた対句表現。
6 本当の色恋。7 落ちぶれさせ。8 東京都中央区東日本橋。9 ?〜元禄七年（一六九四）。菱川師宣で知られる浮世絵師。吉兵衛は俗称。
10 中央区日本橋人形町。歌舞伎の中村座が興行。11 中央区銀座五丁目あたり。歌舞伎の山村座、森田座が興行。
12 葺屋町。日本橋人形町三丁目。市村座が興行。
13 歌舞伎の芝居小屋、中村、市村、山村、森田座をさす。

背《せ》の山の中に落つる吉野の川の類《たぐひ》にはあらねど、流れは同じ吉[17]原《はら》の大《おほ》門口《もんぐち》、[18]ふしみ町のさしかかり、蔦屋《つたや》が軒《のき》より石筆《せきひつ》にくろめて、[19]江戸町《えどてう》二町目、[20]さかい町、[21]すみ町、[22]京町、[23]新町《しんてう》、[24]らしやう門、[25]西河岸《かし》の端《はし》の末々迄《すゑずゑ》、それぞれの風俗《ふり》を写し初《そ》めけるより、絵本は心のむかふ所に浮《う》かみ、筆は人物《じんぶつ》のありのままを色どりしかば、そのころ武蔵一国に生まれ、色を重《おも》んずる好事《かうず》の者、あるひは[26]垂乳根《たらちね》の親《おや》[27]しさぐれば、心にもあらぬ直家籠《ひたやごも》りに見し面影をしたひ、またはみちのくに[28]咲くといふなる金《こがね》の種枯れて、身一つさへ育つに所せき人の、「せめて、うちむかふ鏡の影《かげ》よ」と泣きみ笑ひみ、ありし夜の契りかきくどき、物狂おしき胸を休めんためとて、多くこの家に来りつつ、[29]懇望《こんもう》の手を束《つか》ね、機嫌の隙《ひま》を窺《うかが》ひて、画図《ぐはと》の風流を好むもの少なからず。これによりて、世に菱河《ひしかは》が絵姿といふ筆の名残多く、ここかしこに充《み》ち満《み》てり。

ここに、[30]洛陽室町《らくやうむろ》の辺《ほとり》に、篤敬《とくけい》といひける書生あり。[31]講談《かうだん》に通ひける道にて、軟障《ついたて》の古きを見て買ひ求め帰りぬ。さて、何心《こころ》なくこの軟障を見るに、片面《かたおもて》に美しき女《をんな》の姿絵《すがたえ》あり。年のころ十四五ばかりに見

14　『新古今和歌集』秋上・三五八・良経「暮れかかるむなしき空の秋を見ておぼえずたまる袖の露かな」による。
15　台東区浅草の浅草寺の山号。
16　妹背山は奈良県吉野町の吉野川を隔てて相対する二山。『古今集』恋五・八二八・読み人知らず「ながれては妹背の山のなかに落つる吉野の川のよしや世の中」による。
17　台東区千束にあった遊郭入口の門。18　伏見町。吉原の大門口を入って左手。散茶女郎の店があった。19　吉原中之町を挟んだ東側の町名。20　堺町。吉原の町名で、伏見町とともに、小路を開いた名主夫婦の出身地にちなんで呼ばれた。21　炭町。吉原の中央東側の町。22　吉原南端の東側の町。京都出身の揚屋が多

えて、目元口元髪のかかりより、衣紋《えもん》つき、立ち姿、詞《ことば》も及ばずしほらしく書きなし、彩色《いろどり》鮮やかに[32]芙蓉《ふやう》のまなじり恋《こひ》を含み、丹花《たんくわ》の唇《くちびる》さながら咲《ゑ》みを顕《あらは》し、懐《いだ》かば消《き》えぬべく、語らはば物をも言ひつべきさまなりけるに、篤敬つくづくと見とれ、心ばせを迷《まよ》はせてしばらく詠《なが》め居たりけるが、「さりとも、かかる女も世にあらましかば、露の間の情けに百年《ももとせ》の身はいたづらになすとも、逢《あ》ふに替《か》ゆるとならば惜しからじ物」と、これよりひたすらに恋となり、起き臥《ふ》し面影を身にそへ、仮《かり》なる姿にかきくどきつつ病《や》みわたりけるを、これに親しかりける人、このよしをほの聞き、あはれにやさしき心ざしを感じて、教へて言ふやう、「君この姿を知れるか。これは菱川が心を尽くし、気を詰《つ》めて、直《ぢき》にこの人に向かひてこの姿を写せしなり。されば、この絵には魂を移したりと言ひしとかや。この人の名をさして、他念《たねん》なく常に念じ呼び給はば、かならず答《こた》ゆべし。その時、百軒が家の酒を買ひ取り、この姿にそなへ給はば、この人かならず絵の姿を離れて、誠の人となるべし」とねんごろに教へて帰りぬ。

いための呼び名。

23　京町二丁目の異称。上方の遊女屋が移って新しく町を開いた。24　羅生門。吉原の江戸町二丁目から京町二丁目までの東横町河岸。小格子見世があった。25　吉原の周囲の堀の西端。下等な切見世があった。26　「母」、「親」にかかる枕詞。27　零落すれば。

28　『万葉集』一八・四一二二、『夫木和歌抄』雑部一四・一五二七三「金」・家持「すめろぎの御代栄えむとあずまなるみちのく山にこがね花咲く」による。

29　切望して手をこまねいて。

30　京都市上京区室町通のあたり。31　書物や教義などの講釈。32　蓮の花のように清らかで涼しげな目元、赤く美しい唇。美人を形容する表現。

篤敬世《よ》に嬉しく思ひ、毎日に念じ、心を尽くして呼びけるに、果たして応諾《こたへ》をなしたり。急ぎ酒を百軒に買ひて、この前にそなへける時、不思議や、この姿地《ぢ》を離れ、しとやかに歩み出でぬ。絵に見つるは物かは。物ごし爪《つま》[33]はづれより心ばへ情《なさけ》の程、またたぐふべくもあらず。終《つい》に偕老《かいらう》[34]の衾《ふすま》[35]の下に、「変はるな」、「変はらじ」とかね言《ごと》[36]の末永く、本意《ほい》のごとくの縁《えん》を結びしも、珍しき例《ためし》にぞありける。

御伽百物語巻之四終

33　態度、行儀。
34　年老いるまで夫婦が連れ添うこと。
35　就寝時に体に掛ける夜具。
36　約束の言葉。

あらすじ　名画が不思議な力を発揮することは、我が国はもとより中国の記録でも広く知られている。有名な浮世絵師の菱川師宣の絵もまた素晴らしく、多くの役者や遊女たちの姿を生き生きと描き、世に広く知られ、伝わっている。京都の書生篤敬は、一つの古い衝立を買い求めた。それは美女の姿絵で、彼はその美女に一目惚れし、ぜひとも本人に逢いたいと願う。友人からこれは有名な絵師菱川師宣の絵で、念がこもっているため、毎日強く念じて美女の名を呼び続ければ、それが絵から抜け出し、同時に百軒の酒を買い取って供えると、本当の人間になると教わる。その通りにすると、美女は衝立から抜け出し、二人は仲睦まじい真実の夫婦となった。

見どころ・読みどころ　――怪談に利用された浮世絵師――

ダビンチのモナリザ、フェルメールの真珠の耳飾りの少女など、洋の東西を問わず美女の名画は存在し、それらには心奪われるような魅力がある。日本では菱川師宣の見返《みかえり》美人図《びじんず》が有名であり、この話の菱河吉兵衛とは、まさにこの人のことである。師宣は浮世絵の草創期を代表する絵師で、多くの風俗画を残し、美人画を得意とした。延宝から貞享期（一六七三～一六八八）を中心に活躍したが、元禄七年（一六九四）に没する。この話の冒頭は、元禄時代を代表する美の巨匠が生きた証を、この世に広く伝えようとした、作者の気概が感じられる、賛辞一色の表現で始まる。

この話は、左記の『輟畊録』の一話を典拠とする。衝立の美女に恋した男が、これを実際の妻にする部分は共通するが、結末は大きく相違する。典拠では、夫が妻のことを怪しんだために怒りを買い、子を連れて再び絵に戻る。この話ではそれをハッピーエンドに変更し、実際の師宣の絵に勝るとも劣らない、世にも美しい不変の恋の物語となった。これに感動した読者の一人が、小泉八雲（ラフカディオ・ハーン）である。巻二の二と同様に、八雲はこれも同じく『影』という短編集に、「衝立の乙女（“The Screen-Maiden”）」という一話に仕立て、「古い日本の作者、白梅園鷺水」の話として、英文で海外に紹介している。これとほぼ同じ内容だが、八雲なりの解釈が随所に見られ、「日本の語り手」である鷺水に対するユニークな疑問も差し込まれているため、併せて読まれることをお勧めしたい。

典拠『輟畊録』第一一巻「鬼室」（後半のみ）

近ごろ杜荀鶴が『松窓雑記』を読むに云く、唐の進士《しんじ》趙顔、画工の処に於いて一軟障の図を得たり。一婦人甚だ麗なり。顔画工に謂ひて曰く、「世に其の人無し。如《も》し生ぜしむべくんば、余願はくは納《い》れて妻と為《せ》ん」と。工曰く、「余が神画なり。此も亦た名有り、真真と曰ふ。其の名を呼ぶこと百日、昼夜歇《や》めざれば即ち必ず之に応ず。応ずれば百家の綵灰酒を以て之に灌《そそ》げば必ず活す」と。

顔其の言の如くす。乃ち応じて「諾」と曰ふ。急ぎ百家の綵灰酒を以て之に灌ぐ。遂に活して下り歩んで言笑飲食すること常の如し。終歳に一児を生ず。児、年両歳、友人曰く、「此れ妖なり。必ず君が与《ため》に患《わずらひ》を為ん。余に神剣有り。之を斬るべし」と。其の夕《ゆふべ》、顔に剣を遺《おく》る。剣纔《わづ》かに顔が室に及ぶや、真真乃ち曰く、「妾《わらは》は南岳の地仙なり。無何にして人の為に妾の形を画《えが》かる。君又た妾の名を呼ぶ。既に君が願ひを奪はず。今妾を疑ふ。妾住《とど》まるべからず」と。言訖《おは》りて其の子を携へて却《しりぞ》きて軟障に上《のぼ》る。其の障を観るに、惟《た》だ一孩子を添ふ。皆な是れ画なり。

【文献ガイド】

＊上田和夫訳『小泉八雲集』（新潮文庫、新潮社、一九七五年）＊森田直子「青木鷺水「絵の婦人に契」とラフカディオ・ハーン「衝立の乙女」」（『比較文学』四二号、二〇〇〇年三月）＊浅野秀剛『菱川師宣と浮世絵の黎明』（東京大学出版会、二〇〇八年）＊『新版　色道大鏡』（八木書店、二〇〇六年）＊延広真治「三遊亭円朝「奴勝山」と絵姿女房譚」（前田雅之・青山英正・上原麻有子編『幕末明治　移行期の思想と文化』勉誠出版、二〇一六年）

※大坂で知られた五人のかぶき者。雁金文七、庵の平兵衛、極印千右衛門、雷庄五郎、最手の市右衛門。元禄一五年（一七〇二）八月、獄門に処せられた。

挿絵

巨大な鬼が男を連れて行く先は、もちろん地獄である。しかし、そこで見せられたのは、かつて花街で悪さをし、諸人に多大な迷惑をかけたかぶき者、難波五人男たちのリーダーの悲しい過去であった。彼らが悪に向った理由とは……。

巻五の一　花形の鏡

並びに難波※五人男が事

摂州難波《せつしうなには》の津《つ》白髪町《しらがまち》[1]といふ所に、阿積桐石《づみたうせき》[2]とかや聞こえし人は、昔《その》往《かみ》儒医《じゆい》の誉《ほま》れありて一度《ひとたび》は仕官《しくわん》[3]をも勤《つと》め、富貴《ふうき》の栄耀《えいよう》をも究《きは》めつるが、さる子細《しさい》ありてこの所に引き込み、逼塞《ひつそく》[4]の身となりけるままに、今は世渡るたつきなくては、今日の命を育《はごく》むべき術《みち》を知らず、「さらば身《しん》命《めう》を継ぐべくは、学《まな》び得つる儒の道を広むるにあらずしては」と思ふより、「今の俗《ぞく》多く、鬼神《きじん》[5]の説《せつ》に泥《なづ》み、淫祀《いんし》[6]にまみれ、儒学の名をいたづらに蒙《かうぶ》るのみにて、誠《まこと》は釈氏《しやくし》[7]の旨《むね》を是《ぜ》とする者、数知らずあるなれば、まづこの輩《ともがら》を驚覚《きやうがく》して、正しき道にすすめんにはしかじ[8]」と自《みづか》ら工夫仕出し、無鬼論《むきろん》[9]といふものを作る事あり。

草稿半《さうかうなか》ばに至りて気疲れ、心倦《う》みけるままに、しばらく卓《つくへ》に凭《よりかか》りて眠《ねぶ》りけるに、夢ともなく現《うつつ》にもあらず、忽然《こつぜん》として桐石が前に人あり。手を指《さ》し述《の》べて、桐石が臂《ひぢ》をしかと捕へ、引き立てんとする程に、振《ふ》りあふぎて見るに、そのさま恐ろしく、長《たけ》は天井《てんじやう》につかゆる程もあるべし。二つの眼《まなこ》は、姿見の鏡に紅《くれなゐ》の網《あみ》を懸《か》けたる如く血走り、角《つの》は銅《あかがね》の榾《ほた》を並べしやうに生《お》ひ出《い》で、髪と思しき物は、銀《しろがね》の針《はり》を振《ふ》り

1　大阪市西区北堀江。
2　儒学者の安積澹泊（あさかたんぱく）による名か。明暦二年（一六五六）～元文二年（一七三八）、『大日本史』編纂に関わる。ただし、経歴は新井白石に近い。
3　大名などに登用され、召し抱えられること。
4　零落して引き籠る身。いわゆる浪人。
5　鬼や化物。
6　いかがわしい神を祀ること。
7　釈迦。
8　これが一番だ。
9　神や鬼などの存在を否定する論。晋の阮瞻（げんせん）が唱えたのが始め（『捜神記』ほか）とされるが、ここでは書名に用いられた。

10　手足がぶるぶる震えて。
11　中途半端に。
12　誤った考え。
13　言うことをおとしめよう。
14　『論語』雍也による。孔子の鬼神への見解として知られる言葉。
15　地獄。
16　鉄の棒。
17　刀剣。
18　須弥山の南方海上にあるとされ、ここでは人間の住む世界をいう。
19　象牙製の手に持つ細長い板。
20　赤地に竜の刺繍がある服。日本では天皇が着用した。

かけて見え、牙左右《きばさう》に生ひたる口、耳のほとりまで裂《さ》けたるが、吃《きつ》と目見合はせけるに、身の毛弥立《いよた》ち[10]手足戦慄《わななき》て、人心地もなくてうち臥《ふ》しぬと思ふに、この鬼の言ふやう、「[11]汝なまじゐの儒に迷ひ、道にそむきて、鬼はかつて無き物なりと[12]僻案《へきあん》に定め、猥《みだり》に後輩《かうはい》を欺《あざむ》き、世を惑《まど》はすの説を設《まふ》け、己《おの》が[13]口吻《こうふん》をやすくせんとするや。[14]鬼神《きじん》をば敬《けい》して遠《とを》ざくと言はずや。今汝知《ち》ありとも、孔孟《こうまう》に及ぶ事あたはじ。さるによりて、吾ここに顕《あらは》れ、汝を連れて[15]黄泉《くわうせん》の庭《には》に至り、善悪応報《ぜんあくおうほう》の道あるやうを知らせんずるぞ」と終《つい》に桐石が腕《かいな》を取りて提《ひつさ》げつつ、飛び上がるとぞ見えしが雲に乗り、風に随《したが》ひ、四五里が程も行くと思ふに、一つの大きなる門に着きぬ。その構《かま》へ、例へば難波《なには》にて見馴《な》れたる城の如し。白き赤き鬼ども[16]鉄杖《てつぢやう》を取り、[17]剱戟《けんげき》を構へ、大庭《おほには》に居並《いな》みたるありさま、恐ろしなんども言ふばかりなし。

かくて、桐石を階《きざはし》のもとに引きすゑ、雷《いかづち》のやうなる声《こゑ》を出《いだ》し、「[18]南瞻部州《なんせんぶしう》大日本難波津《なにはづ》の書生、桐石を召《め》し捕り参りたり」と罵《ののし》る。しばらくありて、奥より玉の冠《かんぶり》をいただき、[19]牙《げ》の笏《しやく》を取り、[20]袞竜《こんりやう》の服《ふく》、威儀《いぎ》を正したる人しづかに歩み出で給ひ、[21]玉扆《ぎよくい》に座し、左右《さう》の[22]侍《じ》衛《ゑい》、[23]百官《くはん》の列《れつ》おごそかに座して後《のち》、この王《わう》桐石に詔《みことのり》して宣《のたま》はく、「汝愚迷《ぐめい》の才に誇り、みだりに無鬼の邪説をなす。この故に、今汝を召し寄せ、[24]暗昧《あんまい》の機《き》を破《は》せしめんとす。速《すみ》やかに帰りて有鬼論《うきろん》を作るべし。急ぎ彼を率《ひき》いて、地獄《ぢごく》ある事を見せしむべし」と宣ひもあへぬに、[25]獄卒《ごくそつ》桐石を引きて一つの所に至れり。

例へば、[26]仁徳《にんとく》の社の如き構《かま》へにして金銀を鏤《ちりば》めたるが、その宮中《きうちう》に五葉《よう》の花形したる鏡ありて、[27]玻璃《はり》の台《うてな》にすゑられたり。走りてこの鏡にむかはんとする時、鬼の曰く、「生《しやう》ある物、謹《つつし》んでこの鏡に向かふべからず。これはこれ、[28]浄玻梨《じやうはり》なり。人間一生の内犯《おか》せる所の罪悪、ことごとく遷《うつ》るが故に、もし汝これに対《むか》ひ罪悪の相を現《げん》ずる時は、二たび生を得て娑婆《しやば》に帰る事あたはじ」と教へしかば、桐石も身震《みぶる》ひして控へたる所に、手足は疲《つか》れ痩《や》せて糸の如く、腹は[29]茶磨山《ちやうすやま》を抱《かか》へたらんやうになりたる者五人、男女《なんによ》の差別《しやべつ》は知らずよろぼひ来《きた》るを、情《なさけ》も知らぬ獄卒ども、鉄杖を以てさんざんに打ち立て打ち立て、この鏡の

21 天子の玉座。
22 護衛の人。
23 諸々の役人。
24 暗く明らかでない心の動き。
25 亡者の罪を責め立てる鬼。
26 大阪市中央区博労町にある難波神社。
27 水晶の台。
28 死者の生前の所業を映し出す鏡。

29 大阪市天王寺公園の丘。大坂冬の陣、夏の陣の舞台。

30　無法な行為をする者。かぶき者とも。
31　首謀者。
32　難波五人男の一員、神鳴庄九郎。
33　北区中津及び淀川区新北野。
34　北区曽根崎の露天神社。
35　ここでは雷を落とす車をいう。
36　朝服の一つで束帯の略装。

前に追ひ進ましむ。「いかにぞや」と思ふに、不思議や、この鏡の葉《えう》毎《ごと》に、五人が罪おのおの別れ、あらはれたるにて知りぬ。

「近きころ、難波の津に男伊達《おとこだて》と聞こえし、五人の[30]暴れ者の亡魂なり」と思ふに付きて、不便《ふびん》さいやまして詠《なが》めけるに、まづこの男伊達の[31]張本《ちやうほん》、[32]庄九郎といひし者の出生は[33]三番村なりしが、この親ある時田畠《でんばく》の事につきて、所の者と争《あらそ》ひをなし、庄屋を相手に取り、公事《くじ》を仕りけるにつき、訴状《そでう》を懐《ふところ》にして大坂の方へ趣《おもむ》きける道にて、何とかしたりけん、腹の痛《いた》む事頻《しき》りなりしかば、[34]曽根崎《そねざき》の天神に参り、しばらく拝殿《はいでん》に休み居たりけるが、いつとなく少しまどろみける夢心《ゆめごころ》に、騎馬《きば》の人あまた、この社《やしろ》に入り来たり。案内して言ふやう、「三番村の地神《ぢしん》、しばらくの間、[35]雷車《らいしや》を借り申したき由の御使ひに参りたり」と言ふを、内より[36]衣冠《いくわん》の人四五人して、小さき車を押し出して使者に借しけると見て、夢覚めたり。

急ぎ帰りて、近辺《きんべん》の村にも言ひ聞かせ、我も麦のころなりしかば、さし急ぎて悉《ことごと》く刈り込みけるに、程なく二三日過ぎて、大雨雷電《らいでん》おびただしく、洪水逆巻《こうずいさかま》きて、[37]中津《なかつ》川なども溢《あふ》るるまで、その辺《ほとり》の逆《さか》水はせ流れしかば、庄九郎が親の詞《ことば》を信じて、麦を早く刈り入れし者は[38]奇特《きどく》の思ひをなし、この詞を誠しからず思ひて、そのまま置きし者は、却《かへ》つてこの事を悪しく言ひなし、「庄屋に仇《あだ》あるを以て[39]山伏《やまぶし》を頼み、祈らせたり」などと言ひ触れしかば、かねて怨敵《おんてき》と成りける庄屋、これに力を得、悪しきさまに取りなし、訴《うつた》へのたねとなせしより、庄九郎親子は所を追い立てられ、この難波の町に住みけるより、この事を病《やまひ》として、終《つい》に親は世を早う去りしかば、庄九郎いよいよ悪念に長じ、この報《むく》ひをなすべく思ひ立ちける所存《しよぞん》に、まづ同じ心なる友を勧め、男伊達《おとこだて》と号《がう》し、臂《ひぢ》に[40]黥《いれぼくろ》して、その党を結びける詞に曰く、

生きて父母の勘道《かんだう》を恐れず。死して獄卒の責めを怕《おそ》れず。
千人を殺して千の命を得たり。

と彫りて、朝暮《あけくれ》力技、小太刀、柔《やはら》に身を任せ、「いづくにもあれ、我が仇《あだ》せんと思ふ三番村の者とあらば、出合ひ次第に」と心を尽くし、常に大脇指《おほわきざし》を離さず、夜な夜な[41]新町、[42]しじみ川、[43]道頓《だうとん》堀のあたりを浮《うか》

37 淀川の下流の一つ。
38 霊験あらたかに不思議な。
39 加持祈祷をする修験者。拝み屋の一つ。
40 刺青、入墨。『酉陽雑俎』巻八「黥」には、町にたむろして悪さする不良たちは、皆入墨をしており、一斉に検挙されて処刑された話がある。
41 西区新町通にあった遊郭。
42 北区新地本通。現在は暗渠。
43 中央区道頓堀沿いの繁華街。

44　北区北浜。
45　船積の荷物を陸揚げ作業する人足。
46　西区江之子島。
47　東区横堀四丁目。西横堀東岸の片側町。

48　世の中が静かで落ち着いている。
49　長く戦いを見ることなく。
50　図に乗って、調子づいて。
51　善導の『般舟讃』による。これを称える時、すべての罪障煩悩を断ち切る。
52　『観無量寿経』より。極悪人を救う道は、称名念仏して極楽往生する以外にはない。
53　同じ仏が居る場所によって、法華、阿弥陀、観世音菩薩と

岩《れ》ありき、ある時はか弱き上気男《うはきおとこ》、または[44]北浜の[45]中衆《なかしゆ》、[46]阿波座堀《あわざぼり》、[47]長浜町辺《ながはまてうへん》の船子など、少しも天窓《あたま》を上ぐる気色なる者あれば、自然の時の稽古《けいこ》にと思ひて、手ひどくあたりて見るに、十人に八九は今の世[48]の静謐《せいひつ》に習ひ、[49]久しく干戈《かんくわ》の光を見ず、ただ明け暮れたしなむ道は、髪形《かたち》を物数奇《ずき》し、衣類、腰の物まで表向きの端手風流《はでふうりう》を尽くして、菟《と》角《かく》女に思ひつかれん事を願ふ浮世《うきよ》なれば、人の見ぬ所にては少々踏《せうせうふ》まれたりとも、仇すべき心なき物のみ多ければ、庄九郎いよいよ[50]勝《かつ》に乗り、「さては、我強みの心にあたりて、敵対《てきたい》すべき者なし」と独《ひと》り咲《ゑ》みせられ、いよいよ無法に募《つの》り、友と語らひ、人の怕《おそ》るるをおもしろがり、ひたとここかしこにのさばりしより、今はいつしか仇を報ぜんと思ひ立ちし心ざしをも忘れ、悪には進みやすく、ここの橋にたたずみ、かしこの廓《くるわ》に邪魔《じやま》をなし、暴れありきける始めより、刑罰《けいばつ》にあひたりし夕《ゆふべ》までの罪業《ざいがう》、すべて三千七百ヶ条《かでう》の科《とが》、悉《ことごと》くこの鏡にあらはれ、仮《かり》にも念仏の後生《ごしやう》を助かるべき善事、いささかもなかりけるが、せめて死期《しご》に及びて前非《ぜんぴ》を悔《く》ひ、多念《たねん》なく一称《せう》せし念仏の功徳《くどく》あり。

されば、経文《きやうもん》の心によらば、[51]利剣即是弥陀号《りけんそくぜみだがう》、一称称念罪皆除《いっせうせうねんざいかいぢよ》といひ、[52]極重悪人無他方便《ごくぢうあくにんむたはうべん》、[53]三世利益同一体《さんぜりやくどういったい》などありといへども、今この五人の者ども真実の信をおこし、[54]弥陀の名号《めうがう》を唱《とな》ふるとならば、[55]一念十念の功力《くりき》あやまたず。右この無量《むりやう》の罪《ざい》を消滅《せうめつ》すべきに、死期《しご》に至り命簿《めいぼ》極まりて念仏し、加護を頼みても悪心を翻《ひるがへ》すべしの願《ぐわん》をおこし、「今しばらく命を御助け給はれ」と、娑婆に欲ある心ざしにて唱へたる念仏ゆへ、もつともその功徳薄し。薄しといへども、大悲《だいひ》の誓願《せいぐわん》むなしからねば、この一遍《へん》の念仏によりて千七百ヶ条の罪《つみ》を逃れ、[56]阿鼻《あび》大城《だいじやう》に落つべき罪人《ざいにん》なれども、炎魔《えんま》の庁《てう》の沙汰《さた》に免《ゆる》され、[57]畜生道《ちくしやうだう》の内におゐて[58]梟《ふくらう》の身に生《しやう》を請《う》けさせ、[59]二万劫《ごふ》を経《へ》て人間に返すべしとの勅《ちよく》あるに任せ、おのおの獄卒ども、かの五人を引き立て、また雲に乗りて行くとぞ見えしが、庭鳥《にはとり》の時を告ぐる声、[60]大福院《だいふくゐん》の鈴の響きに夢覚めて見れば、白髪町の明《あ》けぼののほがらに、桐石は机にもたれながら、うつぶしに臥せり。妻はかたはらに、丸寝したるばかりにてぞありける。

名を変えているが、三者は同一で現在過去未来それぞれの利益は同じ。慧思禅師作という偈「昔在霊山名法華、今在西方名阿弥陀、娑婆示現観世音、三世利益同一体」（『孝養集』など）によるが、謡曲「朝長」、「盛久」、「道明寺」、「高野物狂」などにもある。

54　南無阿弥陀仏。

55　念仏の数に限らず、等しく極楽浄土に行けるという、浄土宗の教えの効き目。

56　大罪を犯した者が落ちて苦しむ地獄。

57　禽獣虫魚の世界。

58　不吉な動物とされ、斬首を連想させた。

59　きわめて長い年月。

60　南区三津寺の呼称。

あらすじ　かつて儒医として仕官したことのある阿積桐石は、さる事情で浪人となり、「無鬼論」を執筆する。草稿半ばで疲れて眠くなると、鬼が目の前に現われ、黄泉の庭に連行される。そこで閻魔大王から、鬼神を無いものとする考えを改め、「有鬼論」を作るように命じられ、証拠に地獄を見せられる。豪華な社のような建物には、生前の罪を映し出す五葉の花形の鏡があり、五人の罪人が連行されてきた。彼らは難波五人男という有名な暴れ者で、鏡の一葉に、首謀者の雷庄九郎が悪事に走る、悲しい経緯が映し出された。父親が曽根崎天神で偶然に、村の神が雷車を借りるのを目撃し、大雨になることを周囲に知らせたが、信じずに被害に遭った者から悪く言われ、村を追われて早死にしたことを恨んでのことであった。その他、多くの罪状が鏡に現れ、処罰が決まる段に及んで、彼らは必死に念仏を唱えたため、阿鼻地獄に落ちるのを免れた。夜明けを告げる鶏の声と大福院の鈴の音で、桐石は夢から覚めた。

見どころ・読みどころ　――鬼神否定の儒者――

孔子は、「怪力乱神を語らず」という言葉を残している。死後の世界や怪異に関しては、儒者たるものは発言を避けることを言う。だが、ここでの儒者は、正反対である。この話の趣向は、いわゆる地獄巡りである。代表的なものに『剪燈新話』巻二「令狐生冥夢録」、それを翻案した『伽婢子』巻四の一「地獄を見て蘇る」がある。また、『金鰲神話《きんごうしんわ》』（朝鮮時代初期、金時習作）の「南炎浮州志」（第四話）は、同じく『剪燈新話』を翻案する。この話はこれらを典拠とするが、独自の切り口であることに注目したい。

まず、ストーリーテラー（狂言回し）の儒者だが、その経歴にかつての仕官と浪人生活の情報を付加した点が特徴的である。高名な儒者に新井白石（明暦三年〈一六五七〉〜享保一〇年〈一七二五〉）がいるが、この経歴はこの人のそれに近しい。白石は後の六代将軍家宣《いえのぶ》に仕える以前は、大老堀田正俊に仕官したが失職し、二年の浪人生活を経験した。そのうえ、著書には『鬼神論《きじんろん》』（執筆時期不明）があり、この人物は白石をモデルとしたものと想定できよう。またこれによって、晩年と推定されていた『鬼神論』の執筆時期を、壮年期に早めることも可能となる。事実、この時期の白石は、すでに徳川綱豊（後の家宣）に仕官していた。そのため、このように政治的に重要な人物の実名を記すことは危険行為であろうし、「阿積桐石」に変えざるを得なかったのは、出版規制への相当の配慮とも解釈可能だ。

続いて、鏡の前の罪人たちに「難波五人男」、「伊達髪《だてがみ》五人男」で知られたかぶき者を用いた点である。暴力事件を繰り返すため、ある喧嘩を契機に、元禄一四年（一七〇一）六月に捕えられ、翌年八月二六日に全員処刑された。それをいち早く取り上げたのが、この話である。神鳴庄九郎の挿話は、『酉陽雑俎』の左記の一話を典拠としており、名の「雷」の縁で用いられたものと考えられる。

『伽婢子』の結末は、儒者が儒学を捨てて出家する、仏教唱導的な話としてまとめられている。一方、この話は『剪燈新話』同様、夢から覚める「夢オチ」という点で相違する。すべてを非現実の物に変換してしまうのが、文学における夢という装置であるならば、この機能によって、幕府の要職につく人物が登場し、その黒歴史が批判される話は、おそらくフィクションとして読まれたことだろう。

典拠『酉陽雑俎』巻八「雷」―三

（東洋文庫『酉陽雑俎』二巻三〇一）

李鄘《りよう》北都の介休県に在り。百姓解牒《かいてふ》を送りて、夜晋祠《しんし》の宇下に止まる。夜半に人有り、門を叩きて言く、「介休王、暫く霹靂車《へきれきしや》を借せ。某日介休に至り、麦を収めん。」良久《やや》しくして人有り、応へて曰く、「大王伝語す。霹靂車、正に忙し。借すに及ばず。」其の人再三之《これ》を借る。遂に五六人燭を秉《と》りて、廟後より出づるを見る。介休の使者、亦た門より騎して入る。数人共に一物を持す。幢扛《たうかう》の如し。上に旗幡《きはん》を環綴《かんてつ》す。騎者に授与して曰く、「点領すべし。」騎者即ち其の幡を数ふ。凡て十八葉。毎葉光有り。雷の起こるが如し。

百姓遍く隣村に報ず。速やかに麦を収めしむ。「将に大風雨有らんとす」と。村人悉く信じず。乃ち自ら収め刈る。其の日に至りて、百姓親情を率ゐて高阜《かうふ》に拠り、天色を候《うかが》ふに、午に及びて介山上に黒雲の気あり。窯煙《えうえん》の如し。斯須《ししゅ》にして天を蔽《おほ》ふ。雨を注ぐこと絙《かう》の如し。風吼《ほ》へ、雷震す。凡て麦を損すること千余頃。数村百姓妖を為すを以て之を訟ふ。工部員外郎張周封親《まのあた》り其の椎案《ついあん》を睹《み》る。

【文献ガイド】

＊麻生磯次『江戸文学と中国文学』（三省堂、一九四六年）＊竹内誠『元禄人間模様―変動の時代を生きる』（角川選書三一三、角川書店、二〇〇〇年）＊早川智美『金鰲神話―訳注と研究』（和泉書院、二〇〇九年）＊佐伯孝弘「近世前期怪異小説の諸相―「怪異を信じるか否か」という視点から」（『清泉文苑』第二九号別冊、二〇一二年三月）＊浅野三平『鬼神論・鬼神新論』（笠間書院、二〇一二年）

巻五の二 ※百鬼夜行《やぎやう》

並びに ※※静原山にて剣術を得たる人の慢心を戒むる事

富田無敵《とんだむてき》[1]とかやいひて、丹後《たんご》より京都《きやうと》にのぼり、剣術の師をする人ありけり。術《じゆつ》はもと陰流《かげりう》[2]にして、烏戸大権現《うどだいごんげん》[3]に顕《あら》はれ、僧慈音《じおん》[4]といひし者に伝へ給ひたりし妙手《めうしゆ》なりとぞ。これによりて、徳をしたひ業《わざ》を羨《うらや》みて、門葉《もんえう》に連ならん事を願ひ、秘受《ひじゆ》に預《あづ》からん事を思ふ人も少なからず。日夜《にちや》に一道の繁栄《はんゑい》をあらはし、朝暮《てうぼ》剣術の稽古《けいこ》やむ事なかりしかば、「これひとへに摩利支天《まりしてん》[5]、毘沙門《びしやもん》[6]の冥慮《めうりよ》[7]なり」と思ひ、月に一たび宛《づつ》は稽古の隙《ひま》を窺《うかが》ひ、日暮れてより鞍馬《くらま》[8]に参詣し、夜の内に僧正《そうじやう》[9]が谷《たに》を経《へ》て貴船《きぶね》[10]に下り、夜明けには必ず京なる宿に帰り着くを例《れい》の事とせり。

ころは元禄十年[11]の秋八月十四日の暮れ、月のおもしろきに誘《いざな》はれて例の参詣を思ひ立ち、二条堀河《でうほりかは》[12]なる家を出でて、暮れ方よりと心がけけるに、遁《のが》れざる用の事さし集《つど》ひ、初夜[13]の鐘とともに、ただ一人北を

※ いろいろな妖怪が列をなし、夜歩きすること。※※ 京都市左京区大原井出町の江文峠か。大原から静原村へ至る横断路。

1 剣術の流派、富田流と無敵流による名か。

2 室町末期に愛洲惟考が興した剣術。ここでは、念流の開祖慈恩が興したとする。

3 宮崎県日南市にある鵜戸神宮。愛洲惟考や慈恩が洞窟に籠って修行した。

4 念阿弥慈恩。室町初期の剣術の流派、念流の創始者。

5 三面六臂または八臂の女神。日本では武士の守護神とされた。6 七福神の一つで、怒りの形相。

7 はかりしれない神仏の考え。

8 左京区鞍馬本町にある鞍馬寺。本尊は毘沙門天。

さして行くに、「月は花やかに、光を惜しまず。東《ひんがし》の峯《みね》を分け、弓杖《ゆんづえ》[14]二たけばかりもやさし上りけん。明日の夜を今宵になしてと嘆《なげ》きしは、小町[15]が願ひなりしぞかし。その夜はいかばかり雲覆《おほ》ひけん。今日《けふ》[16]の今宵に会はましかば」などと思ふにつけて、

　月[17]見ればなれぬる秋も恋しきに
　　我をば誰か思ひ出づらん

など言へる古き詠《なが》めさへ、思ひ続けられつつ行くほどに、車坂《くるまざか》[18]のほとりまではいつとなく来たり。

「誠《まこと》に世離れたる人の山深く入りすみて、泉[19]を枕《まくら》にし、石に口そそぎなど、明くれば雲鳥《くもとり》の心なき交《まじ》はりを詠め、暮れて月のくまなきに嘯《うそぶ》きしとか言ひ伝へしも、かく里遠《とを》く山深き方の、物さびて静かなるをぞ愛したりけん」とそこら見まはせば、木草《きくさ》のたたずまひも人の作るとはなしに、木《こ》立ち茂《しげ》りあひ、谷の水音細く響きわたるに、虫の音《ね》所せく打ち合はせたるは、世の騒がしきよりは心澄みて、愚かなる袂《たもと》[20]をもしぼるべく、来《こ》し方の事もさりげなく慕《した》はしくて、「そなたの雲

9　鞍馬寺奥の院不動堂から貴船へ至る鞍馬山中の渓谷。
10　左京区鞍馬貴船町、貴船神社。11　西暦一六九七年。
12　中京区。二条城付近。
13　午後八時頃に鳴らす鐘。
14　弦を張っていない弓一張の長さ。15　平安時代の歌人。六歌仙、三十六歌仙の一人。謡曲「通小町」の百夜通いを踏まえるか。
16　『元輔集』一七九「いとどしくいもねざるらんと思ふかなけふのこよひにあへる七夕」によるか。
17　『続古今集』巻一九・雑下・一七四二・隆俊「秋夜対月といふこと」、『題林愚抄』秋三・四〇三九「秋夜対月」、『類題和歌集』秋之三・一一七二六。
18　北区賀茂から雲ヶ畑に通じる道の坂。

よ」と見上ぐれば、[21]峨媚山《がびざん》の月の秋にあらねど、半輪《はんりん》に砕けたるが[22]
赤々《あかあか》と峯《みね》の木《こ》ずゑをぞ照らすなる。[23]まづ高山《かうざん》を照らすとかや、仏の教への旨《むね》をさへ観《くはん》じそへて行くに、「我より先へただ一人行く者あり。こはいかに。今まで我のみこの道を分《わ》くると思ふに、怪し」とさしのぞきて見れば、「世捨て人と見えて、墨の衣《ころも》のいとやつれたるを[24]裾《すそ》短かにからげ、[25]種子《しゆじ》とかやいふめる袈裟《けさ》、念珠《ねんじゆ》とともに首にかけたるが、旅の姿にもあらで、これも世の常の交らひに紛れ、遥《はる》かなる里に[26]逮夜《たいや》の説法など勤めたるが、月に嘯《うそぶ》きつつ山へ帰るなるべし」と思ふに、この僧高々《たかだか》と声うち上げて、[27]「如日月光明《にょじつげつくわうめう》、能除諸幽冥《のふじょしょゆうめう》」とうち誦《ず》したるが、尊《たふと》く覚えて無敵走り近付《ちか》き、道すがらの友と語らひけるに、僧も心置く気色《けしき》なく打ちとけて語りつつ、ともに鞍馬《くらま》寺に詣《まふ》でたり。

さて、心ゆくばかり念誦《ねんじゆ》も終りければ、別れて例の僧正が谷にと思ふに、この僧名残惜《なごりお》しげに無敵が[28]袖を控《ひか》へ、「不図《ふと》したる道連れより、中々おもしろき人にも出あひたるかなと思へば、何となく名残こそ惜しけれ。[29]足下《そこ》には武道《ぶだう》の誉《ほま》れをあらはし給ふべき相《さう》のおはしますなり。

19 漱石枕流。負け惜しみの強いこと。山間で自由な生活をする意の「石に枕し流れに漱ぐ」の方が適当か。この前後は『徒然草』（兼好）を暗示する表現。20 ひどく泣く。
21 李白「峨眉山月歌」、「峨眉山月半輪秋」による。
22 『法門百首』九一「先照高山」、「朝日出て峰の梢を照らせども光も知らぬ谷の埋木」によるか。23 『華厳経』「日出先照高山」による。24 裾をはしょって帯の間に挟み。
25 三衣の種子の三文字を縫い込んだ輪袈裟。
26 法会の前夜。
27 『法華経』の一節。日や月の光が、もろもろの幽冥を除くことができるように。
28 袖をとって引きとめて。
29 そなた。

我《わ》が庵《いほ》はこの山陰《やまかげ》にあり。[30]苦しかるまじくば、しばしおはせよ。猶《なを》問ひ参らせたき事もあり」など馴《な》れ馴れしく語るに、無敵も心とけて、「さらば歩み行き給へ。我も月に浮かれつる身ぞかし。ともに庵の月見ん」など戯《たはぶ》れて、もとの道に下るに、僧は大門《だいもん》を下《お》りて少し北へ進み行く。無敵も[31]尻《しり》に立ちて歩みけるに、とある家の後《うしろ》より[32]鞍馬川を渡り、細き[33]道芝を踏み分けて、また山深く入るなりけり。

「こはいかにぞや」と心もとなくて問ひけるに、ただ「ここぞ」とばかり言ひて委《くは》しく言はず。なを山深く道もなき方に分け入りけるに、無敵《むてき》いよいよ不審《ふしん》晴れ難く、「何《いか》さま、これはただ者にあらじ。当山《とうざん》の天狗《てんぐ》の我が[34]胆気《たんき》を試すか。または山賊《さんぞく》の糧《かて》に飢《う》へて、伐《き》り取《ど》りの場にたぶらかし行くなるべし。おのれ何にもせよ、[35]余《あま》さじもの」と懐《ふところ》より[36]弾丸《だんぐわん》といふ物を取り出し、「かの僧の[37]頭《あたま》の鉢砕《はちくだ》けよ」と打ちかけしに、この僧事もなげなる気色して、しとしとと歩行《あゆみ》行く程に、「慥《たし》かに狙ひたりと思ふが、中《あた》らざりけるよ」と無念《むねん》さ勝《まさ》りて、ひたと続け打ちに同じ[38]坪《つぼ》を打ちて、すでに弾丸の数五たびに及ぶ時、この僧手

30　差し支えなければ。
31　後について。
32　鴨川の支流。
33　道端の芝草。ここは、直前の「細き道」との掛詞。
34　物事に動じない勇気。
35　残らず（成敗する）。
36　はじき弓。
37　頭のてっぺん。脳天。
38　急所。

39　座興の転訛。ここでは、たわむれの意。
40　有名な。
41　鞍馬の天狗。源義経に兵法を授けたとされる。
42　直垂（ひたたれ）の一種。近世では儀礼の時、平士や陪臣が長袴と着用。

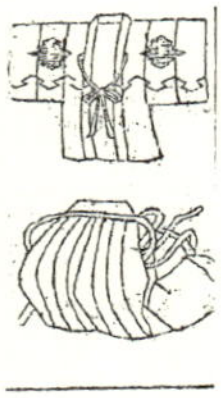

43　奔走。手厚くもてなすべき。
44　一町は約一〇〇m。

を上げて首筋をさすり、振り返りて言ふやう、「さのみな[39]邪興《じやけう》し給ひそ」と尋常《よのつね》の詞《ことば》づかひに、無敵も興をさまし、「さては、[40]名に負ふ僧[41]正坊とかやいふめる天狗御参《ごさん》なれ。いかにもして一道の奥義《おうぎ》を学びてん」と思ふ心になりて、その後《のち》は手むかひもせず、ただ心中《しんちう》に摩利支《まりし》天《てん》の咒《じゆ》を唱へつつ行きける所に、とある山間《やまあひ》の木立《こだち》、殊《こと》に茂りあひたる中より、炬火《たいまつ》の光数多《あまた》群がりて、こなたに向かひ歩み来《きた》るを、「あれはいかに」と見るに、かの僧を迎《むか》ひに出でたるなりけり。いづれも究竟《くつきやう》の男どもにて、[42]素襖《すあう》の肩《かた》しぼり上げ、袴《はかま》の括《くく》り高く結《ゆ》ひたるが数《す》十人、敬《うやま》ひたる体《てい》にて、みなみな僧の前に跪座《かしこまり》ける時、僧この無敵を指さし、「この御客は吾《わ》がため、[43]本走《ほんさう》すべき事あるが故《ゆへ》、かく導《みちび》き申しつるなり。みな御供仕《ともつかまつ》れ」と前後うち囲ませて、この並木の中を行く事[44]十町ばかりして、大きなる屋敷に着きたり。

　そのさま大国《たいこく》の守《かみ》に等しき住居《すまゐ》して、僧はやがてこの主《あるじ》と見えたるが、まづ入りて無敵を称《せう》じ入れ、上座になをし、後《うしろ》なる屏風《べうぶ》少し押しのけしを見返せば、美《いつく》しき女房《ねうばう》の年ごろ十八九ばかりなるが、二三人居並びを、「今宵の客人《まれびと》は[45]苦しからぬ御方ぞや。出でてもてなし参らせ給へ。奥はいまだ寝《いね》給はずや」とさしのぞく。これはこの僧が妻《つま》と見えて、一間《ま》隔てたる方《かた》に、[46]三尺《じやく》の几帳《きちやう》[47]一具《よろひ》に屏風引きそへたるを、やおら押したたみて、木丁《きてう》のかたひら半《なか》ばしぼり上げたれば、女《をんな》は物深く思ひ煩ひたる体にて、[48]机《おしまづき》によりかかり、何やらん手まさぐりして居たるが、無敵が方《かた》を少し見おこせて涙をおしのごひ、しばしためらひたるを、僧のひたすらにすかし招きける程に、「少しこなた様にいざり寄りつつうちそばみて居たるは、この僧の妻なるべしと心得《こころへ》らるれど、いかにぞや」といぶかしき折節、僧かさねて無敵に語りけるは、「[49]愚僧《ぐそう》はもとこの谷《たに》に住みて、年久しく山賊強盗《がうたう》を業《わざ》とする身なり。さるによりて、日夜《や》に我も、このやつれたる僧の姿に本心《ほんしん》を偽《いつわ》り隠し、ある時は都に出で、ある時は[50]丹波、若狭《わかさ》、江州《がうしう》の地を踏み、多くの旅客《たびびと》または女子《によし》、富貴《ふつき》の家の若年《じやくねん》などを欺《あざむ》き連れて、衣服、太刀《たち》、何によらず剥《は》ぎ取り奪《うば》ひ取りて、身命《しんめう》の糧《かて》とす。今吾《われ》君を伴ひ来りしも、元来《もとより》その心ばせなりつれども、君が武勇《ぶゆう》人に超《こ》へ、あつぱれ

45　気を遣わなくてよい人物。

46　高さ九〇㎝の柱に三幅の布をかけた障屏具。

47　一揃い。家具調度を数える助数詞。

48　座った時に肱を掛けるもの。脇息。

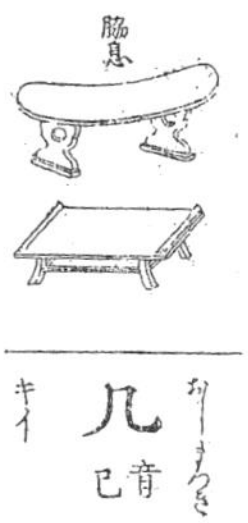

49　わたくし。僧侶が自分をへりくだっていう語。

50　京都府、福井県、滋賀県。

の手利きなるが故《ゆへ》悪念を翻し、今宵はもろともに、月を翫《もてあそ》ぶの友とせんと思ふなり。恐らく、我なればこそ命を保ちつれ。尋常《よのつね》の人、君が武勇に逢ひなば、よもや命を全《まった》くする物あらじ。今は心を許し給へ。我もまた君を害する心なし。前《さき》に君が打ち給ひし弾丸、ことごとくここにあり。[51]すは、帰《かへ》し参らするぞ」と手を上げて首筋を払ふよと思へば、かの[52]最前打ちかけたる弾丸、五つともにはらはらと出でたり。

　無敵これを見て大きに驚き、「さては、ことごとく当たりけるよな。しからばこの弾丸、よもや[53]和僧《わそう》の脳《のふ》を疵《きず》つけずしてあらんや。今僧の頭《かしら》を見るに、一処《ひとところ》も疵なきはいかに」と言ふに答へけるは、「我もとより請身《うけみ》に妙《めう》を得たり。剣術また人に超へたるが故に、終に一度も疵を蒙《かうぶ》る事なし」と語りて後《のち》、ほどなく料理《れうり》出来《でき》たるよしにて[54]膳部《ぜんぶ》を持ち出で、無敵が居たる前より、次第にすゑ並べて数《す》十膳《ぜん》運び居《すへ》たり。押し続きて、この奥の間《ま》より衣服美を尽くして着飾り、[55]直垂《ひたたれ》に[56]大口《おほくち》したる男数《す》十人出で来たり。みなみな膳につきて居ながれたるを、僧またこの人らに引き合はせて曰く、「これみな我が党の義弟《ぎてい》どもなり。

51 それっ。さあ。
52 先ほど。
53 お前。僧侶に対して親しみ、または軽蔑の意味合いを含む。
54 膳にのせた料理や食物。
55 長袴と合わせて礼服とした。
56 大口袴。

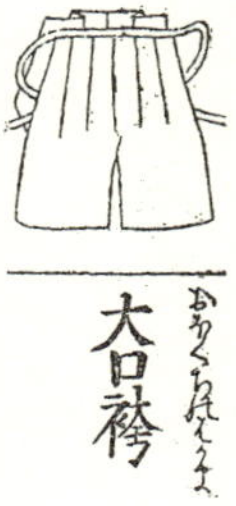

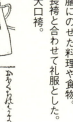

57　形ばかりの仏道修行。

58　大名などに仕えていたころ。

汝らこの客人《まれびと》に武勇をあやかるべし。知らずして、もし我が如くこの人に出合ひたらましかば、定めて今ほどは手と足と所をかへて、骨は狼《おほかみ》の腹《はら》にあるべきぞ。随分《ずいぶん》ともてなし候へ」と言ひつけ、酒二三献《こん》まはり、興趣《けうしゆ》やや進みけるころ、僧また無敵に語りけるは、「我最前も言ひしやうに、この業《わざ》をつとむる事四十年に過ぎたり。今我年老《としお》い、力撓《たわ》みたれば、向後《けうかう》はこの道を止《や》めて、後生の罪も恐ろしく思へば、[57]一遍の勤めもなさばやと思ふなり。されば我に一子あり。剣術、請身《うけみ》、軽業《かるわざ》、みな我よりは勝《まさ》りたりと覚ゆ。しかしながら我つくづく思ふに、かかる事を業《わざ》とせんは、人たるものの道にそむけり。しかれども、我年《とし》ごろこの道に長じける事は、昔往何某《そのかみなにがし》と名乗りて[58]仕官《しくわん》せしころ、さる子細《しさい》ありて剣術の妬《ねた》みと号《がう》し、我を恨みける人ありしを、返《かへ》り討《う》ちして立ち退《の》きたる身なりければ、世渡る便りなくて飢《う》へに及べども、二たび出でて仕《つか》ふべき奉公《はうかう》もなり難く、心より発《おこ》らざる盗《ぬす》人となりたり。世悴《せがれ》はまた人の知りたるにもあらねば、何方《いづかた》にも出し、哀れ、武芸の家をも発《おこ》させてんと思ふに、悪事には進みやすく、盗賊《たうぞく》の方《かた》にひ

59 こぞう。
60 本心から。
61 夜、町に出て通行人を斬ること。
62 通行人を捕え、無理やりに金品を奪うこと。

63 手足の先。

たすら鍛錬《たんれん》し、中々我が手にも及び難く、恐ろしきものなり。今君が手を仮《か》りて、かの[59]わつぱを手討《てう》ちにせばやと思ひ侍るなり。この事、君ならで頼むべき器量《きりやう》の人なし」と[60]二心《ふたごころ》なげに言ひければ、無敵も「実《げ》に世離れ、跡《あと》を隠しても身を全《まつた》くし、時節を待つとならば、誰《たれ》もかくこそ有るべけれ。さすが武士たる者の、世に零落《おちぶれ》たりとて賤《いや》しき者の業《わざ》もならねば、[61]辻伐《つじぎ》り[62]追《お》ひ剥《は》ぎなどもする習ひなるを、その子としてこの道を好きたしなまんは、また人の道にあらず。足下《そこ》の心ざしさこそと察したれば、如何様《いかやう》とも御心に任すべし」と請け合ひける程に、僧も世に嬉《うれ》しげにうち笑《ゑ》み、「さて、林《りん》八、林八」と呼びしに、答へして出づる者を見るに、年の程いまだ十六七には過ぎずと見ゆるが、髪形《かたち》、物腰、[63]手足のはづれまで美しく、白く油付きたる事、玉を刻みて人にしたるやうに覚えて、無敵も人知れず心を動かすばかりなり。

　余《あま》り堪えかねけるままに、「この器量ありて、殊《こと》に剣術の妙を得たらん人を、いかに思ふやうならずとて、我にあつらへ殺さしめんとは、

64　一尺は約三〇㎝。
65　刀剣。
66　一間は約一・八m。
67　局（つぼね）見世の格子、風呂屋の軒先にかけ、看板代わりにした行灯。
68　一度に倒そうと。

心底《しんてい》の程はかり難し。他人の身としてだに惜しまるるを、まして父の身なり。実《じつ》に憎みて殺さんと思はば、慈《ぢ》の道をいかがせんとか思ひ給ふ」と言ふに、僧笑ひて何とも答へず。ただ「殺し給へ」とばかり言ひける内、はや無敵が前にかの弾丸五つと二尺[64]ばかりなる腰[65]の物を指し出《いだ》し、さて林八を招きて曰く、「汝この客人《まれびと》に御相手となり、随分と身を遁《のが》れよ。自《おのれ》仕損《しそん》ぜば恥《はぢ》なるべし」と言ひ付け、両人《りやうにん》を連れて纔《わづ》かなる一間《ま》に入れ、外《そと》より鎖《でう》を下ろしたる音《おと》す。その内はただ二間[66]四面《めん》の板敷にして、四方《はう》に聖行灯《ひじりあんどう》[67]といふ物をかけたるばかりなり。

林八は手に馬《むま》の鞭《むち》一本を取りたるばかりにして刃物《はもの》を持たず。無敵はあまり心やすき事に思ひ、常に鍛錬せし弾丸を持つて、ただ一[68]ひしぎにと打ちかくるに、鞭をあげてあやまたず敲《たた》き落とし、そのまま飛び上がりてたちまち梁《うつばり》の上にあり。「こはいかに」とはたと打てば、飛び違《ちが》へて無敵が後《うしろ》にあり。払《はら》へば前、くぐれば右手《めて》、あるひは戸のさんを走り、鴨居《かもゐ》に立ち、壁を伝ふ事蜘《くも》よりも早く、手元にも眼《まなこ》にも遮《さへぎ》り、とどむべきためらひもなければ、徒《いたづら》に五つの弾丸ことごとく打ち尽くし、今は腰の物を抜いて飛びかかり、真《ま》二つにと丁と[69]討つを、鞭《むち》に請けて払ふ事、さながら神《かみ》か鬼《おに》か通力《つうりき》を得たる人の如く、無敵が身を離るる事、纔《わづ》かに二尺に足らずして付きめぐるに、幾度《いくたび》か手を尽くし、切れども突けどもただ鞭《むち》にあひしらはれて、いささかの疵《きず》をだに見ず。無敵もあまり機《き》をのまれ、勢《いきほ》ひ抜けて十死[70]《し》を一生《しやう》に極《きは》め、富田《とんだ》一流《りう》の極意《ごくい》、四目刀《かたな》四重剣《ぢうけん》より飛ぶ当て身[71]の高上《かうじやう》迄も、心を尽くし、秘術《ひじゆつ》を砕き縦横無尽《じうわうむじん》に働きけれども、中々薄《うす》手[72]の一つをも負ほせず。

あぐみてしばし扣《ひか》へたる所に、僧表より声をかけ、「両方《りやうはう》互ひに引き候へ」と鎖《でう》を開けて両人を出し、僧もしばらく愁《うれ》へたる色にて、無敵にむかひ、「さてさて、比類《ひるい》なき働き、おそらくこの道《みち》の奥義《おうぎ》を得給ひたりと見ゆ。しかしながら、今しばらく戦《たたか》ひ給はば、御身の程恙《つつが》なき事あたはじ。もつとも彼が事は我が子ながら、かかる妙手は得たり。人柄も他《た》に異《こと》なれば、不便《ふびん》と思はざるにもあらざれども、ひたすら盗賊《たうぞく》の業《わざ》を悦《よろこ》ぶがゆへに、所詮《しよせん》なき物と思ひ、貴殿《きでん》の働きを願ふと

69 ばしっと。

70 ほとんど生きる見込みがない。

71 相手の急所を突く技。

72 浅い傷。

いへども、それさへ及ばざる上は、是非なき事なり。今は休み給へ」と酒を勧め、終宵《よもすがら》兵法《へうほう》の口伝《くでん》秘術など、いまだ聞かざる所を委《くは》しく伝へける内、はや夜《よ》は七つ[73]のころにもやなりけん。

月の光もやや薄《うす》らぎ、鳥の声かすかにおとづれわたるままに、無敵は急ぎ帰らんとす。僧もまた名残惜《なごり》しげに立ちて、しばらくが程見送りて、入りぬとぞ見えしが、跡《あと》は朝霧《あさぎり》の深く立ち隠して、二三町《てう》も過ぎぬらんと思ふに、はや棟門《むねかど》立ち並びたる屋敷も見えず。忙然《ばうぜん》と踏《ふ》み知らぬ山道《やまみち》を分けつつ、そこも知らで歩みけるに、漸《やうやう》と人里《ひとざと》に逢ひたり。急ぎ近付きて、都への道尋ねなどしけるにて知りぬ。静原《しづはら》より大原《おほはら》[74]に通ふ山道なる事を、せめて覚え帰りぬ。さてもなを、そのほとり不審《いぶか》しくて二三日も過ごして、またかの山道を尋ねけるに、道の違《たが》ひたるにや、終に二たび逢ふ事なしとぞ。

73　午前四時ころ。

74　左京区大原。

あらすじ　剣術の妙手富田無敵は、鞍馬寺や貴船神社への夜中の参詣を恒例としていた。中秋の名月前夜の晩も自宅を発ち、山中を進んだ。ところが、前方に一人の僧を発見する。道すがらの友となって鞍馬を参詣し、僧の邸宅へ誘われる。道中、無敵は僧を怪しく思い、弾丸で頭を狙うが、当たっても怪我もせず、平気であった。大名屋敷のような家では、妻や大勢の使用人たちが出迎え、酒宴となる。そこで、僧は自分が山賊であると告白し、武芸鍛錬の励み過ぎで、まったく手の付けられなくなった息子の成敗を、無敵に依頼する。無敵と息子は、二間四方の小部屋に閉じ込められて対決するが、どんなに力を尽くしても、相手に深手を負わすこともできず、勝負はつかなかった。部屋が開かれ、僧は戦いを休止させ、無敵に酒をすすめ、兵法の口伝や秘術を語って聞かせた。夜明けが近付き、無敵は見知らぬ山道を歩きながら、なんとか帰宅するが、二度とそこへ行くことはできなかった。

見どころ・読みどころ　――化け物は誰？――

夜の街を魑魅魍魎《ちみもうりょう》が、列をなして跋扈《ばっこ》する様子を「百鬼夜行」という。陰陽道では、特定の日や時間に現れるとも言われ、説話の中の人物たちがこれに遭遇すると、物陰に必死に自分の身を隠してやり過ごしたそうだ。この様子は室町時代より絵画の題材となり、百鬼夜行図絵巻などとして可視化され、多くの人々に親しまれてきた。おそらく江戸時代においても、楽しまれたはずであろう。だが、武芸を競い合うこの話が、なぜ「百鬼夜行」と銘打たれたのだろうか。

この話の典拠は『酉陽雑俎』の左記の一話であり、その内容を踏襲している。それにも関わらず、ここにわざわざ「元禄十年」と添加されているのは、『酉陽雑俎』の和刻本が出版された年と重なるためであろうか。もしそうであれば、漢籍の国内での編集出版という形での普及、それを典拠として駆使し、この怪談集を創り上げたという、作者の思い入れが感じられる設定である。また、挿絵を見ると、無敵が武術を競い合ったのは、鋭い長鼻の僧正が谷の天狗たちであろうか。源義経が、牛若丸と呼ばれた幼少時代に、鞍馬寺に預けられ、夜毎に武芸に励んでいたところ、山の大天狗が彼に武芸を授け、小天狗たちと切磋琢磨した伝説があり、無敵と林八の戦う様子は、まさにこれを想起させる。超人的な武術の技を持つという点で、ここに登場する武芸者たちは、いずれも化け物であると言えよう。そのような点で、「百鬼夜行」のすさまじさを、夜通し戦い続ける武芸者たちの姿に借用したのだろうか。実際には、すでに元禄時代には、あらぬ喧嘩の原因となるため、剣術の試合は禁止されていた（『人倫訓蒙図彙』巻二「太刀遣」）。作者の意図をどう理解すべきだろうか。

典拠『酉陽雑俎』巻九「盗侠」―八
（東洋文庫『酉陽雑俎』二巻三三一）

建中の初め、士人韋生家を汝州に移す。中路にして一僧に逢ふ。因て与《とも》に鑣《くつわ》を連ねて論有り。頗る洽《あまね》し。日将に山に銜《ふく》まんとす。僧、路を指して謂ひて曰く、「此れより数里、是れ貧道が蘭若。郎君豈に左顧すること能はざらんや。」士人之を許す。因て家口をして先だつて行かしむ。僧即ち歩者を処分し、先排す。十余里を行く比に至らず。韋生之を問ふ。即ち一処の林烟を指して曰く、「此れ是なり」と。又前に進む。日已に没す。韋生之を疑ふ。素より弾を善くす。乃ち密に靴中に於て弓を取り、弾を卸《おろ》す。銅丸を懐《いだ》くこと十余、方に僧を責めて曰く、「弟子程期有り。適《ゆ》くに偶《たまた》ま上人の清論を貪りて勉副して相邀《むか》ふ。今已に行くこと二十里にして至らざることは何ぞや。」僧但だ言く、「且らく行かば至らん」と。是の僧、前に行くこと百余歩、韋其の盗なることを知る。乃ち之を弾す。僧正に其の脳に中《あた》る。僧初め覚へず。凡そ五たび発して、之に中《あ》つ。僧始めて中処を捫《な》でて徐ろに曰く、「郎君悪く劇を作すこと莫かれ。」韋奈何ともすること無きことを知りて、亦た復た弾ぜず。僧方に一庄に至る。数十人炬を列ねて出でて、僧を迎ふを見る。

韋を延《ひ》きて一庁中に坐せしめ、喚びて云ふ、「郎君憂ふること勿かれ。」因て左右夫人に問ふ。「下処、法の如きや無《いな》や。」復た曰く、「郎君且つ自ら慰安して即ち此れに就け。」韋生妻女を見るに、別に一処に在り、帳を供ふること甚だ盛んなり。相ひ顧み涕泣して即ち僧に就く。僧前《すす》んで韋生が手を執りて曰く、「貧道は盗なり。本より好める意無し。知らず郎君の芸此の若きならんとは。貧道に非ざれば、亦た及ばず。今日故らに他無く、幸いに疑はれず。適来貧道中《あ》てらるる所の郎君が弾、悉く在り。」乃ち手を挙げて脳後を搦《から》ぐれば、五丸地に墜つ。蓋し脳に弾丸を銜《ふく》みて傷無し。列に「痕撻無し」と言ひ、孟に「膚撓まず」と称すと雖も、翅《た》だ過のみならず。頃有りて筵を布《し》きて韲犢を具ふ。犢剳刀子十余、韲餅を以て之を環す。韋生を揖して坐に就かしめて復た曰く、「貧道義弟数人有り。伏謁せしめんと欲す。」言未だ已らざるに、朱衣巨帯なる者五六輩、階下に列なる。

僧呼びて曰く、「郎君を拝せよ。汝等向《さき》に郎君に遇ひて、則ち韲粉と成る。」食畢りて僧曰く、「貧道久しく此の業を為す。今遅暮に向《なんな》んとして前非を改めんと欲す。不幸にして一子有り。伎老僧に過ぐ。郎君に請ひて老僧が為に之を断たんと欲す。」乃ち飛飛出でて郎君に参ぜよと呼ぶ。飛飛年才十六七、碧衣長袖、皮肉脂の如し。僧叱して曰く、「向後堂において郎君に侍へよ。」僧乃ち韋に一剣及び五丸を授けて、且つ曰く、「乞ふ郎君、芸を尽して之を殺せ。老僧が累を為すこと無かれ。」韋を引きて一堂の中に入り、乃ち反りて之を鎖す。堂中四隅、明燈のみ。飛飛堂に当たりて一短の馬鞭を執る。韋弾を引きて必ず中てんと意ふ。丸已に敲き落ちて、覚えず跳びて梁上に在り。循壁虚摂、捷《はや》きこと猱の弾丸を攫るが若し。尽く復た中らず。韋乃ち剣を運《めぐら》して之を逐《お》ふ。飛飛倏忽《しゆくこつ》として逗閃す。韋が身を去ること尺ならず。韋其の鞭節を断ちて竟に傷ふこと能はず。僧久しくして乃ち門を開き、韋に問ふ。「老僧と与に害を得ることを除かんか。」韋具さに之を言ふ。僧悵然として飛飛を顧みて曰く、「郎君汝が賊と為らんことを証成す。知んぬ復た如何。」僧終夕韋と剣及び弧矢の事を論じ、天将に暁けんとす。僧韋を路口に送り、絹百疋を贈る。涙を垂れて別る。

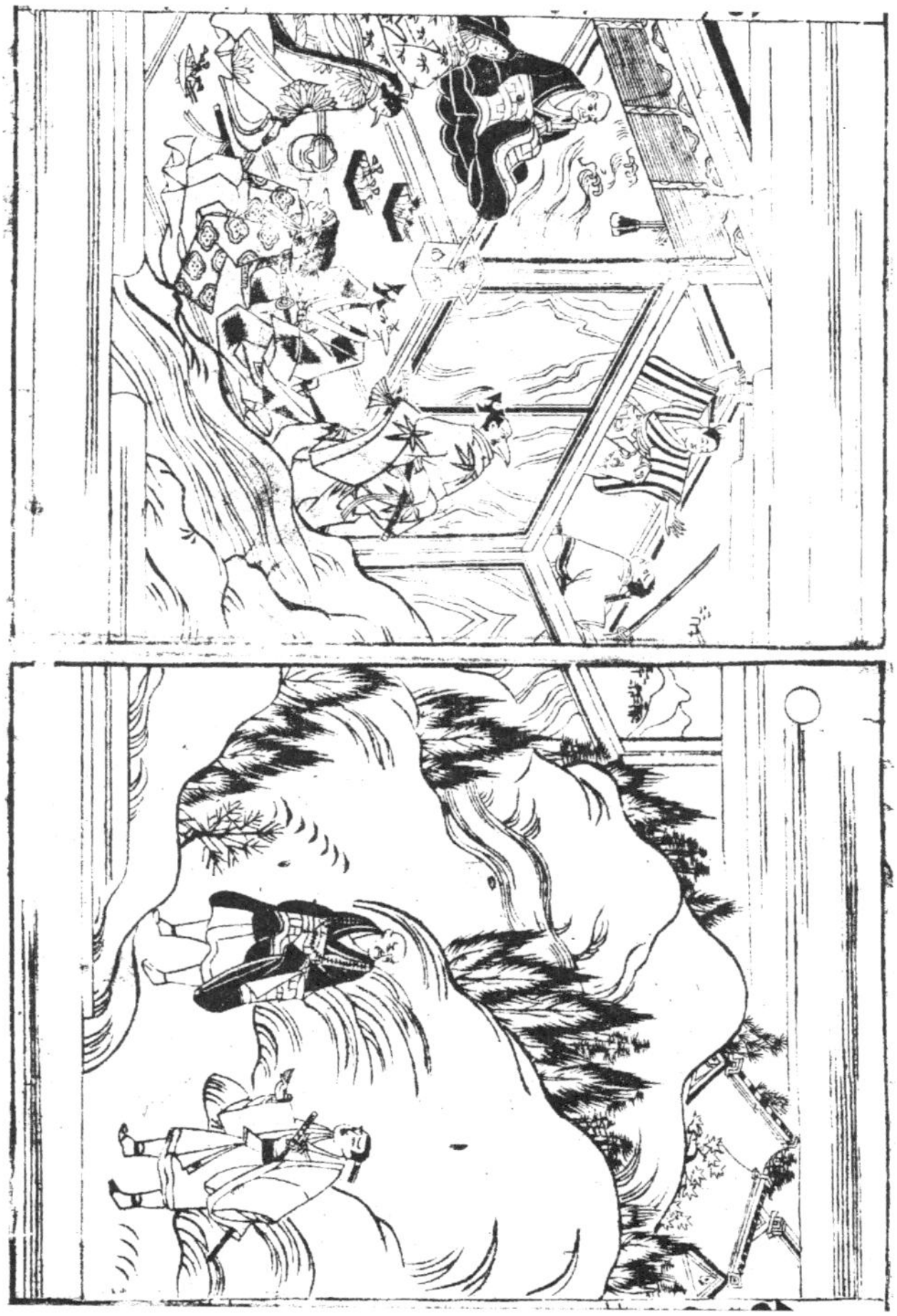

挿絵　剣術指南をする男が、山奥の夜道で老僧に出会い、案内されたのは、なにやら天狗の屋形のようだった。剣術の達人と腕に覚えのある少年との、格闘技のエンドレスゲームが始まる。勝負の行方、そして百鬼夜行の意味とは…。

巻五の三　人《ひと》人の肉を食らふ

並びに　※癩病《らいびやう》を治せんために譜代の女を殺さんとして報ありし事

およそ人として人を食《く》らふ事多く、[1]年代記《ねんだいき》などに載せ記して饑饉《ききん》の年《とし》を断る物あり。しかれども、元来《ぐはんらい》唐土《もろこし》の書《ふみ》にも記して後代《こうだい》に残せる所によれば、好きて食らひたる人もありしなるべし。[2]陶九成《たうきうせい》が[3]輟畊録《てつかうろく》には[4]想肉《さうしし》と記し、唐《たう》の世《よ》には[5]啖酔人《たんすいじん》と名付けたる。その外《ほか》[6]五雑組《ざつそ》、[7]朝野僉載《てうやせんさい》、[8]雑説《ざつせつ》など挙げて数《かぞ》ふるも、くだくだしき説なるべし。

ここに、[9]江州伊香立《がうしういかだち》の里の辺《ほとり》に住みける清七《せい》とかやいふなる者は、所一番の富貴者《ふうきしや》なりけるが、前世《ぜんせ》の宿業《しゆくがう》は遁《のが》れ難き物にて、[10]黒癩《こくらい》といふ病《やまひ》ありて、しかも祖父《ぢい》の代《よ》より相《あひ》続き、是非《ぜひ》に一人づつはこの病に染《そ》む者ありけるが、この度《たび》はこの清七にや渡りけん、生《む》まれてより二十五六に及ぶまでは、何の病といふ事もなく、剰《あまつさ》へ[11]器量骨体《きれうこつがら》も他《た》に勝《すぐ》れ、美男の取沙汰《とりざた》にも預かりける程の者なりしが、何《いつ》となく[12]睫《まつげ》の薄《うす》らぎそめけるより、例の悪病《あくびやう》の相《さう》ひとつひとつ顕《あらは》れしかば、妻子《つまこ》を始

※　ここでは黒癩をさす。
1　歴史上の事件を年代順に記したもの。
2　明陶宗儀、字は九成。黄巌の人。
3　陶九成撰。元代の歴史や文化の実状を集めて記す。
4　人肉の別称。『輟畊録』巻九「惣肉」による。
5　人肉の別称。朱粲という盗賊が人肉を好み、名付けた。同書による。
6　明謝肇淛撰の随筆集。巻五に朱粲の事柄がある。
7　唐張鷟（文成）撰の随筆集。薛震が好んで食したという事柄がある。
8　未詳。唐韓愈の同題の文章にはこのような話題は未見。
9　滋賀県大津市。京都市に隣接する山間の地域。
10　皮膚が黒色に変化する病。

『令義解』（巻二戸令）では白癩について、人の五臓を食し、眉睫が脱落して鼻柱が崩壊し、容貌が崩れていく病とする。

11　才能や人徳。

12　換骨羽化。ここでは、仙術を得たような。

13　恥ずかしいのもかまわずに。

14　京都市左京区静市野中町。鞍馬街道沿い。

15　村人が共同で建てた堂。

16　大げさなこと。

め誰々《たれたれ》も、明け暮れこれのみを悲しき事に思ひ、もとより清七はこの病に染みけるより、「我ながら我が身の疎《うと》ましくなりて、人にも逢はず引き籠《こも》りつつ、この病何とぞして治《ぢ》する人あらば、たとひ万金《まんきん》の費《つゐへ》ありとも惜しむべき道にあらず。哀《あは》れ、[12]換骨《くはんこつ》の神医《しんい》もがな」とあるとある名医を招き、さまざまの薬を用ひ、あるひは神仏《かみほとけ》に願ひを立て、すまじき難行《なんぎやう》を勤めなど、二三年も手を尽くし、金銀を惜しまず療治《れうぢ》しけれども、猶《なを》いやましに募《つの》り行くのみにて、露ばかりの験《しるし》もなければ、今は是非なき事と思ひ定めながら、「流石《さすが》死なれもせぬ命《いのち》」とて、[13]面《おもて》つれなく人を四方《はう》に馳《は》せ、あまねく所縁《ゆかり》を求めても、絶えず治療の術《てだて》を尋ねける所に、[14]都《みやこ》北山大原の里野中村《のなかむら》といふ所に、利春《りしゆん》といひて[15]惣堂《そうだう》を守《も》る出家《しゆつけ》なりとかや、名乗りて清七が家に尋ね来たり。

「この病を治《ぢ》する事、おそらく我ならで伝へたる者なく、今まで多くの人に逢ひて治するに、速効《そくこう》を見せずといふ事なし」など、種々《しゆじゆ》の[16]荒言《くわうげん》に弁を飾りて、「清七を治すべし」と語るに、清七大きに悦び、殊《こと》の外《ほか》にもてなしなどして、師か親かと思ふ程の傅《かしづ》きをなして、「この難病《なんびやう》を治して給へ」と他念《たねん》なく願ひけるに、利春も彼が二心《ふたこころ》[17]なく頼み、尊敬《そんけう》しつる心ざしを感じ、身命をも惜しまず昼夜工夫を費《つゐ》やし、さまざまと手を尽くして、医療《いれう》を加へけれども、かつて露ばかりの功《かう》をも顕さざる事を嘆き、ある時ひそかに清七を招きて私語《ささやき》けるは、「今君がこの難病に苦しむが故を以て、我ごとき貧乏《ひんぼく》の賤《いや》しき身を敬《うやま》ひ崇《あが》めても、猶飽き足らざるが如くするは、これひとへに我が湯薬《たうやく》の功をうけて、今の痼疾《こしつ》[18]を治し、身を安楽にせんがためなり。我もまたこの心ざしを知り、この恵《めぐみ》を請けながら、いたづらに尋常《よのつね》の薬方《やくはう》を以て験《げん》もなき月日を送らん事、もつとも深き恥なり。されば我が家《いゑ》に秘し、一子《し》に伝へて、代々《よよ》最極《さいごく》[19]の妙《めう》方とする薬あり。およそこれを用ゆるに、いかなる極重悪《ごくぢうあく》の報《むく》ひを受け、日本《につぽん》大小の神祇《じんぎ》に白癩黒癩《しらひとこくみ》[20]と儺《やら》はれ、多千億《たせんおく》の仏菩薩《ぶつぼさつ》に憎まれたる定業《ぢやうごう》[21]の病といへども、一たび治せずと言ふ事なき神仙不測《しんせんふしぎ》の霊薬《れいやく》なり。我この程さまざまと心を尽くし、配剤《はいざい》手を砕きて、数貼《すふく》の薬餌《やくじ》を用ふるといへども、さらにその功を見る事なし。[22]かるが故に、今この神方《しんぽう》を用ひ、膏盲《こうもう》[23]に入るの沉痾《ちんこ》[24]を駈《か》り

17　真剣に。
18　長く治らない病気。
19　最高の。
20　病者への蔑称。かつて国つ罪（人の犯す罪）とされ、忌み嫌われた。
21　前世の業によって定められた難病。
22　このために。
23　諺。不治の病を煩う。正しくは、膏肓（こうこう）。
24　長く癒えない病気。

出《いだ》し、永く快気《くわいき》の効験《かうげん》を見せ申すべし。しかしながらこの神方、今まで与へざりし事は、我かつて惜しみたるにあらず。薬味《やくみ》の内の一色《ひといろ》大切にして、もつとも得難き物あり。このゆへに服せしめず。君もし丁《ねん》寧《ごろ》に望みて、万金をも惜しまじとならば、我君がために身命を捨てても、速《すみ》やかに治し参らせつべし」と念比《ねんごろ》に語るを、清七も彼が心ざしの無二なるを見て涙を流し、「迚《とて》[25]も世に長らへ、人に面《おもて》をも合はさん身ぞ。ならば、たとひ田宅所領《でんたくしよれう》に替へても、五体不具ならずしてこそと思ふなり。いかにもして御恩には、ただ疾《と》くこの病を救ひたび給へ」とひたすらに頼みけるに、

利春言ふやう、「さらば、この薬味《やくみ》の料に、金千両[26]ほどの貯《たくは》へをなし給へ。そのゆへは何をか隠し申すべき。かの大切なる薬味といふは、年の程十八九ばかりなる女の、生《い》き胆《ぎも》[27]を取りて薬に使ふ事なり。今の世久しく静謐《せいひつ》[28]に治《おさ》まり、殊に仏法《ぶつぽう》の代《よ》となりて、生《しやう》[29]ある類《たぐひ》といへば、慈《あはれ》みの心を犬猫《いぬねこ》にだに及ぼすの時節なれば、人を殺害《せつがい》し、生き胆を取らん事たやすかるべからず。これを求むるには金銀を湯水《ゆみづ》の如く使ひ、

25　いずれにせよ。
26　一両は約六〜一〇万円。
27　とくに猿のものは、万病に効く妙薬として珍重された。
28　おだやかに。
29　いわゆる生類憐みの令をさす。

下愚《かぐ》の貧人《ひんにん》の心を養ひて心ざしを奪ひ、恩のために命を乞ふより、外《ほか》の術《てだて》はあるまじくこそ」と言ふに、清七つくづくとこの事を聞き終り、利春が袖を[30]控へ、小声になりて言ふやう、

「されば、ここに幸いの事あり。我が家に召し使ひて、既《すで》に三代に及ぶ末《すゑ》の子あり。今召し使ふ所の[31]小女郎《こめらう》これなり。彼が父母《ちちはは》は、彼が生まれて三才の年、[32]傷寒《しやうかん》といふものに命を失ひて、同じ日に死しぬ。彼は兄とともに孤《みなしご》となりて、路頭《ろとう》に立つべき所をあはれみ拾ひて、流石《さすが》に家の子の末なるをと母が情けにて生長《せいちやう》させ、彼が兄はこの西なる村に奉公に出しつ。彼は女なれば、心やすく母が手まはりに遣ひて、はや十九才なるべしと思ふ。何とぞこれをすかして使ひに出し、貴殿と心を合はせて殺させば、余多《あまた》人の知るべきにもあらず。金銀の費《ついへ》もなくて、大切なる薬を得んは[33]究竟《くつきやう》の事ならずや。もつとも、人の命《めい》をとるは料《とが》の程もいかがしけれども、[34]小《せう》の虫を殺して我が大《だい》の身を助かるためなれば、死しても亡魂《ばうこん》の恨み薄かるべし」など欲に移りやすき人心、利春と清七とのみ談合《だんかう》しめて、しかるべき時節を窺《うかが》ひける。

30 袖をとって引きとめ。
31 年の若い下女。
32 高熱を伴う病気。
33 好都合なこと。
34 諺。重要な物事のためには小さいことは犠牲にする。

35 『後撰和歌集』秋中・三〇二・天智天皇「秋の田のかりほの庵の苫をあらみわが衣手は露に濡れつつ」による。

36 いずれも滋賀県大津市の京都市に隣接する山間部。

37 龍華越。途中越とも。若狭街道の難所の一つ。

38 狩猟の雑用をする人夫。

この折しも、秋[35]の田の借り庵《いほ》も露たまらず、夜《よ》な夜な猪《しし》の出《い》でて、田畠《でんばく》を荒らしけるによりて、[36]仰木《あふぎ》、伊香立《いかだち》、龍華村《りうげむら》など、その辺近在《へんきんざい》の百姓ら、心を合はせ日取りを極《き》め、明けぼのの空より猪狩《ししが》りを思ひ立ち、責鼓《せめづつみ》打ちたて、手鑓《てやり》、突棒《つくぼう》、思ひ思ひの得物を持ちて、ここかしこより狩り出し、猪、猿、狸の数を尽くし、追つ詰め追つ詰め切りとり突きたふし、谷峯《たにみね》をいはず分け入りける所に、[37]伊香立の村より大原の方《かた》へ打ち越ゆる峠《たうげ》あり。その麓《ふもと》は殊更《ことさら》に木立ち茂り、枝さしおほひて、大方は昼さへも暗き所なりけるが、不思議や、この森の奥にあたりて、何とは知らず、白き物見ゑしかば、人々さしのぞき、何ならんと見れども動くにもあらず。ただ丸《まろ》く白き切木口《きりこぐち》のやうに見えしかば、[38]斥候《せこ》の者を入れて駈《か》らせしに、新しき棺桶《くわんおけ》にて縦横《たてよこ》に縄《なわ》をかけたるが、桶の底より蓋《ふた》のめぐりまで鉄《てつ》の細金物《ほそかなもの》を透間《すきま》なく打ちて、たやすく開《ひら》かざるやうに仕たるなりけり。百姓どもいよいよ怪しみ思ひて、鍬《くわ》の刃《は》、手鑓《てやり》などを取りのべ、打ち割らんとひしめきけるを、かの孤《みなしご》の兄久《きう》六才覚物にて、刃《は》なし鑿《のみ》といふ物を尋ね出し、まづ金物を引き離して蓋を開けたれば、内よりかの清七が方《かた》に育立《そだち》つる我が妹を、生きながら高手小手《たかてこて》[39]に縛《くく》り上げ、口にはねぢ藁《わら》といふ物をこめて押し入れたるなり。久六大きに驚き、「こは何といふ事にか」と、まづ縄をほどき様子《やうす》を聞くに、清六[40]が悪行《あくぎやう》利春が術《てだて》、ひとつひとつ顕れしかば、「ちかごろ憎き仕業《しわざ》いかがせんと思へど、譜代《ふだい》の主《しゆう》といひ、殊に厚恩《かうおん》の程を思へば、自《みづか》ら敵《かたき》となりて主人を罪せんもいかがなり。また恨みざらんも本意《ほい》なく、吃《きつ》と案じ出し、件《くだん》の棺桶に生け捕りにしたる狼《おほかみ》二疋《ひき》を入れ、もとの如くからげ、森の中に投げ捨てて帰りぬ。

かくとは知らず、利春と清六の両人、手々《てんで》に相口《あいくち》[41]の寝刃《ねたば》[42]を合はせ、夜《よ》に入りてこの森に来たり。件の桶をかきて、その辺り近き宮の森に行き、神輿部屋《みこしべや》のありしを鎖捻《でうね》ぢ切りて押し入り、内より扉《とびら》を釘《くぎ》付けにしてよく固め、さて、かの桶を打ち砕きけるに、思ひの外なる獣《けだもの》二疋棺桶より飛び出で、二人の者をさんざんに喰《く》ひ散らし、窓を突き破りて逃げ去りける。この騒動《さうだう》の音を聞きつけ、田の水落とさんと思ひて、野に出合ひたる百姓ども、我一[43]とかけつけ、戸びらを打ち破り、

39 後ろ手にして首から縄をかける縛り方。

40 正しくは「清七」だが、以下原本どおりとする。

41 合口。鍔のない短刀。ここでは気の合う者同士の意をかける。

42 刃を研ぎ。密かに悪事を企む意をかける。

43 「自分が」と先を争って。

こぎ離しなどして漸《やうやう》乱れ入りけれども、はや二人の者は跡形《あとかた》なく、狼の餌《ゑ》となし、腕、首、骨の余りなど血にまみれて残りたるを、急ぎ地頭[44]に注進《ちうしん》し、そのゆへを尋ね探りけるにぞ。悪事紛れなく顕れ、終に跡をぞ絶たれける。

御伽百物語巻五終

44　地域の領主。

あらすじ　近江国の山間の村、その辺りでは一番の富豪の清七は、美男で好人物であった。しかし、この家には代々難病にかかる者があり、彼も発病した。睫が抜け、皮膚が爛《ただ》れ崩れて行く中、金に糸目を付けずに名医を探し、様々な治療を行ううちに、利春という僧を知る。利春は、治すためには一子相伝の妙薬が必要だが、それには若い女性の生き胆が必要であると告げる。魔が差したのか、清七は自分の家の下女を殺害することを思いつく。なぜなら、その娘は代々の使用人の子で、両親はすでになく、好都合であった。二人は示し合わせて下女を捕え、棺桶に閉じ込めておき、夜に殺害を実行する予定であった。しかし、狩りに出ていた下女の兄が、偶然棺桶を見つけて助け出し、そこに生け捕りにした狼二匹を入れた。夜になり、それを知らない二人は棺桶を開けて狼に襲われ、無残な死骸をさらした。

見どころ・読みどころ　――不治の病の妙薬――

この話は、実に恐ろしい話題から始まる。作者はこれを悪い例と断りながらも、漢籍に散見する惨状を数多く挙げる。むろん、作品中で典拠として多用された『酉陽雑俎』にも、同種の話はある（東洋文庫版、二巻三三二）。しかし、ここでは『五雑組』（巻五）と『輟畊録』（第九巻）からの内容が咀嚼されて用いられている。とりわけ後者には、他の文献での例も挙げられ、詳細に記されている。しかも、それは目を覆いたくなるようなむごいものであり、これを嘆く作者の言にも首肯せざるを得ない。したがって、本書に引用することは、ひとまず避けておく。

一方、本編は以上の例とは違う面で、非常に深刻なテーマであると言えよう。病を克服するためには、何を犠牲にしても自分だけは助かりたいという、人間のエゴが強く描かれており、誰の身の上にでも起こりかねない、不治の病との戦いが問題となっている。それだけに、悪に魅入られた当人が、狼に襲われて命を落とす結末に、多くの読者は納得するだろう。不治の病を治すために、人間の生き胆を必要とする趣向は、古くは『今昔物語集』（巻四の四〇）、古浄瑠璃『むねわり』などにあるという。一方、井原西鶴は、『新可笑記』巻一の四「生胆は妙薬のよし」（元禄元年〈一六八八〉刊）にて同じテーマを、国守の命を助ける家臣にスポットを当て、美談として描く。このように、対照的な切り口の二話を読み比べてみると、西鶴が序文で言う「笑ふにふたつ有」での、二つめの笑いが内包する、もう一つの闇、国守の病の実体が見えてくるのではないだろうか。それこそが、この話の存在感でもあろう。最後に、ここで病気について記載されていることは、すべて江戸時代の作者の認識であり、現代の認識とはまったく異なるものであることを、御断りしておく。

【文献ガイド】

＊長澤規矩也解題『和刻本漢籍随筆集一　五雑組』（汲古書院、一九七二年）＊岩城秀夫訳『五雑組』全八冊（東洋文庫、平凡社、一九九六～九八年）＊長澤規矩也解題『和刻本漢籍随筆集二　輟畊録（ほか）』（汲古書院、一九七二年）＊麻生磯次・冨士昭雄編『新可笑記』（決定版対訳西鶴全集九、明治書院、一九九二年）

挿絵　山狩りをしていた村人が、偶然棺桶を発見する。中には生きたままの少女が、縄で手足を縛られて入れられていた。その理由を聞くと、村人は棺桶に狼を詰め替えた。そうとは知らず、開けた者たちが、無残にも襲われてしまった。彼らはなぜ、少女を監禁したのだろうか。

※　木製の人形。ここでは、浄瑠璃の人形をさすか。

挿絵

去る武家屋敷の塀に梯子をかけ、揃いの羽織を着た侍たちが、夜討ちを仕掛けた。屋敷の者たちは、誤って相打ちとなり、気が動転している。攻め手は見事に主の首を討ち取り、悦びの鬨(とき)をあげる。

ただし、これは異界の庭先で、ただ一人の観客のために行われた、特別な人形劇であった。

巻六の一

※木偶人《もくぐうひと》と談《かた》る

並びに　稲荷塚の事

城南壬生《せいなんみぶ》[1]の辺《へん》に、玉造善蔵《たまつくりぜんざう》といふ者あり。生得《しやうとく》[2]の心ばへやさしく、手蹟算勘《しゆせきさんかん》[3]の道に長《ちやう》じ、儒《じゆ》の旨とする所を学び伝え、仏者《ぶつしや》の常に説《と》くの経意《きやうい》を窺《うかが》ひ、あまねく人のする程の事、学ばずといふ事なく、その道の頤《おきろ》[4]を極めずといふ事なし。万《よろづ》につきて才幹《さいかん》[5]なりけるままに、近辺《きんぺん》の者ども珍しき人に思ひ、この徳になつきて馴《な》れむつびけるゆへ、酒宴《しゆゑん》遊興《ゆうけう》の筵《むしろ》に交《まじ》はりをなし、囲碁将棊《いごしやうぎ》の会《くわい》にもかならずと招かれて、朝《てう》暮《ぼ》楽しみの中に年月《としつき》を経《ふ》る身とぞなれりける。

これに親しく語りける[6]友の内、苗村寸鉄《なむらすんてつ》[7]といひし者、五十にあまりけるまで子なき事を悲しみ、洛中洛外《らくちうらくぐわい》の神社《じんじや》至らぬ隈《くま》なく、験者《げんじや》[8]と聞こふる方《かた》には悉《ことごと》く歩みを運び、及びがたき願《ぐはん》など立ててさまざまと祈りけれども、終《つい》に夢ばかりの験《しるし》もなくて、思ひ嘆きける折しも、そのころ東山泉涌寺《ひがしやませんゆじ》[9]の奥にあたりて、稲荷塚《いなりづか》[10]とかやいふ所を見出《いだ》し、洛中の貴賤《きせん》これ一と足を空にし[11]、心をひとつにして色々の願ひをかけ、思ひ思ひの望みを乞ひ、あるひは終宵《よもすがら》[12]法施《ほつせ》を参らせ、または七日参[13]りの志《こころざし》をおこしなど、面々《めんめん》の力を尽くしけるに、皆々願ふ所叶《かな》ひて

1　二条城の南方、京都市中京区壬生。
2　生まれつき。
3　書いた文字と数の勘定。
4　深遠な道理。
5　才能や知恵の働きのある。
6　付き合う。
7　仮名草子作者の苗村丈伯による名か。丈伯は生没年未詳、号に寸木子などがある。
8　霊験あらたかな加持祈祷をする行者。
9　東山区泉涌寺山内町。古く皇室の菩提所で、元禄一四年一二月から改修工事が行われた。別当の来迎院は、赤穂藩元家老大石内蔵助に縁の場所として知られる。
10　伏見区、伏見稲荷大社。
11　落ち着かずに浮かれ歩き。
12　経を読み法文を唱え。
13　七日間の御参りを七回する。

悦《よろこ》[14]びの眉《まゆ》を開く事、渡り[15]に船を得たる思ひ、商人《あきびと》の主《ぬし》を得たるが如くなりと聞きて、「いざや、我もそこに歩みを運びつつ、せめて露《つゆ》ばかりの示現《じげん》[16]にもあはば、子ありとも子なしとも、それをこの世の思ひ出にせばや」の心おこりけるまま、善蔵を誘《さそ》ひて道すがらの話伽《はなしとぎ》[17]にと、うち連れつつ詣で初《そ》めぬ。

第七日にあたれる夜《よ》は、ことさらに潔斎《きよまはり》[18]して、例の善蔵とともに詣でつつ、その夜は通夜《つや》[19]したりけるに、夜更け、月傾《かたぶ》き、松吹く風も心細く、子[20]を思ふ猿の叫《さけ》ぶ声梢《こずゑ》に響き、いつとなく馴れこし、故郷《ふるさと》の空懐《なつ》かしう、過ぎし月日の数《かず》多かれど、徒《いたづら》に積みし頭《かしら》[21]の雪は、富士《ふじ》の峯《みね》にさへ残さぬといふ水無月《みなつき》の照《て》りにも消えゆかで、いやまさるものは身の願ひ、疎《うと》くなり行くは後《のち》の世《よ》の営みなど、愚かに暮れし身の誤りまで、[22]つぶつぶと胸に浮かび、人知らぬ涙袖に落ちて、物悲しう覚えしまま、善蔵も袂《たもと》なる念珠《ねんじゅ》取り出で、静《しづ》かに押し摺《す》り、我も宝前《ほうぜん》にむかひて、しばらく法施《ほつせ》を参らせ、吒枳尼天《だきにてん》[23]の咒《じゅ》など繰《く》り出でたるに、この庵《いほ》の前に忽然《こつぜん》と人の来て立てるあり。

14 諺。悩み事が解消して悦び。
15 諺。必要な物事がちょうどよく揃い。
16 神仏の霊験。
17 話し相手。
18 身を清め物忌みして。
19 徹夜で祈願すること。
20 『世説新語』「断腸」による表現。
21 白髪。これ以下は『万葉集』三二三・虫麻呂「富士の嶺に降り置く雪は六月の十五（もち）に消（け）ぬればその夜降りけり」による。
22 こまごまと。
23 狐の精霊の呪法で、諸願成就。

年の程八十《やそじ》ばかりにもやあらんと見ゆるが、[24]二尺《しやく》ばかりの脇指《わきざし》を横たへ、[25]括《くく》り頭巾《づきん》に[26]八徳《とく》の袖少し絞り上げたり。善蔵きつと見咎《とが》め、「怪しき有様《ありさま》かな。咎めばや」と思ひけるが、「待てしばし。これも望みある人の宵《よひ》より籠《こも》り居たるが、暁《あかつき》の勤めせんとて出《い》で来《きた》るにや」とさしのぞくに、この老人善蔵にむかひて言ふやう、「余《あま》りこのほど心ざしを違《たが》へず、あれなる寸鉄に誘《いざな》はれ、何の望みもなきに、この寂しき山中《やまなか》まで詣で給ふがいとおしければ、あれなる休所《やすみしよ》より招き給ふ人あり。こなたへ来《きた》り給へ」と言ふに、善蔵は何心なく能《よ》き事と思ひて不図《ふと》立ちけるを、かの老人軽々《かろがろ》と善蔵をかき負ひて、この宮の後《うしろ》の方《かた》へ行くと思へば、大きなる屋形有り。「こはいかに。このほどかかる所ありとも覚えぬに、如何《いか》なる人の住みけるにか」と思ふに、表門《おもてもん》と覚《おぼ》しき所はいと強くさし固めて、入るべくもなければにや、少し北の方《かた》にいと低《ひき》く小さき[27]穴門《あなもん》のあるより、二人ともに這い入れば、右につきて道あり。[28]十間《けん》ばかりも行くむかふは玄関なりける。

これより入らんとするに、さはやかに出で立ちたる侍《さぶらひ》ども七八人

24 一尺は約三〇cm。
25 縁を括り寄せた丸頭巾。
26 外出着、胴着。
27 石垣などを切り開けて作った門。
28 一間は約一・八m。

29　玄関近くの板敷の部屋。客の送迎時などに使用。
30　御召し物。
31　中国伝来の綾織りの衣服。
32　表は蘇芳、裏は萌黄の襲の上着。

33　目隠し用の障屏具。
34　桧の薄板の扇。

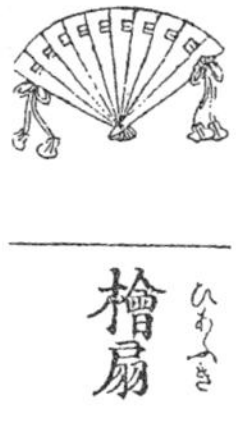

35　一幕の片側。
36　酒盃。

なみ居しが、善蔵を見て、皆はらはらと敷台[29]《しきだい》に下《お》りて敬《うやま》ひ居たり。かくて奥の間に立ち入れば、主《あるじ》と思《おぼ》しき人は女にて、下には白き御衣[30]《おんぞ》に唐綾[31]《からあや》の装束《さうぞく》、紫苑[32]《しおん》色の大掛《おほうちき》、紅《くれなゐ》の袴《はかま》召されたるが、木丁[33]《きてう》のほころびより晴れやかに見通されたるを、少しそばみて桧扇[34]《ひあふぎ》をさし隠してより臥《ふ》し給へり。その外《ほか》なみ居たる女郎《ぢようらう》たち、皆色々の袖口どもそよめき重なりて、帳[35]《ちやう》のかたひらよりこぼれ出でたるも、いと艶《なま》めかしく懐かし。ややありて、奥より御乳母《めのと》を出《いだ》して、善蔵に仰《おほ》せありけるは、「この度《たび》寸鉄が願ひをかけ、歩みを運びつる心ざしさへ類《たぐひ》なく哀《あは》れと思ふに、今善蔵が何の願ふ事もなきに、寸鉄が心ざし遂《と》げさせせん事を思ひ、もろともに我が前に来たり。夜《よ》もすがら他念《たねん》なく行ひすましたる心ばへの嬉しければ、寸鉄が願ひをも叶《かな》へ、善蔵にも貴人《きにん》となるべき子種《こだね》を授《さづ》けさせ給ふなり」とて、御[36]かはらけをたびけるなり。

善蔵、「さては、これ塚の神、吒枳尼天《だきにてん》の御示現《ごじげん》にこそ」とありがたくて、涙もそぞろにこぼるるばかりなれば、数多度《あまたたび》盃《さかづき》を傾《かたぶ》けて、酔《ゑ》ひを催《もよほ》しけるに、最前の老人つと立ちて出で、「今宵《こよひ》の客人《まらうど》に、珍しき放下《はうか》[37]して見せ申さん」と後《うしろ》なる障子《しやうじ》を押し開くれば、庭の体《てい》、美《び》を尽くしてさまざまと作りなしたるに、山あり川あり入海《うみ》[38]の景色あり。民《たみ》の家《いゑ》軒を並べ、市《いち》の店《たな》を飾り、繁花《はんくわ》なる町《まち》の体《てい》もあれば、棟門《むねかど》美々《びび》しく、つなぎ馬《むま》、乗馬《のりむま》ひまなく立ち集ひ、いかさま故《ゆへ》ありと見ゆる方《かた》もありて、目の及ぶ所、心に浮かぶ風景、絵にかけりとも、よもかくは写さじと詠《なが》め居たるに、程なく入相《いりあひ》[39]の鐘《かね》、黄昏《たそがれ》の空に音づれ、ねぐら求むる鳥の音《ね》忙しく、やや暮れ過ぐる宵の月、東の峯にすみのぼれば、木枯《こが》らしの風に木々の葉残りなく吹き尽くし、[40]「山の姿やせたり」と、いにしへ人の詠《なが》めつる面影まで、つくづくと移り来《きた》る目の前に、はや更け過ぐるにやあらん、遠近《をちこち》の里に打ちつる砧《きぬた》の音も静まり、野《の》寺《でら》の鐘も響きをおさめ、辻の火の光も寝入る色細くなりわたるに、何《なに》とは知らず旗《はた》、指物《さしもの》[41]、袖《そで》、印《しるし》一様に、鎧《よろひ》たる武者五十騎ばかり、いづれもその丈一尺四五寸[42]ばかりもやあるらんと思ふ兵《つはもの》ども、築山《つきやま》の陰よりこなたさまに押し掛けたり。

「あれはいかに」と見る程に、泉水《せんすい》の橋のもとにて後《おく》れ馳《ば》せの士卒《しそつ》

37 手品などの芸。
38 入江。湾。ここでは東京湾をさすか。
39 日没を告げる鐘。
40 『仏光国師語録』（無学祖元）大正新修大蔵経八〇「今朝九月九日、葉落山容痩、效古戯登高、万象為朋友」によるか。
41 鎧の背にさす標識。
42 一寸は約三㎝。

を待ち合はせ、五十騎を二手《ふたて》に分け、かの屋形を目にかけ、忍びやかに押し寄せ、大手の門に着くと等しく「曳《えい》や」、声を出《いだ》し、[43]責鼓《せめつづみ》を打ち、[44]大手《おほて》搦手《からめて》揉み合わせ、鑓《やり》、長刀《なぎなた》、打ち刀、思ひ思ひの得物《えもの》を、をつ取り、我一と込み入りけるに、屋形の内には動転の気色にて、「すは、夜討《う》ちこそ入りたれ」と上を下へと周章《あはて》騒ぎて、弓を取る者は矢を忘れ、太刀《たち》取れども鞘《さや》ながら討ち合ひ、「火をあげよ」といへども、たれ聞き分くべきもあらねば、炬火《たいまつ》の一つをも差し出さず、相詞《あいことば》を弁《わきま》へざれば、何《いづ》れ味方と議《はか》りがたくて、ただ同じ所に同士《どし》討ちするばかりなる内、[45]寄手《よせて》は兼《か》ねて心をひとつにし、[46]筒《とう》の火《ひ》差し上げ、相詞を使ひて、奥の方《かた》に乱れ入ると見えしが、何とは知らず、しばしが程に悦びの[47]鯨鯢《とき》をあげ、手々《てんで》に分捕《ぶんど》りの首数《かず》あまた刺し貫き、勇み進みて表に出で、行列《ぎやうれつ》をほぐさず、もとの道に帰るよと見えしが、早《は》や明けわたる星の光も、[48]あかねさす日の影に白けて、ありつる庭も残りなく、霧《きり》立ちかくし、「跡《あと》名残惜し」と見返りたるに、ありし老人もたちまち失せ、稲荷塚の後《うしろ》と思ひしも、いつの間に帰りけん、[49]寺町誓願寺《せいぐわんじ》

43　攻めかかる合図に鳴らすつづみ。
44　敵の正面と背後。
45　攻め寄る軍勢。
46　竹筒を用いた明かり。
47　一同に大声をあげる。
48　「日」にかかる枕詞。
49　中京区新京極通。

の地蔵堂《じざうだう》に、あまたの人形《にんぎやう》を枕とし、その夜《よ》の夢はさめたりとぞ。

あらすじ　玉造善蔵は、友人の苗村寸鉄の子宝祈願に付き合って、近頃御利益があると評判の、泉涌寺奥にある稲荷塚へ参詣する。七日参りの最終日、夜通しでの祈願の途中、善蔵は一人の怪しげな老人に出会う。老人は善蔵をかるがると背負って、稲荷の裏手にある大きな屋敷に連れて行く。屋敷では狐の化身と思しき女主人が善蔵を出迎え、酒宴を催す。主は友のために無欲の祈願を行う善蔵に感心し、褒美として寸鉄の祈願成就と善蔵への土産を授ける。一方、老人は珍奇な見世物を披露するが、それは江戸の街を再現した庭で、五〇体ほどの木の人形たちが夜討ちを演じるもので、あの有名な赤穂浪士による吉良邸討ち入り事件に似たものだった。善蔵は気が付けば、京都の街中、芝居小屋近くにある誓願寺の地蔵堂の前で、人形たちと横たわっていた。

見どころ・読みどころ　――箱庭の忠臣蔵――

江戸を揺るがす一大事件、「忠臣蔵」の討ち入りとは、はたして正義なのだろうか。異界の屋敷の庭先で、主人公は実に不思議な人形劇を鑑賞する。入海のあるしつらえは、まさに湾岸都市江戸の風景であり、約五〇人の侍の人形たちが繰り広げる夜討ちは、いわゆる「忠臣蔵」の名場面そのものであった。赤穂事件は、元禄一四年（一七〇一）三月一四日江戸城松の廊下で、播州赤穂藩主浅野内匠頭長矩《あさのたくみのかみながのり》の、高家吉良《きら》上野介義央《こうずけのすけよしなか》に対する刃傷沙汰に端を発する。喧嘩両成敗とはならず、加害者の浅野は即日切腹、被害者の吉良は、お咎め無しであった。翌年一二月一四日、藩主の恥辱を晴らす名目で、赤穂浪士四七人が夜討ちを仕掛けて吉良の首を取り、浪士たちはその後切腹というのが概要である。作者鷺水が後に書いた長編作に、『高名《こうみょう》太平記《たいへいき》』（正徳頃刊カ）がある。事件全体を作品化したものだが、討ち入り場面の表現方法は相似し、これによって、庭での人形劇が討ち入りの場面を描いたものであることは明白となる。他の作品でも、浪士が二手に分かれ、門に梯子を掛け、相詞を用いて攻める展開は共通し、その特徴が様式化された挿絵として、描かれていることが事件の目印である。

　討ち入り事件は即座に歌舞伎や浄瑠璃で上演されたが、非情にも幕府によって数日で打ち切られたという。浮世草子では、遊女の敵討ちに見立てた『傾城《けいせい》武《ぶ》道《どう》桜《ざくら》』（西沢一風《にしざわいっぷう》作、宝永二年〈一七〇五〉刊カ）がその嚆矢であり、この話はそれに続く早さである。討ち入りの場

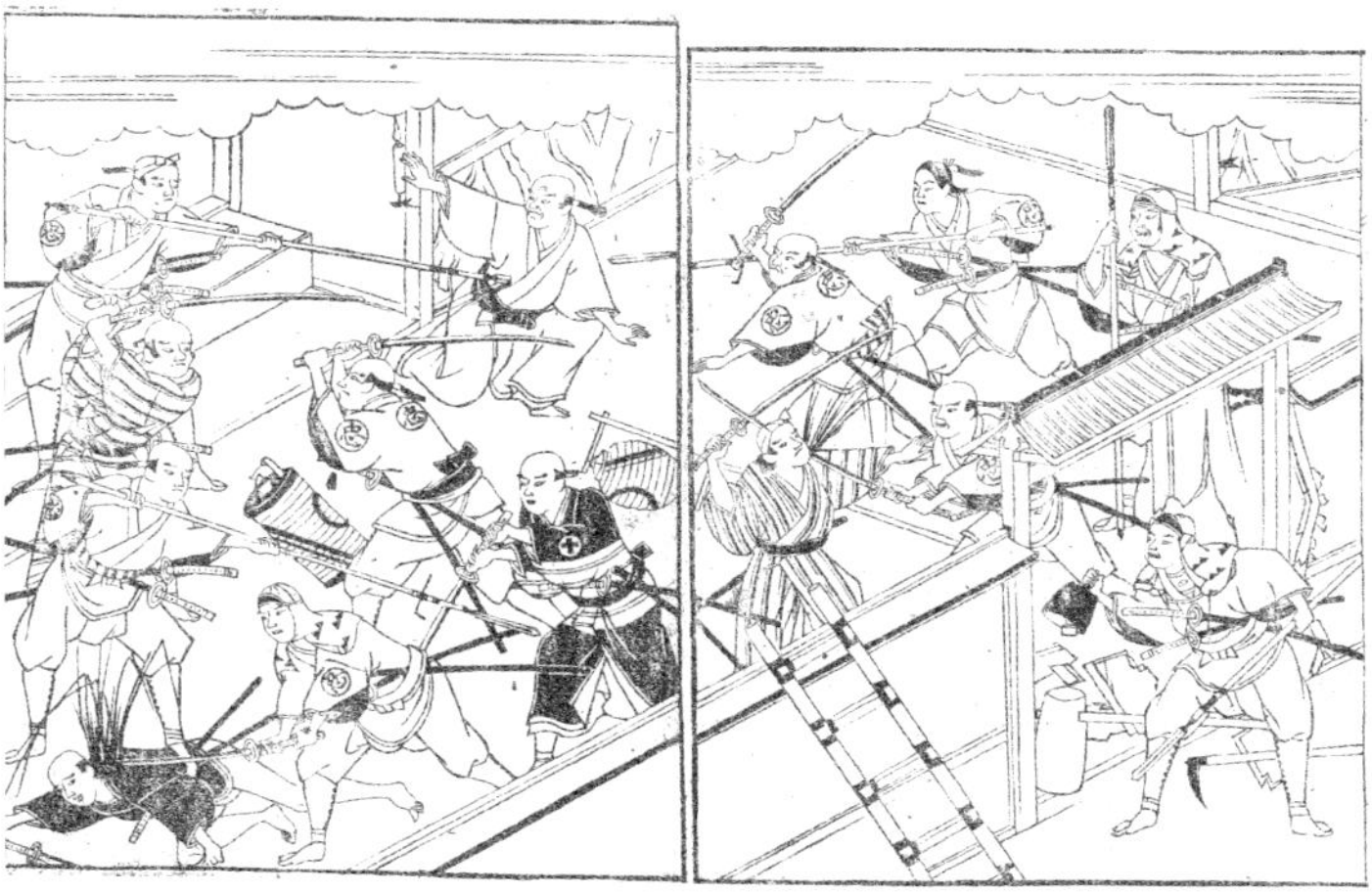

赤穂浪士討ち入り
（『高名太平記』巻八の三挿絵、編著者架蔵）

面に一切の固有名詞がないのは、演劇上演中止のこともあり、これを直接的に扱うことが極めて困難な状況にあったためと推測される。さらに、事件は異郷の中の夢としての処理を行うことにより、非日常世界の架空の事件へと昇華されたものと言えよう。まさにこれは〈匿名〉、〈異郷〉という二重の緩衝材が仕掛けられた、作者の細心の注意の姿勢が看取される手法である。しかも、これは浪士たちの忠義を謳った名作、『仮名手本《かなでほん》忠臣蔵《ちゅうしんぐら》』（二世竹田出雲ほか作、寛延元年〈一七四八〉初演）が上演される、半世紀近く前のことである。

当初、事件の賛否が有識者たちによって、様々に議論された。むろん名目上、討ち入りは忠義とはみなされなかった。だが、この話での夜討ちの人形劇は、善行を積む無欲な男への褒美の一つとして披露される。これは、上演が中止されたと言われる、人形浄瑠璃の存在を示唆するのだろうか。いずれにせよ、浪士の行動は賞賛に値するという、作者なりの事件への解釈が、ここには示されているのだ。

【文献ガイド】

＊小川武彦編『青木鷺水集』第四巻（ゆまに書房、一九八五年）＊野口武彦『忠臣蔵―赤穂事件・史実の肉声』（ちくま新書一四、筑摩書房、一九九四年）＊朝日新聞社編『AERA Mook 元禄時代がわかる。』（朝日新聞社、一九九八年）＊赤間亮「最初の赤穂義士劇に関する憶説」（鳥越文蔵編『歌舞伎の狂言』八木書店、一九九二年）＊藤川雅恵「鷺水の〈近代〉―『御伽百物語』論」（『日本文学』四七巻六号、一九九八年六月）

挿絵

半弓の得意な武闘派の僧侶が、故郷に旅立つ。夜中の山道で、誰かが跡をつけてくる。暗闇に向って闇雲に矢を放つと、大男に当たる感触があったが、いくら射てもその男は倒れなかった。

僧侶が追いつめられて逃げた先には、何があったのか。

巻六の二　桃井《ももゐ》の翁《おきな》

並びに　半弓《はんきう》を射る沙門《しやもん》の事

禅師《ぜんじ》[1]隆源《りゅうげん》[2]といふ僧あり。曹洞《さうとう》[3]の所化《しょけ》なり。久しく予《よ》[4]州宇和嶋《うわじま》の等覚《とうがく》寺にありて江湖《ごうこ》[5]を勤め、このたびは美濃の慈照寺《じせうじ》[6]にと思ひ立ち、錫《しゃく》[7]を飛ばせ芒鞋《ばうあい》[8]を踏みて、まづ上方《かみがた》へと心ざしける序《ついで》、故郷《ふるさと》なりければ、若州《じゃくしう》[9]の方《かた》へも寄りて、両親の無事をも尋ねばやと思ひて、三条[10]なる宿より北をさして急がれしが、誰急ぐ道にもあらず、心に任せたる旅といひ、且《かつ》はこの僧の俗性《ぞくしゃう》[11]若州におゐては、双《ならび》なき武士《もののふ》なり。その身また武勇《ぶゆう》を好み、就中《なかんづく》半弓《はんきう》[12]の手練《てだ》[13]れなりしかば、朝暮殺生《せつしゃう》を好み、鳥獣《けだもの》は言ふに及ばず、咎《とが》なきものといへども、一旦《いったん》の怒《いか》りに心ざしを奪《うば》ひ、殺害残忍《せつがいざんにん》の悪業《あくがう》に誇りけるゆへ、二親《しん》もこれにもてあまし、後《ご》生《しゃう》を恐れて出家させし人なりとぞ。

されば、このゆへにかかる転蓬《てんぽう》[14]の身となりても、猶宿習《しゅくしう》[15]の兆《きざ》すところ深く、常に半弓を離さず、旅にはかならずこれを身にそへて出でけるゆへ、心剛《がう》なるに任せて、「夜《よる》の道ぞ、難所ぞ」と物選《えら》みする事なく、思ひ立ちし本意《ほい》は、かたの如く遂《と》ぐる人なりけるままに、今度《こんど》一都に上《のぼ》りし序《ついで》、国許《くにもと》へも赴《おもむ》くなれば、「道すがら見ぬ所を行くも、

1 禅僧に用いられる称号。
2 生没年未詳。平安時代の歌人、若狭阿闍梨とも。太宰大弐経平の孫、若狭守通宗の次男。園城寺の僧とも言われる。
3 曹洞宗の役僧。
4 愛媛県宇和島市野川の臨済宗の寺院。
5 江湖会。四方の僧侶を集めて行う夏安居（げあんご）。
6 岐阜県瑞浪市日吉町の曹洞宗寺院。
7 修行で僧が各地を行脚して。
8 わらじ。
9 福井県。隆源の父、若狭守による設定か。
10 京都市中京区三条通。旅籠屋が多かった。
11 素性。 12 通常の半分の長さの弓。 13 技量の高い者。
14 漂泊の身。
15 前世での習慣。

つの慰みなるべし」など思ひて、俄《にはか》に[16]下賀茂《しもがも》より左につきて[17]鞍馬山《くらまさん》へ詣《まふ》で、ここかしこ拝み巡りて惣門《さうもん》に出づれば、日ははや七つ[18]に下がりけるに、泊《とま》るべき心もなく、なを北をさして歩み行くほどに、[19]桃井坂《ももゐざか》の山口《やまくち》に至りぬ。

これよりは山道《やまみち》のみにて、また休むべき人宿りもなく、二里[20]が程は険《けは》しき山坂ぞと聞きて、しばらくその辺の[21]葛《くず》屋に立ち入り、煮茶《にちや》など乞《こ》ひて休みしが、主《あるじ》と見ゆる者は法師にて、大杉《おほすぎ》を伐《き》りたふし、これが[22]杉皮《すぎかは》を剥《は》ぐなりけり。この翁《おきな》隆源をつくづく見て、「何と[23]御坊《ごぼう》はこの晩景《ばんけい》に及びて、猶北に行くの気色なり。これより先は山坂のみ相《あひ》続きて、咽《のんど》を潤《うるほ》すべき谷水《たにみづ》だに遠し。夜に入りぬれば狐狼《こらう》多く、または[24]八舛《やます》、[25]奥瀬《おくせ》、[26]久田《くだ》、[27]婆梨畠《はりはた》などいふ里《さと》々の悪党《あくたう》ども、己《おのれ》々が友《とも》を語らひ、往反《わうへん》の柴売《しばうり》木売《きうり》など、暮れて帰る者あれば、切りたふし突《つ》き留《と》め、わづかなる銭《ぜに》、少しの糧《かて》をも情けなく剥《は》ぎ取るぞや。是非《ぜひ》今宵は泊りて、明日《あす》奥へは通り給へ」と語りけれども、隆源は生得不敵《しやうとくふてき》なる心から、「我に一芸あり。さやうの悪党は退くるに易《やす》し」と言ひて、暮

16　京都市左京区下鴨。
17　同区鞍馬本町、高さ五六九m。歌枕。
18　午後四時過ぎ。
19　同区大原百井町。
20　一里は約四km。
21　茅葺や藁葺屋根の家。
22　杉の幹の皮。屋根、塀、壁板などに用いる。

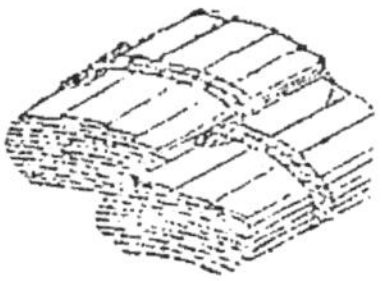

23　御坊様。僧侶に対する尊敬語。
24　同区花背八舛町。
25　未詳。大布施（左京区花背大布施町）をさすか。
26　同区久多。京都市最北端にある。

れかかる空もいとはず、その家をたち別れぬ。

はや半里ばかりもや過ぎぬらんと思ふに、折しも[28]二十四日の夜《よ》の、星の光さへ雲隠れて跡《あと》先も見えず、[29]遠近《をちこち》のたづきも知らぬ山中を、とぼとぼと分けつつ行く後《うしろ》に、思はずも人のひそかに蹐《ぬきあし》して跡をしたひ来《く》る者あり。隆源「すは、癡者《しれもの》よ」と思ひ立ち止まり、声をかけて、「何やつなれば、角《かく》はするぞ」と荒らかに咎むれども応諾《こたへ》もせずして、同じやうに立ち留《とど》まるを、雲すきに透かして見るに、いと大きなる男《おのこ》の太刀《たち》抜きそばめて立つるなり。「こは悪《にく》いやつ」と例の半弓をうちつがひ、矢継《やつ》ぎ早《ばや》に射《い》かけけるに、一筋《すぢ》も仇矢《あだや》なく手応《ごた》へして当たりけれども、かの男きくもせず、猶こたへて衝《つ》つ立ちたり。隆源も今はせんかたなく、[30]逸足《いちあし》を出して駈《は》せ抜けんとする程に、日暮より催《もよほ》したる雨の、俄《にはか》にはらはらと降《ふ》り出づるに、風さへ横切りに激しく吹き落ち、[31]袖笠《そでがさ》もためず目も開《あ》かれねば、とある大木の杉の四五本茂り立ちて、枝さし覆《おほ》ひたるを嬉しき物に思ひ、急ぎ木《こ》のもとに立ち隠れ、雨《あま》宿りしたる所に雷光《いなびかり》おびただしく、隆源が跡をしたひて、この木影《こかげ》に

27　京都府相楽郡南山城村南大河原針畑。福井県と滋賀県との境。

28　この日は月の出が遅く、深夜に出る。前日の二十三夜には、月待ちの行事が行われた。

29　『古今和歌集』春上・二九・よみ人しらず「をちこちのたつきもしらぬ山なかにおぼつかなくもよぶこどりかな」による。

30　早足。

31　袖を笠代わりにして雨を防ぐ。

至り、あやまたず、かの杉の木《こ》ずゑにひらめきわたる事、あたかも絵にかける[32]輪宝《りんぽう》の如し。この光の度《たび》ごとに、はたはたと落ちかかる物あり。

「何やらん」と恐ろしくて、口に[33]理趣分《りしゆぶん》とだへなく唱《とな》へ、わななくわななくさし覗き見るに、大きなる杉皮なり。しばらくが間《あいだ》に杉皮の積もる事、膝《ひざ》に至りて猶落ちやまず、「かくては中々降り埋《うづ》まれ、果てはいかなる恥にかあはんずらん」と強勢《がうせい》の気を翻《ひるがへ》し、天《てん》に仰《あふ》ぎて拝《はい》し、滅罪《めつざい》の呪《じゆ》を誦《じゆ》し、[34]陀羅尼品《だらにぼん》、[35]心経《しんぎやう》さまざまと、思ひ出づるに任せ読み連ね、纔《わづ》かに[36]金剛経《こんがうきやう》を読みかかる時、やうやう電光《いなびかり》薄らぎ、次第に空へ舞ひ上がると思へば雨風《あめかぜ》も静まり、やや星の光見えそめたり。「こは嬉し。有難《ありがた》や」とふりあふのきて見るに、さしも茂りあひつる大木《たいぼく》の杉、枝も葉も、ただ今の雨風に吹き折れしにや、[37]禿《かぶろ》になりて竿《さほ》を立てたるやうになりぬ。

隆源いよいよ勢《いきほ》ひを失ひ、心ほれて進み行くべき心地もせざりければ、そろそろと元の道に帰り下り、最前留《とど》めたりし翁の許《もと》まで、やう

32　車輪の形で八方に鋒端を出すもの。

33　玄奘訳『大般若波羅蜜多経』第十会般若理趣分。

34　『法華経』第二六、陀羅尼品。

35　『大般若経』の中心の道理を説いた短い経典。

36　『金剛般若羅蜜経』の略。

37　木の葉がなくなって枝だけになって。

やうと帰り着きて窺《うかが》ひ見るに、なを杉皮を剥ぎて居たりしを、戸を敲《たた》きて内に入り、言ひしにも似ず[38]手を束《つか》ね、「さきに君の教《をし》へ戒め給ひつるを聞かずして、かかる難に逢ひ、辛《から》き命助かり、やうやうと帰りたり。今は我得心《とくしん》しぬ。その上、身も草臥《くたび》れ侍るなれば、教へに背きたる罪のほどをも見許し、ここに一夜を明かさせて給《た》べ」と侘《わ》びけるに、翁はこたふ詞《ことば》なく、ただ少しうち咲《ゑ》みながら、「よし、ここに休み給へ。[39]いらざる僧の腕立《うでだて》にこそあれ。仏道に入り、[40]三衣《え》を着《ちやく》する身のすべき態《わざ》かは。今日よりして、ゆめゆめかかる心な持ち給ひそ。[41]護《ご》法善神《ほうぜんじん》も、[42]如法《によほう》に勤むる者をこそ、加護《かご》はし給ふなるぞかし」とて、傍《かたは》らより大きなる杉皮を一枚《まい》取り出して見せけるに、かの[43]最前曲者《くせもの》に射かけたる矢ども、ことごとく立ちてありしにぞ。

隆源もいよいよ感涙《かんるい》を流し、「さては、我たまたまあひ難き[44]御法《みのり》にあひ、入り難き[45]釈門《しやくもん》の徒《と》になりながら、いたづらに[46]信施《しんせ》を受け、心はなを悪にまみれて、仮にも殺生《せつしやう》の態《わざ》を好むを戒め懲《こ》らさんと、[47]護法《ごほう》の今ここに現じ給ひ、目《ま》の当り、我を善所《ぜんしよ》に導き給ふにぞありけめと思

38 手を組んで謝罪の意を表して。
39 諺。不似合いなことをする例え。
40 僧侶の着る三種の袈裟。
41 梵天、帝釈天など仏法を守護する多くの神。
42 仏の教え通りに、決められた法式通りに。
43 先程の。
44 仏法。
45 釈迦の教えを報ずる門流の弟子。
46 信者が布施したもの。
47 護法善神の略。

へば、一しほ有難き、我がための善知識にて侍るぞや」とて、終宵《よもすがら》語り明かし、明くれば故郷《ふるさと》の方《かた》へと、暇乞ひて出でぬ。

その後《のち》、国よりの帰りに、かの翁恋しく問《と》はまほしくて、態々《わざわざ》この道にかかり、かの有り家《か》を尋ねけれども、いづくの程にかありけん、それに似たる家もなく、まして翁を知りたる人もなければ、終に逢はでぞ帰りける。

48　人を仏道に導くための機会。

あらすじ　僧の隆源は半弓の名手で残忍な性格故に、両親によって出家させられた過去を持つ。このこともあって漂泊の身となり、伊予の寺から故郷の若狭へと旅立つが、それでも半弓を手放さなかった。途中の京都では、鞍馬を参詣するが日暮れが迫り、桃井坂の小屋に立ち寄って休憩した。主は法師で、杉の大木の皮を剥ぐ作業をしていた。法師はこの辺りは狼や山賊などが多く、夜道は危険であると警告したが、隆源は腕に覚えがあるため、敢て進むことにした。しかし暗闇を歩く中、後方に気配を感じて振り返ると、大男が刀を抜いて立っていた。半弓を射かけるが、当たっても全く効き目がない。逃げるうちに、暴風雨になり、恐ろしさのあまり、杉の大木の陰で御経を唱えるだけであった。雨がやみ、命辛々法師のもとに戻ると、杉の木に隆源自身が射た矢が刺さっているのを見せられた。仏門にある者が武力を誇ることの愚かさを諭され、改心して故郷へ発った。帰路に再び法師を尋ねようとしたが、見つからなかった。

見どころ・読みどころ ——高僧の条件——

高僧とは、どのような人物を言うのだろうか。たとえ歴史の教科書に登場する人物ではなくとも、徳や学業を積んだ人が、それに相当するのだろう。しかし、この話の僧と来たら、まったく程遠い性質である。学問の有無を問わず、殺生を好む暴力的な僧を破戒僧という。この隆源は、まさにその通りであるが、この名は平安時代の実在の歌人から借用したものである。実在の隆源は若狭阿闍梨とも呼ばれ、僧としての位も高く、多くの歌人や歌学者を輩出した名門藤原家の出身でもある。その意味で、この人物は、まさに高僧の条件を満たしていると言えよう。ただし、『十訓抄』（上巻一の二二）には、彼が歌合で俊頼の判事に物言いを付けたという、荒々しくも苦々しい一面を記す逸話がある。そのような、あまり芳しくない評価の歌人の名が、ここに若狭出身の破戒僧として、奇しくも用いられたようだ。

典拠は『酉陽雑俎』の左記の一話である。男が恐怖を体験し、万策尽きてひたすらに拝む様子が、僧という設定に強い影響を与えたものと想定できる。この土台の上に、僧が武力を持つことを禁じる意の「いらざる僧の腕立」という諺を重ね、巧みに利用したのが、この話の特徴と言えよう。ちなみに典拠の結末は、弓矢をやめて剣術を体得することを促すものであるため、典拠との趣旨はまったく異なるのだ。法師に武勇を誇ることを戒められて改心したはずなのに、この僧は、なぜ翁のもとを再び訪れようとしたのだろうか。想像の域を出ないが、あれこれと考えさせられる結末である。

典拠『酉陽雑俎』巻九「盗侠」―六
（東洋文庫『酉陽雑俎』二巻三三九）

韋行規自ら言ふ、少き時、京西に遊ぶ。暮に店中に止まる。更に前に進まんと欲す。店前の老人工作するに方《あた》りて曰く、「客、夜行くこと勿《なか》れ。此の中盗多し。」韋が曰く、「某《それがし》心を弧矢に留む。患ふ所無し。」因て進発す。

行くこと十数里、天黒くして人有り。草中に起て尾す。韋叱すれども応へず。連ねて矢を発す。之に中れども復た退かず。矢尽く。韋懼れて馬を奔らしむ。頃《しばらく》有りて、風雨忽ち至る。韋、馬より下り、一樹を負ひて空中を見れば、電光有りて相逐《お》ふこと鞠杖の如し。勢ひ漸く樹杪《じゅべう》に逼《せま》り、物紛紛《ふんぷん》として其の前に墜《おつ》るを覚ふ（ゆ）。韋之を視れば、乃ち木札なり。須臾《しゅゆ》に積もる札、埋まりて膝に至る。韋驚懼して弓矢を投げ、空に仰ぎ、命を乞ひ、拝むこと数十、電光漸く高くして滅し、風雷も亦た息《や》む。韋大樹を顧みれば、枝幹童なり。鞍駄已に失ふ。

遂に前店に返れば、老人方に箭を箍するを見る。韋其の異人なるを意ひて之を拝し、且つ悃有るを謝す。老人笑ひて曰く、「客弓矢を持つこと勿れ。須らく剣術を知るべし。」韋を引きて院後に入り、鞍駄を指して言ふ。「却つて須く取りて相ひ試むべきのみ。」又桶板一片を出だす。昨夜の箭悉く其の上に中る。韋役力汲湯せんことを請ふ。許さず。微《すこ》しく撃劔の事を露《あらは》す。韋も亦た其の一二を得たり。

【文献ガイド】＊浅見和彦校注・訳『十訓抄』（新編日本古典文学全集五一、小学館、一九九七年）

巻六の三　勝尾《かちお》の怪女《くわいぢょ》

並びに　忠五郎娘を鬼女に預けて育てさせつる事

挿絵

怒りのあまりに牙が生え、乳母は巨大な鬼女に変身する。幼い少女を抱えて投げ落とそうとする動作に、周囲は大きく動揺し、困惑する。

少女たちは、なぜ瓜二つなのか。

乳母《めのと》

[1]津の国勝尾寺《かちおじ》の前の里を、名付けて勝《かち》の郷《がう》といへり。[2]この筋《すぢ》は多く湯治《たうぢ》の人、[3]有馬に通ふの海道、または西国《さいごく》の大名《だいめう》、[4]武江《ぶこう》に往還《わうくわん》の道筋として、[5]駅路《ゑきろ》の鈴も音づれを絶《た》たず。これも繁栄《はんゑい》の地なりければ、一村《むら》に指折りの富貴者《ふうきしや》と数へらるる者もまた多かりける。

ここに忠《ちう》五郎といふ者あり。田畠《でんばく》あまた持ちて農業《のふげう》を事とし、家は美麗《びれい》に造りなして、[6]国主《こくしゆ》参勤の本陣《ほんぢん》を承《うけたまは》りければ、家門《かもん》日に添へて栄へ、衣食眷属《けんぞく》に至るまで、年毎《としごと》に弥増《いやま》さる[7]楽しみをぞ尽くしける。

さる程に、忠五郎一人の娘をまふけ、これを育てさせんとて、似合はしき乳母《うば》を尋ねけるに、折ふし[8]芥川《あくたがは》の里に貧家《ひんか》の娘あり。同じ里の農民の家に嫁《か》し、一人の子あり。夫は高槻《たかつき》の城下《じやうか》に[9]未進《みしん》の事ありて、これに駈《か》りとられ、[10]人夫《にんぶ》となり、在江戸《ざいえど》して病死《びやうし》したり。

かかりける程に、母子《ははこ》ともに世を渡るべき便りなくなりて、「いづかたにも[11]宮仕《みやづか》へせばや」と思ふ心付きて、彼方此方《かなたこなた》とさまよひありきけるを不敏《ふびん》の事に思ひ、幸い我が子と同じ年なる子持ちなりければ、呼び寄せて我が娘を養《やしな》はせ、母子《ぼし》ともにかくまへ置きけるに、忠五郎

1　摂津国（大阪府箕面市）にある真言宗の寺院。
2　西国街道。京都市南区の東寺口を起点とし、兵庫県西宮市で山陽道と合流する。
3　神戸市北区有馬温泉。
4　武蔵国江戸の略。
5　古代の駅使が旅行中に鳴らした鈴。『和漢朗詠集』下・山水「駅路鈴声夜過山」（杜荀鶴）による。ここでは「音づれを絶たず」とあわせて、往来が盛んなさまの意。
6　宿駅で参勤交代の大名などの滞在する家。ここでは勝尾寺付近の郡山宿本陣（大阪府茨木市宿川原町）をさす。代々梶家が当主を務めた。
7　裕福さ。
8　大阪府高槻市の淀川支流付近。西国街道の宿場の一つ。
9　年貢の未納分。

10　建築土木などに従事する労働者。

11　目上の者の身のまわりの世話をする仕事。

12　そこに居合わせた人たち。

13　手を組んで謝罪の意を示し。

14　ここでは、へりくだった言い方で。

が妻も情けある物にて、乳母の子をも我が子と同じく慈《いつく》しみ愛して、衣類食物《しよくもつ》に至るまで、かならず一様に揃えてとらせ、丁愛《てうあい》しけるが、ある時、この妻たまたま物へ詣でたる帰りに、林檎《りんご》をただ一つ袖に入れて帰りしが、余り寵愛《てうあい》のあまりに戯《たはぶ》れながら、我が子ばかりにこの林檎をとらせける時、乳母大きに怒り腹立ちて、「今君が娘、やうやう我が世話によりて成長し、四つばかりにもなり、はや物食はせても育つ程になりたれば、我が恩を忘れ給ふよな。何《なん》ぞ今までありつるやうに、両人等しくはし給はざる。我なくとも、その子あらばあらせよ」と拳《こぶし》を握《にぎ》り、牙《きば》を噛《か》みて、主人の子を捕へ、打ち殺しもすべきありさまに見えしかば、忠五郎夫婦をはじめ、[12]有り合ふ者ども驚き騒ぎ、「こはいかに、気はし違《ちが》ひたるか、さほどまで腹立つる事かは」と、まづ忠五郎が娘を引き分け抱《いだ》きとりけるに、不思議や、忠五郎が子と乳母が子といささかも違《たが》はず、俄《にはか》に同じ器量《きりやう》になりて、顔貌《かほかたち》物言ひまで、そのままの乳母が子なり。忠五郎夫婦あきれながら、何とやらん、恐ろしく覚えければ、俄《にはか》に[13]手をつかね、[14]詞《ことば》を賤《いや》しくして、さまざまと

15　きっと。

16　下働きの使用人

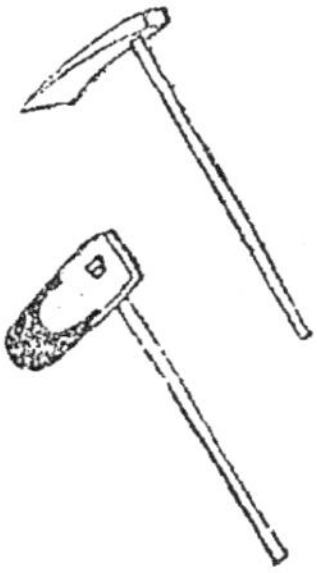
（鍬）

詫《わ》び言《ごと》し、なだめける時、乳母《めのと》やうやう心やはらぎ、主人の子を抱きて首《かしら》より足《あし》まで撫《な》で下ろしけるにぞ、忠五郎が娘の形となりける。

これに懲《こ》りてより、忠五郎心に思ひけるは、「[15]何《いか》さまこの乳母《うば》は、ただ者にあらず。我をたぶらかし欺《あざむ》きて、我が家を亡《ほろ》ぼさんとする狐《きつね》狸《たぬき》の災《わざはひ》なるべし。いかにもして殺さばや」と思ひ、まづ[16]下男《しもおとこ》を語らひ合はせ、ある日暮に、乳母一人門に立ち居たるを、良き折からと思ひ、鍬《くわ》を取りのべ、「この乳母が頭《かしら》を微塵《みぢん》になれ」と打ち付けさせしに、正《まさ》しく打ち込みける鍬の飛び返りて、門の扉に当たりて、扉を半《なか》ばうちひしぎたり。乳母また大きに怒り、「いかに忠五郎、我を恐ろしく見にくき者に思ひたりとも、幾度《いくたび》もかかる事にて、失はるる物にてなきぞ。後に恨みまじき心ならば、いかにもして我を憎み、追ひ失ふたくみをせよ」とぞ言ひける。

忠五郎も今はせんかたなく、恐ろしさ弥増《いやま》さりて、これより後は主《しゆう》のごとく、神のごとく謹《つつし》み恐れて、終《つい》に心ざしを背く事なかりしが、それより十ヶ《か》年もありて、乳母も子もいづくへ行きけるにか、かいくれて見ゑずなりぬ。またその家もつつがなく、何の不思議もなかりけるとぞ。

あらすじ　摂津国勝の郷で、本陣を務めるほどの名士忠五郎は、娘の養育のために乳母を雇う。乳母は未亡人だったが、同年齢の娘がいた。ある時、忠五郎の妻が林檎を持ち帰り、我が子かわいさと遊び心から、自分の子だけに与えてしまう。すると、見ていた乳母が急に怒り、姿は鬼のように豹変し、子の姿までも自分の子と瓜二つに変え、見分けがつかなくなってしまった。忠五郎夫婦が丁寧に謝罪すると、機嫌を直し、子を元に戻した。気味悪く思った忠五郎は、乳母を殺そうと企むが見破られ、殴り殺そうとした下男の凶器をはね返された。以後恐ろしさのあまりに、下にも置かぬ丁重な扱いをする。一〇年ほど経った頃、不思議にも、乳母親子は忽然と消えた。

見どころ・読みどころ　――本陣怪事件――

この話は、ある宿場の本陣が舞台である。具体的な名はないが、勝尾寺近くということから、京都と西宮（兵庫）を結ぶ西国街道の郡山宿本陣であろうと判断される。「椿の本陣」の別名で親しまれ、現在も史跡として同地に保存されている。かつて京都から西への行程は、伏見から大坂への船便も重宝されたが、船への乗り換えが不要な、この街道も頻繁に利用された。しかも、この街道は江戸時代には、参勤交代の大名が多く利用し、赤穂事件で有名な浅野匠頭などの有名人も、宿泊した記録が宿帳に残るという。そのような大名たちの盛大な往来によって、大いに繁栄して栄華を極めたようだ。その筆頭が本陣の主である。
また、これは『酉陽雑俎』の左記の一話を典拠とし、その内容を概ね踏襲している。しかし、乳母の超人的な能力を体感した忠五郎が、これを「我が家を亡ぼさんとする狐狸の災い」とみなす言葉、一〇年後に乳母親子が忽然と姿を消す部分は典拠とは異なり、作者の判断によって、改変付加されたものと想定されよう。これにより、怪異性はさらに強くなり、大名御用達の本陣で起こった怪事件として、当時の読者たちには不気味に見えたに違いない。逆に、豪奢に参勤交代をする大名たちへの揶揄《やゆ》とも解釈可能である。乳母の正体は、何なのか。このような疑問を残したまま、当代の怪談は幕を閉じるのだった。

典拠『酉陽雑俎』巻一五「諾皐記　下」―二四
（東洋文庫『酉陽雑俎』三巻五八六）

鄆《うん》州の閫司倉《かんしそう》といふ者の家、荊州に在り。其の女の乳母鈕《ちう》氏、一子有り。妻之を愛すること、其の子と均し。衣物飲食悉く等し。忽ち一日、妻偶《たまたま》林檎一蔕を得たり。戯れに己が子に与ふ。乳母乃ち怒りて曰く、「小娘子成長して我を忘る。常に物有れば、我が子と停しうす。今何ぞ容ること偏なる。」因て吻を齧《か》み臂を攘ぐること再三反覆す。主人の子一家驚怖し、逐《お》ひて之を奪ふ。其の子の状貌長短、正に乳母の児と下らず。妻其の怪なるを知り、之を謝す。鈕氏復た手もて主人の子を簸すること始めて旧の如し。閫、灾祥と為し、密かに奴をして钁《くわ》を持し、闇に之を撃たしめ、正に其の脳に当つるに、騞然として反りて門扇に中る。鈕大いに怒り、閫を詬りて曰く、「爾此《なんぢ》の如く侮ること勿れ。」奈何ともすべきこと無きを知り、妻と拝みて之を祈り、怒り方に解く。鈕今に至りて尚ほ其の家に在り。之を敬すること神の如くす。更に事有り、甚だ多し。

【文献ガイド】
＊茨木市教育委員会教育総務部社会教育振興課編『国史跡　郡山宿本陣―椿の本陣―』（二〇一六年三月）

※　登場人物名。知らず知らずに一つになるという意がある。

挿絵

節分の年取りという華やかな行事の混雑の中、一組の男女が巡り合う。見初めたのは、意外にも女性の方だった。

彼女は、実に大胆な仕掛けを用いて、意中の男を振り向かせたのだった。

巻六の四　福引きの糸

並びに　※冥合《めうがう》不思議の縁ありし事

恋にさまざまの道あり。見初《そ》めて恋《こ》ふるあり。聞きて慕《した》ふあり。馴《な》れて思ふあり。絵《ゑ》によりて人を求め、草紙《さうし》を読みて羨《うらや》み願《ねが》ふあり。神に祈り仏に訴《うつた》へ、身を捨てても逢はん事を思ふ。誠に限りなき欲によりて、限りある命を投げ打つ類《たぐひ》も多《おほ》かり。さるが中に珍《めづら》しき宿世《すくせ》[1]あり。逢ひ難き人に逢ふためしには、必ずまづ「文正《ぶんしやう》」[2]が昔をぞ引き、その外《ほか》には「猿源氏《さるげんじ》」[3]、「ひき人」[4]、「鉢《はち》かづき」[5]、「うつほ」[6]の俊蔭《としかげ》が娘など、いにしへの文《ふみ》にも類なきものに思へばこそ、かくは記《しる》して置きけめ。

それが類とはなけれど、花落《くわらく》[7]にもこのごろ、有難《ありがた》き恋《こひ》せし幸人《さいわいびと》ぞある。富松何某《とまつなにがし》といふ者、独《ひと》りの娘を持てり。父母《ちちはは》の慈《いつく》しみ深く、ひたすらに幼きより手書き、物読ませ、糸竹《いとたけ》[8]の態《わざ》にも、おほやう心行くばかり学ばせ、少し物の心わきまふるころにもなりぬれば、「今ははや、いかなる方《かた》にも誘《さそ》[9]ふ水《みづ》あらば、よしある人の手に」[10]と思ひ居たり。この娘また形心ざま最《いと》やさしく情けも深く、余《よ》の人にも似ず心ある生まれなりしかば、そのころのもてはやし草《ぐさ》になりて、知る知らぬ[11]、心を通《かよ》はし、情けを挑《いど》まざるはなかりけり。

1　前世からの因縁。
2　『文正草子』。作者未詳の室町物語。以下、恋愛成就の成功譚が列挙される。
3　『猿源氏草子』。作者未詳の室町物語。
4　「小男もの」の室町物語。『ひきう殿物語』として伝わる。
5　作者未詳、室町物語。
6　『うつほ物語』の登場人物、清原俊蔭。
7　京都。
8　琴笛などの楽器の技芸。
9　求婚する男がいれば。『古今和歌集』雑下・九三八・小野小町による。
10　一流ではないが、由緒ありげな人。
11　知る人も、知らない人も。『土佐日記』「門出」による。

されど、この娘何を思ひ入り、いかに心に染《そ》みけるにや。露《つゆ》ばかりもはかなき戯《たはぶ》れをだにせず、物の心知り顔《がほ》に、明かし暮らしつる程に、十と言ひて五つもや余《あま》りけん、[12]異人《ことひと》には難面《つれなき》ものに思はれたれども、流石《さすが》まだ露心なきにしもあらで、移り行く年もはや暮れ行き、空の春に立ちかはる[13]節分《せちぶ》とて、我も人も北に向かひ南に歩み、禁中《きんちう》の[14]御神楽《みかぐら》、[15]六角《かく》、[16]天使《てんし》など、心々によき年を取るべく願ひて勇み立つに、この父《ちち》母《はは》も娘を連れ、「いざや、年取りてよ。[17]大内《うち》は世にめでたき方にこそあれ。あやかりて、能《よ》き幸《さいわ》ひの年にもあへ」と諸《もろ》ともに、うち群れたる人の中をし分けつつ、程なく[18]内侍《ないし》所の広前《ひろまへ》に入りぬ。かかる人ごみの中といへども、あひあふ縁《えにし》とて、この富松《とまつ》が家に睦まじう行き通ひ、常に[19]うらなく語りける冥合《めうがう》といふ書生《しよせい》ありけるが、これも年取りにとて、この庭《には》に参りて、思はずこの娘と立ち並びて、ともに伏し拝みけるを、兼《か》ねてこの娘[20]心に染《し》めて、冥合を類なき者に床《ゆか》しく思ひ居たりしに、かかる折から娘さとく、「それよ」と見咎《とが》め、少し[21]袖を控へ、何とは知らず、袖より袖に入るる物あり。

12 他人。
13 立春の前日。年男が豆をまき、追儺の行事が行われる。
14 一二月に行われる内侍所の御神楽。
15 京都市中京区堂之前町。頂法寺、通称六角堂。
16 下京区天神前町。五條天神社、通称天使の宮。節分に宝船図を配る。
17 宮中。
18 内侍司の置かれた場所の庭前。
19 一途に親しく付き合う。
20 思いを寄せて。
21 袖をとって引きとめて。

冥合もまた、心なきにしもあらず、明け暮れ恋ひ慕ひつつありけれど、[22]人目の関《せき》の隙《ひま》なければ、この三とせばかりも、埋《うづ》み火の下にのみ焦がれたる色ながら、それとだに打ち出でて、ゑ言ひも出でざりけるに、不思議のよすが嬉《うれ》しく、殊《こと》に迎ふる年の始め、幸ひよしと思ひつつ、ひとり笑《ゑ》みして帰りて後、袖に入れられたりし物を取り出して見れば、白き[23]薄様《うすやう》に書きたる

[24]今日こそはもらしそめつれ思ふ事
まだ言はぬ間の水茎《みづくき》の跡《あと》

とかや、いと小さく書きて引き結びたり。冥合も元より恋語りけれども、かく[25]双恋《もろこひ》に見たれけりとは知らざりければ、今さら道行く人の足もとに金《こがね》拾いたらんやうに飛び立つばかり、嬉しさも身に余りて、

[26]見ごもりの神にや君も祈るらん
恋《こ》ふと聞くより我も嬉しき

など思ひ続けて、折節の行きとぶらひける序《ついで》、ことに何《いつ》よりも猶《なを》心とめて、互《たが》ひに花薄《はなすすき》乱れ合ふべき折をうかがひける程に、[27]あらたまの

22　人の目の妨げが厳重なので。
23　鳥の子紙を薄く漉いたもの。
24　『類題和歌集』恋之一・一八七一七・小侍従「遺書恋」。「水茎の跡」は筆の跡。
25　相思相愛。
26　『頼政集』（源頼政）四三六「聞恋我恋」、『類題和歌集』恋之一・一八六六二による。五句「悲しき」。
27　年の初め。新春。

28 うんすんカルタ。博奕に使用された。

29 福引きの一種で、正月の遊戯。

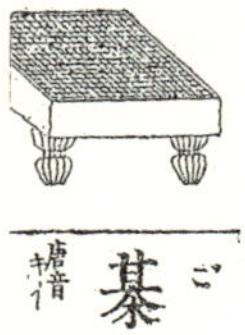

30 紙を折って作った男女一対の雛人形。

31 采を振るための筒。采筒（さいどう）。

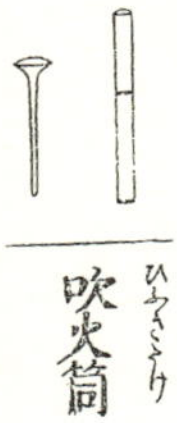

春の日かげ長閑《のどやか》に、明けわたる朝《あした》は昨日にも似ず、ありあふ人も骨牌《かるた》[28]、宝引《ほうびき》[29]と賑《にぎは》ひわたるにつきても、「かの言ひ交はせし詞《ことば》の末《すゑ》、いかに」と、まづ心にのみかかりて、富松方《かた》へ行きけるに、ここには人々あまたこぞりて、何やらん大声に笑ふ音す。

「こは、何事を笑ひ給ふぞ」と奥の方《かた》をさしのぞくに、物一重《ひとえ》隔《へだ》てて、内より帯《おび》のやうなるものを、あまたの人の前に投げ出すに、面々《めんめん》にこれを引きしろひて取り、勝ちたる物を一筋づつ引き出して取る時、その帯の端《はし》に、何にても必ず操《くく》り付けたる物ありて、それを面々の得《え》物とする事なり。されば、これにも幸《さいわ》いある人は銭や雑紙《ざつし》、頭巾《づきん》、碁《ご》盤《ばん》など引き取る物あり。さもなきものは紙雛《かみひいな》[30]、双六《すぐろく》[31]の筒《どう》、火《ひ》吹《ふ》き竹《だけ》やうの物を引き取りて、恥づかしがるを笑ふなりけり。冥合もおかしさにいて、「我も引きて心みん」と手にあたりたる帯一筋取りて引くに、大方引けず。力を出して引くに、引き絞りたるばかりにて、猶ちつとも引き取らず。身をよりて引くに、少しは寄るやうにても引かれぬを、そばなる人笑ひつつ、「これは例の柱に結《ゆ》ひ付けてある帯なるべし。

先々《さきざき》の人もかかる事にて、手を取りたる物を」とこけまどひて笑ふ。冥合も今はせんかたなくて、「さらば柱か。見ん」と物の隙《ひま》よりさしのぞけば、かの娘帯の端《はし》をとらへて、あなたへと引くなりけり。

嬉しさは限りなけれど、それも人目のやるかたなくて、心に答へ目に約束して、しばらくその座を繕《つくろ》ひ、「実《げ》に、これは柱にてありけり」など[32]空《そら》知らずして、物の紛れより忍び入るもわりなし。娘もいまだかかる[33]添臥《そひぶし》したる身にしあらねど、宿世《すくせ》の縁《えにし》とかいふ物に催《もよほ》され、はや疾《と》くより戸口に待ちつけて、最《いと》嬉し気なりけるを、冥合も「この珍しき逢瀬《あふせ》を許しぬるは、そも如何成《いかな》る神の結び初めし[34]下紐《したひも》ぞ」とありがたき事に思へば、

[35]片岡の森の注連縄《しめなは》解くるより
　長くとだにもなを祈るかな

と言ひかけけるに、女も恥ぢらひながら、

[36]我はただ来《こ》ん世《よ》の闇もさもあらばあれ
　君だに同じ道に迷はば

32　知らぬふり。
33　添い寝。
34　和装の際の女性用の下着、腰巻。
35　『為定集』八六「祈逢恋」、『題林愚抄』・恋部一・六四八四「祈遇恋」、『類題和歌集』恋之二・一九五〇六。「片岡の森」は上賀茂神社本殿の東にある丘陵、片山御子神社。
36　『続古今和歌集』恋歌三一・二九二・鴨長明「思二世恋といふことを」、『類題和歌集』恋之二・二〇四一一。「さもあらばあれ」は、どうともなるがよい。

など、はかなげに言ひさして、いたく恥づかしと思ひ立ち、[37]気粧《けはひ》もいとほしくて、仮なる手枕《たまくら》に来《こ》し方《かた》の恨みを晴らし、一夜に千世《ちよ》の契り絶へずなど、睦言《むつごと》の数も尽きねども、「よしよし、あかでこそまたの夕暮れも待たるれ。関守人《せきもり》めに怪しまれなば、[38]佐野《さの》の舟橋《ふなばし》とりはなれたる中となりなん。果て果ては、[39]名に流れてや恥づべき」などと紛らはし、なだめて出づるを、女は憂《う》しと思へるさまにて、

[40]心にもあらぬ月日は隔つとも
　言ひしに違ふ辛さならずば

となん、手習ひのやうに書けるを見て、

[41]末までもなをこそ頼め夕だすき
　かけし契りは世々に朽ちめや

など返す返す慰《なぐさ》めて出でぬ。

かくて行き通ひける程に、その年も半ば[42]立つ秋の、名にあふ月もてあそばんとて、富松が家に友を招く事ありしに、冥合もその人数《かず》にありて出でたりしが、その夜は殊に月の光もいつより冴《さ》へまさりて、[43]梓《あづさ》

37　雰囲気やものごし。化粧。
38　群馬県高崎市烏川に架けた船橋。歌枕。『万葉集』三四三九による。
39　名が世に広まる。
40　『続拾遺集』一三・恋・九五二・隆博「文永七年九月内裏三百首歌に　契恋」、『類題和歌集』恋之一・一八八七九。
41　『師兼千首』恋二百首・六三五「憑誓言恋」、『類題和歌集』恋之一・一八九四五。「夕だすき」は「掛く」にかかる枕詞。「朽ちめや」は、衰え滅びるだろうか、いや滅びない。
42　「経つ」と「立秋」の掛詞。
43　「や」に掛かる枕詞。八島は「やしまぐに」の略で日本の異称。

弓八島《ゆみやしま》の外《ほか》も曇《くも》りなく、見ぬ[44]唐《もろこし》の洞庭《どうてい》の暮れも、胸の中《うち》に浮かみてなど、各々《おのおの》言ひ合へるにも、我のみ思ひ隈《くま》ある物から、まづ面影ぞさやかに立てり。

[45]いとどしく面影に立つ今宵かな
　　月を見よとも契らざりしに

と思ひ続けらるるも苦し。

かくて夜《よ》も更《ふ》け行《ゆ》くに、酒も汲み重ねてみなみな酔《ゑ》いふしたるに、主《あるじ》の富松盃《さかづき》を持ちて、「今ひとしほ」など強《し》ゐてさしける序《ついで》、「これを肴《さかな》に」と言ひて、さし寄せたる硯の蓋《ふた》に、

[46]池水《いけみづ》に今宵の月をうつしもて
　　心のままに我が物と見ん

と書きてかたはらに、「庭の[47]女郎花《をみなへし》、色濃くなりにたり。今は一もとの花を許し参らせてん」とあり。冥合さと心《むね》とどろきて、嬉しさの余りまた盃を傾けつつ、聟舅《むこしうと》の結びを言ひ交はせば、

[48]千歳まで面《おも》変はりすな秋の月

44　中国湖南省の湖。「瀟湘（しょうしょう）八景」で知られる名勝地。

45　『金葉集』恋下・四五二・内大臣「月増恋といへることをよめる」、『題林愚抄』恋部二・六八八三「月増恋」、『類題和歌集』恋之三・二〇八四〇。

46　『金葉集』秋・八〇・白河天皇、『題林愚抄』秋部三・四一〇四、『類題和歌集』秋之三・一一七六一。

47　秋の七草。女性のたとえ。

48　『後鳥羽院御集』一四九四「月契多秋」、『類題和歌集』秋之四・一三〇四〇など。「面変わりすな」は、形を変えるな。

負ひせぬ門《かど》に影を留めて
など悦びの数を重ね、千世万代《ちよよろづよ》の末朽ちず、めでたき妹背《いもせ》とぞなりに
ける。

あらすじ　昔から男女には様々な出会いがあるが、これは幸運な男の不思議な恋の話である。書生の冥合は歳末の御神楽見物の折、かねてより思いを寄せていた、親しい友人富松の娘に接近する。その時、折よく娘が彼の袖に手紙を忍ばせる。帰宅して見ると、娘からの告白の和歌であった。年が明け、富松の家では節分の宝引きの遊戯が行われていた。皆、さまざまな景品を手にするなか、冥合も試みに一筋の帯を引くがびくともせず、なんとその先には例の娘がいた。二人はそれを契機に人知れずの逢瀬を重ね、和歌を詠み交わした。半年後、富松家の中秋の名月の宴の場で、富松が突然に娘との婚姻を許す和歌を披露することによって、冥合は富松と聟舅の末永い結びを交わした。

見どころ・読みどころ　――恋愛というファンタジー――

怪談集に恋の話があるのはなぜだろうか。残念ながら、この話はミステリアスな要素が希薄なため、怪談とは位置付け難い。同種の話は他に二話あるが（巻二の二、四の四）、いずれもが不思議な現象を伴う。ただし、皆共通して和歌の贈答を行い、才智あふれる男が富と出世を得る展開である。

ここでのミステリアスな趣向といえば、宝引きの場面であろう。そもそも恋愛とは無縁の、正月の遊び

の一つであるが、引いた帯の先に結婚相手の女性がいる趣向は、左記の『語園』によるものであろう。五人の娘を持つ宰相に、嫁取りを申し出た男がいたが、一人を選ぶために五人の娘に糸を持たせ、引いた先にいる娘を娶るという内容である。これは、井原西鶴の遺稿集の一つ『西鶴織留』（元禄七年〈一六九四〉刊）巻三の一「引手になびく狸祖母」の典拠でもある。この場合、その先にいたのは美女ではなく、老女だったという落ちの、滑稽なものであるが、宝引きに参加する面々が、玉石混交の様々な景品を引き当てては一喜一憂する姿は、この話のそれに類似し、先行作品の影響を受けた可能性も想定される。

『西鶴諸国はなし』の恋愛譚に、「縁は不思議なり」とある。男女が出会い、恋愛から結婚へ向かう過程は、現代の人々にとって、ごく当然な流れであっても、自由恋愛の概念のない江戸時代の人々にとっては、見知らぬ男女が偶然に出会い、惹かれ合うことこそが、奇跡的なミステリーであったに違いない。

典拠　**『語園』上「糸をひかせて聟を取事」事文**

郭元振は美男也。宰相の張嘉貞元振を聟に取とす。元振が言。「君むすめ五人持たるよし聞及ぬ。その中勝れたるをわれに得させよ。」と言けり。嘉貞が曰「吾女め何をまさるとし、何ををとるとわかつ事難し。わが五人の娘に各糸をもたせて置べし。汝みすの外よりいとをひけ。其糸に順ひて、妻を定めよ。」とぞ教ける。元振、其言に同して其糸を引けるに、第三の娘に引あたりぬ。其娘五人の中にて勝れける形ちにてぞ有ける。

【文献ガイド】
＊吉田幸一編『語園』（古典文庫三七七冊、一九七八年）＊麻生磯次・冨士昭雄『西鶴織留』（決定版対訳西鶴全集一四、明治書院、一九九三年）＊西鶴研究会編『西鶴諸国はなし』（三弥井古典文庫、前掲）

挿絵

百物語怪談会の終了まで、あと一話となった。最後の灯火が消える時、家の中で轟音が鳴り響き、ゆらりと巨人が舞い降りた。皆が慌てふためく中、巨人は屏風になにやら書き始めた。

その後次々と不思議な現象が起こり、大円団へと向かう。

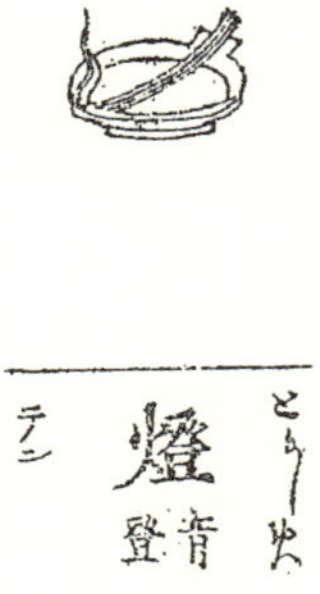

巻六の五　黄金《わうごん》の精《せい》

並びに　百物語果てて宝を得し事

1　家屋が鳴り動き。
2　気が動転して。
3　予想どおり。
4　月代を剃らない髪型。
5　刀と脇差。
6　袖なしの上着と袴。
7　何も書かれていない白紙。
8　「双南」は高級な金。漢詩は、非常に高級な金が貴重とされ、それは自然とよく精錬された細やかなものの意か。

かくて物語も、はや九十九に及び、今一つにて百に及ぶといふころ、俄《にはか》に家鳴《1やな》りし、風すさまじく吹き落ちて、一筋《すじ》の灯《ひ》の心細くちらめき、そこら辺り物音《ものおと》のひしひしと響《ひび》きわたるに、「さては化物《ばけもの》の出づるなるべし。始めよりいらざる物と言ひしに」などと肝胆《2きもたましい》も身に添はず。ちりぢりに逃げ隠れ、息《いき》をも立てず居たりけるに、案《3あん》に違《たが》はず、その長《たけ》一丈《でう》ばかりもあらんと思ふ四方髪《4しはうがみ》の侍《さむらひ》、大小《5だいせう》を差し、肩衣袴《6かたぎぬはかま》凛々《りり》しく着こなし、天井《てんじやう》よりゆらりと下りて、人々の居並びたる中へ罷《まか》り出で、何とも物も言はず、懐《ふところ》より何やらん、取り出《いだ》しけるを見れば、一間《けん》の机《つくえ》一脚《きやく》と硯箱《すずりばこ》を出し、また左の袖《そで》より五尺ばかりもあらんと見ゆる屏風《べうぶ》の白張《7しらはり》なるを出し、人中《ひとなか》に引き広げて眺《なが》め居たり。しばらくして、右の袖より十四五なる小坊主飛び出でて、かの硯にむかひて墨を磨《す》り、大筆《おほふで》を点じて大男《おほおとこ》に渡《わた》せば、かの男《おのこ》筆を取り、屏風にむかひて物を書くなりけり。始め逃げ散りたる人の中に、心強く肝太き者ありて、これを見るに、「世重《8よにおもんず》双南《そうなんの》価《あたひ》、天然《ねん》百練精《れんくはし》」と書きて、またもとの如《ごと》く、机も硯も懐《ふところ》に押し入れける時、身内より光明《くわうめい》を放ち、数千人《すせんにん》の小坊主となりて大声を上げ、手をたたきて笑ひ、各《おの》々《おの》[9]つぼの内に下りけるよとぞ見えし。掻《か》き消すやうに失せてけり。

これを見て心を許し、逃げ隠れつる者ども、皆々ひとつ所に集まり、とりどりの[10]評判《へうばん》果てしなく、我のみ賢顔《かしこがほ》に語り合へど、一人として[11]証《しやう》もなき事なりしを、つくづくと聞き続け、舌耕《ぜつかう》も主人もくつくつと笑ひ、「皆何《いづ》れもの話は、昔物語のやうに付け添ゆる[12]私《わたくし》事多くて、一つも実《まこと》にならず。我この化物の書きたる詩《し》を思ふに、定めてこれは[13]幸《さいは》ひの端《はし》なるべし。かの詩は、黄金《わうごん》を題《だい》に踏《ふ》まへたる物なるぞや。この方《かた》へ行きて掘りて見よ」とありければ、舌耕世にうれしく思ひ、主君《しゆくん》とともに先達《せんだち》し、人あまたに鋤鍬《すきくわ》を持たせ、まづ庭に下《お》りけるに、不思議や、この家の縁《えん》先より黄《き》なる鳥一羽《は》飛び上がり、[14]巳午《みむま》の方《かた》を指《さ》して翔《かけ》り行くを見て、「いよいよ、この鳥を目がけて行けや。者ども」と主人の教へに任《まか》せ、ひたすら鳥の行く方《かた》へ歩《あゆ》みけるに、[15]稲荷《いなり》山の奥《おく》に至りて、この鳥大きなる杉の木あるに、羽《は》を休めけるままに、急ぎ掘りて見たりけるに、わづか三尺ばかりの底《そこ》に当たりて、大きなる石[16]の

9 中庭。坪庭。
10 批評が尽きず。
11 証拠のないこと。
12 表向きではないこと。この部分は、『徒然草』七三段「世に語り伝ふる事、まことはあいなきにや、多くは皆虚言なり」によるか。
13 幸運のきざし。
14 南南東の方角。
15 京都市伏見区。伏見稲荷大社があり、山の杉の木のすべてを神木とする。
16 石造りの蓋付の大形箱。

櫃《ひつ》を掘り得たり。その上に銘《めい》[17]ありて曰《いは》く、「金子《きんす》三万両、天帝《てんてい》[18]これを与《あた》ふ」とあり。おのおの悦《よろこ》び、この蓋《ふた》を開《ひら》きけるに、果たして書付《かきつけ》[19]の如く、三万両の黄金《こがね》ありしかば、両人して配分《はいぶん》し、心々の働きにより、次第《しだい》に家富み国栄《さか》へ、今に繁昌《はんじやう》の花盛りとぞ聞こえける。誠《まこと》に信《しん》[20]あれば徳《とく》あり。今年《ことし》は何[21]によらずと思ひつる念《ねん》によりて、かかる幸《さいは》いにも遭《あ》ひしとなり。

諸国因果物語《しよこくいんぐわものがたり》[22]　全部六巻　跡《あと》より追付出来《おつつけしゆつたい》

宝永《はうえい》[23]三丙戌《ひのえいぬ》年正月吉日

江戸　和泉掾《いづみのじやう》[24]
京　寺町通松原上ル町　菱屋治兵衛《ひしやじへゑ》[25]
開版

17 刻み記した文。
18 天を主宰する神。
19 思っていたとおり。
20 諺。信心する人には神仏の加護によって御利益がある。
21 どのようなものでもよい。
22 青木鷺水作。宝永四年（一七〇七）刊の怪談集。次回作の予告広告にあたる。
23 西暦一七〇六年。
24 林（出雲寺）和泉掾。京都の書肆林家の江戸店。後印本では、姓「林」が削除されている。
25 京都の出雲寺（林）家の細工人から独立した書肆。

あらすじ　あと一話で百物語怪談会が完結しようとする時、突然家が揺れ、音が鳴り、皆が逃げ惑う。天井からは巨大な侍の化け物が舞い降り、持参した屏風に不可解な漢詩を書くや否や、光明を放って消える。あとにはたくさんの小坊主が溢れ、笑ったり、手をたたいたり、これも間もなく消えた。白梅園の主は、これまでの話は、公にできるものではないと苦笑しながらも漢詩を解釈し、これが黄金を題材にしたもので、内容に従って掘り出すよう促す。皆鋤鍬片手に出発しようとした時、軒先から一羽の黄色い鳥が飛び立って、南南東に向う。追いかけて行き、鳥が羽を休めた稲荷山の奥にある杉の大木の下を掘ると、石櫃に入った三万両の小判が出現した。あまり期待していなかったが、まことに幸先の良い年始であった。

見どころ・読みどころ　——百物語から化け物が出る？——

百物語怪談会の終焉には、怪異現象が起こると言われている。ここでも期待に違わず、不思議なことが矢継ぎ早に起こる。しかし、最後は恐怖ではなく、金三万両を掘り当てるというハッピーエンドとなり、拍子抜けの感を抱く人もいるかもしれない。少々奇妙だが、このパターンは、江戸時代の怪談集には珍しくなく、怪異が実現しないようにという願いを込めた、言霊《ことだま》信仰の表出とも解釈できよう。

話の構成は、『諸国百物語』（作者未詳、延宝五年〈一六七七〉刊）序文と、同最終話「百物がたりをして富貴になりたる事」（巻五ノ二〇）に近く、その影響を受けたものと想定される。また、小坊主たちが手を叩いて笑う趣向は、『酉陽雑俎』巻一五「諾皐記下」（東洋文庫本三巻、五七〇）によるものであろう。

怪談会の主催者でもある作者白梅園主鷺水は、この場での怪談は私的な作り事であって、まったく不確かなものであると述べる。作者自身の謙遜もあろうが、それぞれの話に、元禄時代を賑わせた有名な事件や人物を、派手に盛り込んでしまったことへの、自戒の念から来る配慮とも、防御とも解釈できよう。また、この怪談集が虚構であるという断り文句を付け加えることにより、作者が出版取締令を視野に入れ、まさにそれに対する細心の注意を払って創作していたものと推測される。

ともあれ、「元禄バブルの走馬灯」ともいうべき『御伽百物語』は、まことにめでたい形で最後の灯火を落とすこととなる。作品の結末の在り方を考えることを通して、百物語怪談会という遊戯が、単なる娯楽的なホラーにとどまるものではなく、自身の作家生命をかけた崇高な営為であることに気付き、様々に楽しんでいただければよいと思う。

【文献ガイド】

＊太刀川清校訂『百物語怪談集成』（叢書江戸文庫二、国書刊行会、一九八七年）

あとがき

このテキストは、青山学院大学、同女子短期大学、学習院大学での講義・演習授業の内容をまとめたものです。時には受講生が一五〇名を超えることもあり、多くの学生が近世の怪談に興味を抱いてくれたことに驚嘆しました。豊かな発想を秘めた若い彼らから、日々影響を受けたことは、言うまでもありません。また一部は、「『御伽百物語』と『伽婢子』―作者鷺水の知識人観―」(漢学ワークショップ、二〇一〇年五月、於プリンストン大学)、「写本を版本にすることの重要性―『御伽百物語』巻三の二「猿畠山の仙」にみる隠逸伝の出版」(写本版本国際研究集会、二〇一六年三月、於同大学)の研究発表によるものです。このような機会を下さった先生方、質問を下さった先生方に感謝申し上げます。典拠の訓読は堀川貴司氏の力を拝借し、多くの助言を得ました。恐縮の至りです。

そもそも、地方都市の中高一貫の女子校で、パッとしない中学時代を送ってきた自分に、松田修直伝の西鶴を説いて下さった古文の先生、大都会の真ん中にある大学への進学に躊躇した時、荒っぽく背中をドンと押して下さった担任の先生、今なお案じて下さる高校時代の二人の恩師の存在がなければ、今こうしていることはなかったと思います。大学で大好きな西鶴を学び、大学院では『御伽百物語』という、これまた大好きな作品に出会い、曲がりなりにも一つの形にまとめられたことに、この上ない幸せを感じる次第です。これもひとえに篠原進先生をはじめ、大学、大学院、研究会等、さまざまな局面において、御指導賜った多くの先生方の素晴らしい御人柄と御力があってこそで、いくら感謝しても足りないくらいです。皆様に常に御心に掛けていただきながらも不義理をし、成果を出せずにいることを、心苦しく申し訳なく思っております。とりわけ、苦しい時に温かく見守って下さり、このテキストへの御縁をつなげて下さった鈴木健一先生に、深く感謝申し上げます。

カバーは日本画家の楚里勇己さんの描き下ろしです。彼岸花の一つ一つが、百物語の一つ一つの怪談を象徴し、それらが互いに共鳴し合うイメージに共感していただき、お願いしました。その御縁をつなげて下さった方々にも感謝いたします。最後になりましたが、常に笑顔で励まして下さり、辛抱強く付き合って下さった、三弥井書店の吉田智恵さんに感謝いたします。

二〇一七年三月

藤川　雅恵

三弥井古典文庫　近世編

春雨物語

2012年4月刊行

井上泰至・一戸渉・三浦一郎・山本綏子　編1800円

幻の書『春雨物語』十編から読み解く、晩年の孤独な文人上田秋成の息遣いと、イメージを打ち破る文化五年本『春雨物語』の読みと可能性に迫る。

ISBN978-4-8382- 7079-8

芭蕉・蕪村春夏秋冬を詠む　全2冊

深沢眞二・深沢了子 編

江戸時代、俳諧の二大巨人等の文学の伝統の中で培われた美意識に対するこだわりと工夫はいかなるものだったのか。季題に着目し、芭蕉と蕪村の俳諧や歌論・連歌論・俳論を中心に、和歌・漢詩・物語などの古典作品とともに、その表現を味わう。

2015年9月刊行

春夏編

ISBN978-4-8382- 7091-0

1800円

春

新年／花／蛙／三月三日／行く春・暮春

夏

衣更え／五月雨／ほととぎす／若葉／短夜

2016年2月刊行

秋冬編

ISBN978-4-8382- 7092-7

1800円

秋

紅葉　付　鹿／月／砧／虫／秋の暮

冬

時雨／雪／枯野／冬籠り／年の暮

編著者略歴
藤川雅恵（ふじかわ　まさえ）
1972年生まれ。青山学院大学、同女子短期大学、学習院大学などで非常勤講師を歴任。
論文
「鷺水浮世草子における引用和歌―『御伽百物語』の手法を端緒として―」（『日本詩歌への新視点』、風間書房、2017年）、「妙見信仰と北極星」（『天空の文学史　太陽・月・星』、三弥井書店、2014年）、「作者の研究史・青木鷺水」（『西鶴と浮世草子研究』第3号、笠間書院、2010年5月）など。

御伽百物語　三弥井古典文庫

平成29年5月30日　初版発行

定価はカバーに表示してあります。

発 行 者　吉 田 栄 治
発 行 所　株式会社 三 弥 井 書 店

〒108―0073東京都港区三田３―２―39
電話03―3452―8069
振替00190―８―21125

ISBN978-4-8382-7100-9 C0093　整版・印刷　富士リプロ